我的小村庄

朱莹 著

天津出版传媒集团

百花文艺出版社

图书在版编目（CIP）数据

我的小村庄 / 朱莹著. -- 天津 ： 百花文艺出版社，
2024. 12. -- ISBN 978-7-5306-8999-8

　Ⅰ. I267

中国国家版本馆 CIP 数据核字第 2024YY3490 号

我的小村庄
WO DE XIAO CUNZHUANG

朱莹　著

出 版 人 : 薛印胜　责任编辑 : 张　雪
装帧设计 : 吴梦涵
出版发行 : 百花文艺出版社
地址 : 天津市和平区西康路 35 号　　邮编 : 300051
电话传真 : +86-22-23332651（发行部）
　　　　　 +86-22-23332656（总编室）
　　　　　 +86-22-23332478（邮购部）

网址 : http://www.baihuawenyi.com
印刷 : 三河市嵩川印刷有限公司
开本 : 880 毫米×1230 毫米　1/32
字数 : 180 千字
印张 : 11.75
版次 : 2024 年 12 月第 1 版
印次 : 2024 年 12 月第 1 次印刷
定价 : 58.00 元

如有印装质量问题，请与三河市嵩川印刷有限公司联系调换
地址 : 三河市杨庄镇肖庄子
电话 :（0316）3654999　邮编 : 065201

一个有语感的作家

——朱莹散文集《我的小村庄》序

王 干

朱莹是一个有语感的作家。

语感是一个很难具体定义的写作概念，但有无语感则是衡量一个优秀作家必不可少的硬件。因为语感往往融合一个作家多方面的学养和艺术造诣，在语言的流动过程中自然呈现出来。一个作家有自己的语言风格，首先体现在语感上。鲁迅和汪曾祺是类型不一的大作家，他们的语感也不一样，鲁迅在《祝福》的开头写道"旧历的年底毕竟最像年底"，奠定了主人公祥林嫂的悲剧命运的基调。而汪曾祺的《徙》则以"很多歌消失了"开头，也是很有腔调的。我没有看过《祝福》的手稿，不知道鲁迅有没有刻意提炼，而《徙》的开头，汪曾祺则是经过推敲和提炼的，他自己也非常得意这个语感鲜明的开头。

朱莹是有语感的，他在《印把子有祥》的开头写道：

> 大集体那会儿，有祥是队上管印的，大伙儿叫他印把子。他管的印，是稻印。夜饭花开的时辰，打谷场上稻麦收场，堆成小山包。队长喊："有祥，盖印。"有祥早就从家里把印带来。

在《望上海》的开头写道：

> 那时，我们几个小伙伴，经常傻傻地站在村头，望上海。上海是什么？是父亲新买的那辆崭新崭新的永久牌自行车，是叔叔过年送给我的那几块甜得要命的大白兔奶糖，是小俊文具盒里那支舍不得用的红蓝彩笔，是小宝当兵的哥哥带给他的那筒味道怪怪的压缩饼干，是村长口袋里的那包皱皱巴巴的大前门香烟，是庄上那个夏天丰收后包场的电影《永不消逝的电波》。

这样的语感显然有汪曾祺先生的余味。这些年颇为人关注的里下河文学现象，作为流派，自然难免牵强。但作为语感，里下河的作家与汪先生息息相通、根脉相连，一方水土养一方人，一方水土也养一方的语感。这语感，来自于日常生活的气息，还来自于那气息长年累月酝酿出来的语态和神韵。

朱莹和本土的里下河作家有不一样的地方，他除了追寻汪曾祺的文韵和气息外，还可以塑造一个村庄的形象，看得出来他是一个有心人。这本《我的小村庄》是一本散文集，也可视作一本为自己村庄作传的小说。之前我较早读过刘亮程的《一个人的村庄》，很喜欢，当时我在出版社工作，刘亮程的这部作品是我组稿的，但我用小说的名义送审时被打回来了，理由是文体"四不像"，像诗歌，像散文，像小说，还像非虚构。说得也颇贴切，我也没有更多说服领导的理由，只能作罢。这是我当编辑错过的唯一好作品。

　　之后类似的小说多了起来，很多作者都以一个村庄为主体，写新旧交叉，写贫富悬殊，写城乡冲突，我把这样的小说统称为"村庄美学"，村庄作为中国农村社会的基本生态基因的存储地，也是乡土中国文明的细胞，作家写起来自然很顺手，读起来也很亲切。现代文学史上，赵树理的《李家庄的变迁》是一部开拓性的作品，以一个村庄的变迁来写中国社会的变迁史，开风气之先。柳青、李准、浩然等创作的长篇小说以及电影《槐树庄》都受到过《李家庄的变迁》的影响。近年来，村庄再度受到作家们的青睐，写新农村建设的小说常常见到"变迁"的痕迹，说明"村庄美学"的魅力仍未消失。

　　我愿意为《我的小村庄》作序，一是我对"村庄美学"感兴趣，二是朱莹写的这些小村庄里的人和事，都是我熟悉的亲历的现在还会在脑海里浮现的场景。我虽然没有在村里生活过，但常常在里下河地区村镇之间无缝对接，大庄子常常具有小镇的形态，一些小镇也只是放大的村庄，因而朱莹笔下的人和事，尤其那些风物、器具和方言，常常唤起我童年的记忆。乡亲们生生死死的忙碌身影，在朱莹的笔下复活了，他说故乡回不去了，但文学可以让时间倒流，可以让我们重新回到故乡。这是文学的魅力。

当然回忆和怀旧常常有一种过滤功能，常常淡化苦难、淡化悲苦、淡化丑陋，而以温情、愉悦和欢乐的面纱笼罩，这是一种对家乡的爱，也是对过去苦难的宽容和怜悯。朱莹是充满怜悯和宽容的作家，他的书写，是一种凭吊，凭吊永远消失的村庄，凭吊永远消逝的青春。因此，他的小村庄便永远活在他语感亲切的文字里。

2024 年 4 月 14 日于北京润民居

目 录
CONTENTS

我的小村庄

后记

我的小村庄

离不开的是家乡，回不去的是故乡。

我的家乡是里下河的一个小村落。这里，有着许许多多的普通乡民，卑微而坚韧地奔波，打拼。

他们渺小得像野菜花的种子，没有谁知道他们曾经来过、走过、哭过、爱过，但他们的内心充盈着对春天一次短暂绽放的渴望。

大地历经沧桑，总是生生不息。

——题记

乡
里
乡
亲

家宝叔和他的蛮子媳妇

1

"家宝回来了,还拐回了一个蛮子。"

这个消息就像大黄狗攘着小花猫,一下子在庄子上传得沸沸扬扬的。

庄户人家顾不上忙晚饭,纷纷拥到家宝的丁头府看稀奇。家宝见人就打哈哈发香烟,角四一包的勇士。我也挤进了破房间。那个蛮子正在梳头,一个小圆镜子,映出红红的脸蛋。她个头儿不高,后来我学到小巧玲珑这个成语,一下子想到的就是蛮子。

2

家宝是我堂叔。我出生之前,他就"上江西"了。只是父母偶尔提到这个名字,我才知道有这么一个堂叔。

"上江西"说得直白一些，就是逃荒。我们那个地方是个锅底洼，一发大水，一年的收成泡了汤。但逃荒一词实在难听，于是，祖辈传下来一个叫法："上江西"。为什么叫"上江西"呢？庄上驼爹专门考证过，可能与"江东父老"这个成语有关。这么一考证，背井离乡的无奈之举，陡然间多了一股豪气，有点走西口、闯关东、下南洋的意思。

家宝是十二岁时"上江西"的，"上"得义无反顾。父亲进了土，母亲改了嫁，姐姐出了门，弟弟送了人，他看荒田看了三年，牛屁股捧了三年，日子看不到一点儿热气，于是，到父亲坟上磕了三个响头，走了。这些年，他过着怎样的日子，从来没有对谁讲过。人们惊讶的是，家宝竟然回来了，而且带回一个蛮子婆娘。几个光棍儿汉猫爪儿抓心，悄悄向家宝讨教"上江西"，家宝把他们都冲了回去。气得他们背地里骂："一朵鲜花插在牛粪上。"

3

丁头府重新有了烟火气。家宝开始脱砖坯。这是他"上江西"学到的手艺。

脱砖坯是个重活儿。第一步造泥。一大堆生土用水浇透了，捂上一夜，第二天趁早凉，光着脚丫，一层一层地踩。一般人十几脚踩下去，腿肚子发酸甚至抽筋。家宝驾轻就熟，不慌不忙，两胯有节奏地摆动，两条腿如同装了弹簧，踩到痛快时，放开嗓子吼上几声：

一更天呀，月牙牙弯弯挂树梢，
小妹妹思念那小哥哥睡不着。
忧哥哥你孤身一人走江西，
山高水长路遥遥。
小孟姜千里送寒衣，
我缝的衣衫却往哪里捎？

三更天呀，雨丝丝轻轻打芭蕉，
小妹妹思念那小哥哥心里焦。
想哥哥你跋山涉水讨生活，
身似浮萍水上漂。
空羡慕鸳鸯交头眠，
小哥哥何时抬来大花轿？

五更天呀，一声声鸡鸣天欲晓，
小妹妹思念那小哥哥情难了。
盼哥哥你收拾行囊回家转，
生双儿女成个好。
清淡的日子有滋味，
小哥哥我们白头同偕老！

4

蛮子的家在哪里，整个庄上，我是最早知道的。他们刚回来不久，就叫我替他们写信报平安。家宝一边脱砖坯，一边告诉我写什么内容。他简简单单地讲，我歪歪扭扭地记，无非是说说近况，讲讲收成。遇到不会写的字，我眼巴巴地盯着家宝，他把土块举过头顶，狠狠地摔进砖坯模子里，同时甩出一句话："我会写字还找你干什么？"

有一次，家宝又让我写信。大概意思是蛮子的大哥跟他们借了点钱，一直没有还，他现在处处急等用钱。满头汗水的家宝越说越激动，我听着记着也气愤起来。回到家里，我花了一天的时间写信，什么癞宝要命蛇要饱啊，什么亲兄弟明算账啊，什么有借有还再借不难啊，夹枪带棒地写了一页半。时间不长，家宝如愿收到大舅子的汇款。

十几年前，我与家宝的大舅子见了面，谈到这件事，他惊讶地说："原来是你写的！"

一通大笑，对饮一杯。

5

就在家宝和蛮子用自己的辛劳和坚韧为贫困的生活添上一点色彩时，突然飞来横祸。那天下午，家宝的儿子溺水了。家宝把孩子搁在老牛脊梁上，发疯地抽打着老牛，乞求老牛奔跑起来，把孩子颠活。蛮子一次次昏厥过去。空旷的晒场上，回荡着他们的哭喊和老牛的哀鸣……

家宝后来生了一个女儿。来年冬天，大队支书突然得到消息，说家宝准备偷着生二胎，估计要出逃。这是那个年代天大的事情。

支书安排大队会计和民兵营长负责严防死守，其他人在我家打牌。大雪纷飞，滴水成冰，大队会计和民兵营长轮番出动，出去几分钟就溜回来换人。家宝的呼噜声打得山响。一夜无事，第二天照旧。这天晚上，家宝过来了，问我父亲："大哥家里有什么喜事呀？"又一脸坏笑地问支书："晚上你们打牌，要不要我给你们站岗放哨？"

过了几天，支书再也撑不下去了，只得把牌桌变成谈判桌。家宝说："当年我外出逃荒后，门口的这块地被别人占走了，不肯还。今天你们劈作（方言，做主的意思）下来还给我家，明天你们就带蛮子上医院。"

支书爽快答应，当场劈作下来。谁知到医院一查，蛮子肚子里没货。这可把支书气得够呛，背地里把告密的骂得狗血喷头，半年都没有往我们生产队跑一步。

这事过了不久，家宝像变了个人，隔三岔五就砸锅摔碗，有时趁着酒性把蛮子母女打得披头散发嗷嗷大哭。终于有一天，蛮子带着女儿哭哭啼啼地走了。光棍儿们兴高采烈，终于盼到家宝归队。为这事，我发誓再也不叫他家宝叔了，更别想让我写信。谁知两年后，蛮子不但和女儿回来了，还喜气洋洋带回一个儿子。大家恍然大悟，原来，家宝和蛮子唱双簧，玩儿了一出瞒天过海的苦肉计。

6

二十年过去了，蛮子没有了当年对着小圆镜照着的红脸蛋，完全变成了本地人，本地话说得溜圆。遇到我时，仍然开着玩笑说："叫我婶婶。"

我回一句："蛮子麻儿。"

她总是故意拖长声调答应："哎——"

然而，谁也想不到，就在希望开始出现，女儿被高校录取的消息传来时，家宝叔得了重病。他舍不得花钱住院治疗，一个人静静地躺在河边草垛旁，身边是一个农药瓶。这个当年曾经将逮小猪的三十块钱拿给我作为高考报名费的家宝叔，竟以这种决绝的方式，用生命作梯，托举家庭，把生活的希望全部留给了子女。蛮子悲伤过度，在一个雨夜融进了河水。

这些年来，我一直纠结要不要将这个故事写出来。时代不能忘却，过往需要记取，在这片土地上，许许多多的普通乡民，他们曾经来过、爱过、打拼过。他们渺小得像油菜花的种子，没有谁知道他们的存在，但他们的内心充盈着对春天一次短暂绽放的渴望。大地历经沧桑，总是生生不息。想到这些，我提笔写下了这个故事。

驼爹

家住逍遥一点红，

飘飘四下影无踪。

三岁孩儿千两价，

保驾跨海去征东。

驼爹慢悠悠说出这首定场诗，便斜着细眼，笑眯眯看着我们一帮小孩。

这大概是我们接触得比较早的谜语，当然猜不上来。围坐的大人们便笑骂道："驼爹，你不要卖关子，快讲故事哟。"

夏天的夜晚，庄上人都在十字汉港的坝头上乘凉，大凳，小桌，凉匾，摆上一地，大家或坐或卧，或远或近，一边享受夜风的清爽，一边逗驼爹说书。驼爹总要谦让一番，甚至故意拿乔，破扇子一摇，假声训斥道："滚，没事做，下河洗土去。"

我们便将家里偷来的香烟递上去，哀求道："好驼爹，讲一个吧。"

驼爹将香烟颤抖抖叼到缺了牙的瘪嘴里，等我们为他点了火，深深吸上一口，手摇破扇子，在腿上背上呼啦啦扑上一阵，说："好吧，吃了人家的嘴短，拿了人家的手软，今天讲薛仁贵征东。"

驼爹是我们庄子上最有才学的人，上过私塾，一肚子墨水，也有一肚子故事。我们小时候，从他那儿知道了岳飞、杨家将、薛仁贵。当然，他有时候也故意讲些鬼怪故事，吓得我们半夜三更不敢走夜路，然后一个个送我们回家。

驼爹是怎么驼的，我们不知道，因为我们懂事时，就看见他几乎驼成一张弓，又像一个大问号，双手耷拉着，摇摇晃晃，过了膝盖。他说书时曾讲，刘备两耳垂肩，双手过膝，天生就是当皇帝的命，逗得我们都要站起来比量一番。大家于是拿他开玩笑："驼爹，你双手早过了膝，怎么没有当皇帝？"驼爹瘪嘴一笑："我是个地主崽子，腰杆子硬不起来。"

我是见到过一次批斗驼爹的场景的。那天，陈队长带着乡亲来到驼爹门上，说："驼爹，今天队上又有批斗游行任务，还得找你，你要忍着，接受教育。"众人带来白纸，糊上高帽子，驼爹找出一支破毛笔，颤颤巍巍地写道：打倒大地主袁早！在一片哄笑声中，驼爹认认真真将帽子戴到自己头上，恭恭敬敬驼着背，等待批斗。不知是谁，找来一根草绳子，套在驼爹颈项上，队长吩咐道："不能收紧，意思意思就行。"

于是，大家牵着他在村头巷尾转悠。我们几个小孩子如同看大戏，抢着牵绳子，驼爹笑嘻嘻恳求道："慢慢些，驼子跟不上趟，驼子跌跟头，两头不着地。"

有人故意喊："驼爹，把腰弯下来，低头认罪。"驼爹扭转身子辩解道："我个驼子，这辈子都快趴到地上了，还不算认罪？"大家要他跟着喊口号，他便攥紧拳头，挣扎着将胳膊往上举："打倒袁早，再踩一脚，打倒袁早，再踩一脚！"众人哄笑不已，他提醒道："严肃些，不许笑。"

在庄子周围转了一两支烟的工夫，陈队长便带着大伙儿喊三遍打倒袁早，高声宣布，游行到此结束。众人似乎还不过瘾，少不得再拿驼爹取笑一番，驼爹捶着后腰，长叹道："我这把老骨头，都被你们斗散架了。"大家打声招呼，各自散去。

这应当是我们小时候见过的最有趣的事了，虽然只有一次，但似乎比过年唱凤凰、舞龙灯热闹。

驼爹一家原先住在河南边一个老庄台上，高高的茅草屋，屋后一棵高高的皂角树，一棵高高的大枣树，我们小伙伴经常游河过去，偷大枣，捡皂角，心里总是怕怕的，但转念一想，地主家的东西，不偷白不偷，便理直气壮些。

后来，驼爹搬到我们庄台上，与我家做了邻居。

那次批斗游行之后，我曾经悄悄问奶奶："驼爹怎么是个地主崽子？"奶奶说："小孩子别瞎讲。"后来，我也感觉到，庄户人家低头不见抬头见，都没有对驼爹另眼相看，他就是一个老实巴交的老农民，一个经常拿我们小孩子开心、给大伙儿讲古说书的老驼子。

驼爹有三子一女，把他们一个个拉扯大，成了家，自己更驼了，但依旧乐呵呵地过日子，从不与人计较什么。他的三儿与我是同学，上到初中后就退学了，回家跟他一起干农活。好多次，驼爹与我父母闲谈时都说，农村人，肚子里还是要有点墨水的，似乎开导我的父母让我上学，又似乎为他的子女惋惜。我经常看到他坐在锅膛口，一边烧火，一边捧着旧书残卷，举在眼前盯着看，要么忘了添柴火，要么烧潽了锅，他的老婆总会责怪道："老驼子，这东西能当饭饱啊？"

驼爹有门好手艺，瓦刀一夹，为左邻右舍砌锅灶台。哪家分家单过，开门开户先开灶，便请他花一天时间，砌个两膛三锅风箱灶。驼爹早早来到主家，用麦秸秆子在地面上摆出样式，待主家认可后，蹲在地上干起来。待到用土墼或者破红砖盘好灶基，分好膛口，驼爹便抖抖地站起身来，垒灶台，拓灶面。无论是蹲是站，驼爹恰到好处地在灶台前弯成一个弧形，细眼一眯，便知晓锅膛内部砌得怎么样，齐整不齐整，拔风不拔风，身子绝对碰不到灶面，大褂子沾不上半点泥灰。于是，庄子上便有了一个歇后语：驼爹砌灶——不弯腰。

中午时分，驼爹吩咐主家随便弄点吃食填填肚子，一般都是早上扒灶台前下好的烂面条。客气一点的，还会拿上二两五洋河烧酒。驼爹总是摇摇手，说：“下午要爬高砌烟筒呢，弄不得，弄不得。”

歇上片刻，驼爹便准备着开天窗。他侧转身子，艰难地扭转颈项，用余光瞄着屋顶，嘴里念念有词，有时还用右手掐算几下，便心中有数了。让主家搭好梯子，他慢悠悠爬上屋，从屋檐口用瓦刀比画几个来回，揭瓦，掏洞，果然正对烟筒，不差分毫。主家少不得称赞驼爹好算计，他嘿嘿笑两声：“混口饭吃，不值一提。”

烟筒上的最后一块元宝砖砌好，驼爹照应主人说，万事俱备，我来说合子（合子，民间顺口溜儿）啦。他用瓦刀敲着元宝砖，朗朗而道：“日出东方亮堂堂，恭喜主家喜洋洋，新郎新娘幸福多，新锅新灶滋味长。”

众人齐声叫好，逗着他多说几个合子，驼爹谦让一番，再说上三个合子，凑成事事如意，送给主家大吉大利。

新锅新灶，鱼肉直跳。晚上照例是要贺灶的，酒过三巡，驼爹便会讲上一番烧火丫头杨排凤、薛仁贵当火头军的古书，与主家一板一眼道：“我砌的不是锅灶台，是将军台，不能让丫头小伙团在锅门口过日子，要舍得为他们添柴加火。"

后来，庄户人家陆续买了电视，装上吊扇，很少再到坝头上集中乘凉，驼爹讲古说书的传统便戛然而止。

再后来，我离开家乡求学，便再也没有见过驼爹。据说，一次狂风暴雨刮倒了他家烟筒，驼爹上屋重砌烟筒的时候，脚下打滑，摔到地上，跌伤驼背，不久就走了。

傻大个有凤

有凤年轻时身材高大，英俊魁梧，腰杆挺直，走起路来一阵风。干起活儿不偷懒，有多大力气就出多大力气，庄上人都叫他傻大个儿。

有凤的少年记忆中，从来不知道吃饱了是什么滋味，偏偏身体又压不住地疯长，单薄得像一根芦柴秆子在风中晃荡。有凤的哥哥先当了兵。有凤问哥哥当兵的好处，哥哥讲了一大堆，他只记得有衣服穿，能吃饱肚子。于是，等到18岁那年，有凤偷偷报名当了兵。

有凤当的是铁道工程兵。带兵的首长见到他，两眼放光，说有凤天生就是当工程兵的料，是他带兵多年最满意的兵蛋子。有凤像个小老虎，浑身有使不完的力气，开山掘坑、涉水架桥都冲在第一线。好心人劝他悠着点，不要傻干，他不听，说："捧上部队的饭碗，就得当英雄，不能当狗熊。"几年下来，有凤的身上留下很多伤疤，好几回差点光荣。最险的一次，山上石头滚落下来，他躲避的同时，还一脚将一个战友踢开，生死瞬间，救回战友一条命。

描述这段生涯，有凤就两句话："风餐露宿家常便饭，打眼放炮拿命拌饭。"

后来，有凤转业到上海铁路部门工作。每次回来，他都穿着蓝色的铁路工人制服，胸前别一枚鲜红的火车头徽章，精神头十足。庄上人一个个羡慕有凤吃上公家饭，拿固定工资，乘火车不花钱，到了大城市，见识大世面。大家都以为今后有凤是大城市的人了，哪晓得他竟然回家找了个对象成了家。

更让人为有凤叹惜的是，有凤的老婆还是个药罐子。据说她是生儿子时落下的病根，一辈子咳咳嗽嗽、歪歪扭扭的，强的松药片当饭吃，每年都要送到医院里抢救几回。每年四夏大忙，有凤就得从上海请假回来，制服一脱，吭哧吭哧忙得像个老农民，肩膀上磨掉几层皮。庄上人多为有凤惋惜。有人悄悄议论说："宁找城墙根一棵草，不找乡下一个宝。有凤是不是被炸药炸傻了？"

这些风言风语传到有凤的老娘耳里，老娘一次次抹眼泪说："这门亲事是我做的主，是我连累他了。"

有凤的这个老娘，不是他的亲娘，是他的大妈。有凤三个月时，亲娘就去世了。大妈把他和 8 岁的哥哥带大。小时候，他经常问大妈，母亲长得什么样，大妈告诉他："高个头儿，大脸庞，你长得像母亲。"有凤经常独自跑到太阳底下，看着又瘦又长的身影，发呆，流泪。

大妈没有生养，家族里决定，把有凤承嗣给她，让她有后，续上家谱。有凤一直不改口，只叫大妈。直到当兵临走时，有凤才跪在大房奶奶面前，叫了声娘。从那以后，有凤把大妈当亲娘侍奉。大妈上了岁数，说要个喜材。有凤二话不说，请来大妈的兄弟，用最好的木料做好，刷上几层油漆，放在大妈的床头。大房奶奶断气前，拉着有凤的手说：这一辈子过得值。大妈不让家谱记上有凤承嗣给她的事，她要把有凤交还给他的亲娘。有凤哭着说："都是亲娘，生死一样。"披麻戴孝把老娘安葬。

有凤五十岁时办了退休手续，离开上海回到家服侍生病的老婆。子女为他做生日，他登门请来老娘的兄弟坐主位，恭恭敬敬端酒三杯。

三年前，有凤的老婆去世，庄上人说有凤这下解脱了，可以过几年安稳日子了。不料，有凤却渐渐犯了傻，一天三顿烟着火不着，吃了上顿忘下顿。好几次，他半夜三更起来到处寻找老娘和老伴儿。他的子女都在外做事，担心有凤有个三长两短，把他送到了养老院。

如今，有凤80岁了，病情时好时坏，但被子总是叠得方方正正的。前不久，一对母女找到养老院，说是有凤当年救了一命的那位战友的家属，好不容易打听到有凤的下落，辗转过来看他，傻乎乎的有凤竟然一下子叫出了战友女儿的名字。

前几天，他和室友在看《戏说乾隆》。室友也患老年痴呆，看得兴奋起来，双手一拍："乾隆皇帝下江南，下午要到这儿来。"

有凤听了，跑出门外，抬头看了看天，慢言慢语道："下午要下雨，让他明天来。"

有凤真的傻了。

印把子有祥

大集体那会儿，有祥是队上管印的，大伙儿叫他印把子。他管的印，是稻印。夜饭花开的时辰，打谷场上稻麦收场，堆成小山包。队长喊："有祥，盖印。"

有祥早就从家里把印带来。方方正正一个木盒子，土墼大小，底下镂空刻着两个字：革命。木盒子里面装上石灰，垫一层粗纱布，上面一个活盖子，嵌一颗大红五角星。有祥拎着把柄，弯下腰来，身子前倾，从堆顶盖起，每隔尺把长盖上一次，一圈一圈盖好，堆子上满是"革命"两个字。夕阳照着，明晃晃很显眼。

稻麦堆子盖好油纸薄膜，覆上草帘子，有祥再次拎上大印，绕着堆子，噗噗噗，盖上三圈收口印，密密麻麻，算是画好禁区。有祥说："哪个想动歪心思，夜里偷稻麦，革命不答应。"

我们几个小孩看着好玩儿，想学着盖几下，有祥坚决不肯："没事做，下河洗土墼！"把我们轰得远远的，生怕踩坏了他的石灰印。

稻麦堆子收拾妥当，有祥倒背双手回家，稻印在身后晃荡。

有祥把印看得紧，睡觉都放在床头。一天夜里，有祥起来，点上洋油灯，丸眼儿灯光，忽明忽暗，瞄见白森森一个女鬼睡在脚头，吓得大叫起来。女鬼应声而起，原来，他婆娘睡得迷迷糊糊，手伸到印里，抹花了脸。这事在庄上传开，成了大伙儿茶余饭后的笑料。有祥嘿嘿两声，不恼。

有祥生了三男一女。吃起来一桌子，忙起来只有两个老壳子。四个子女个个骨瘦如柴，三根筋顶着大脑袋。有人开玩笑说："有祥掌着印把子，顺些稻麦，人不知鬼不觉。有权不用，过期作废啊。"

有祥眼睛一瞪："不要瞎说，坏了我家名声。"

我与有祥的三小是同学。有一次，我们几个小伙伴儿玩跳房子的游戏，三小从印盒里偷来一把石灰画格子。有祥发现后，把三小一顿暴打。三小杀猪般号叫，我们吓得躲到老远的草堆里，胆战心惊。后来，三小上不起学，背着大竹篮挑猪草，或者跟着有祥出工干活。他看到我们都绕道走，可怜巴巴的。再后来，有祥把三小过继给了一个远房表亲。

分田到户之后，有祥的印没用了，他舍不得扔，用桐油抹了又抹，收放起来。我家是队上第一个砌砖瓦房的，他羡慕道："哪天能住上这么亮堂的瓦屋，顿顿坐在大门槛上喝糁儿粥都香。"有祥告诉两个儿子："今后都是各顾各，不能再靠印把子分粮管嘴了，得凭本事吃饭，荒年辰饿不死手艺人。"于是给他们找了大师傅，一个学木匠，一个学瓦匠。不长时间，兄弟俩盘出小五架瓦屋。有祥请了媒婆，给两个儿子娶了媳妇。

我们庄上人家一大半房子是有祥两儿子砌的。他关照两个儿子："做人要像印把子那样方方正正，把活儿做扎实，不要让人指脊梁骨。"他跟在儿子后面当小工，只要人家管饭，不拿工钱。

我们最喜欢看他们兄弟俩上梁赛合子。老大坐在大梁东首，敲着斧头：

　　鞭炮一放响当当，
　　恭喜主家砌华堂。
　　锯子锯开幸福路，
　　斧头劈出金山矿。

老二坐在大梁西面，敲着瓦刀，接过合子：

　　东海的龙王送来龙灯亮晃晃，
　　西山的王母献上蟠桃寿无疆。

满天的喜鹊喳喳叫，

主家走出了风度翩翩状元郎。

主家脸上笑开花，用竹竿子把红包一个个递给兄弟俩。有祥急得劝阻："意思意思就行。"

后来，庄上小年轻大多进了建筑公司，有的还当了包工头。兄弟俩热了心，也要出去闯荡。有祥不肯："你们肚子里没得几滴墨水，又不会耍关目，该派在锅膛门口过日子，庄上活儿够你俩养家糊口。"

老大憨厚，听话，在一家家具厂做技术总监，小日子蛮滋润。老二不服气，出去晃荡几年，没大名堂，回家从头再来，日子有些紧巴。有祥叹道："不听老人言，吃亏在眼前。"老二闷头不语，老二女将冲他："就你有本事，拎着个印把子，还把老三送了人。"

有祥被掐住了麻筋，不再搭话。好在老三和细姑娘家都过得不错，有祥也就少了些担忧。

日子，过着过着，有祥就老了；过着过着，老伴儿就没了。对于有祥养老的事，四个子女，难免想法不一，最后，把老娘舅请来"劈作"（方言，做主的意思）。老娘舅一时也难拍板。有祥起身进了房间，拎出那枚稻印，轻轻放在八仙桌上。老娘舅不解："你拿这东西做啥？"有祥揭开印的活盖子，哆哆嗦嗦从里面掏出一条破手帕，打开来，一张发黄的纸片。四个子女抬起身，伸头一看，不再言语，脑袋埋得低低的。三小哭起来："这是我的过继契约！"

有祥老眼浑浊，说："庄上人都叫我印把子，但那时管不饱你们的嘴，没有办法，才把三小送了人。儿女都是父母的心头肉，签这个契的时候，我心头滴血啊！现在我老了，人生狗熟，我的嘴靠你们管了。"

子女们一个个含泪点头："每家一个月，轮流养，不含糊。"

我最近一次见到有祥，是春节期间。他中了风，裹着黄大衣，蜷缩在椅子上晒太阳，旁边搁一拐杖。我问："那个印把子还在？"

他点点头："三小带回去了，他要留着做个念想。"

夕阳西下，有祥佝偻着身子，拐杖敲打着巷道，慢慢走回家去。墙角边，几枝夜饭花悄悄探出芽来。

我想起他当年收工回家的模样：倒背着双手回家，稻印在身后晃荡。

斜头儿有福

前不久，我回家遇到了有福。他耷拉着脑袋，拢着袖子在庄上转悠，脚后跟不离地，慢腾腾的，好像怕踩着蚂蚁。他说话时，偶尔抬起头来，两眼浑浊无光，嘴里嘟噜着什么。

我有点诧异，这是那个大名鼎鼎的斜头儿有福吗？

有福是我的堂叔。我小时候，他经常把我扛在肩上骑项马，我两手抱紧他的大脑袋，他在田野上奔跑。有一次，我们跑累了，躺在黄花草田里，看天上的白云飘来飘去，听远处的老牛一声声哞叫。我唱起儿歌：

　　黄花草，草枯黄，
　　八岁的伢儿只有娘。
　　眼泪汪汪打猪草，
　　看人家伢儿上学堂。

　　　　　　　　　　　　　　　　　　　——我的小村庄

唱着唱着，有福流泪了，一声不吭牵着老牛回家。

更多时候，我看到的是有福挨打的场面。他经常被人摁在墒口里、晒场上，打得鼻青脸肿。他个子小，打不过，就团着身子，抱着人家大腿，像蚂蟥一样吸着，任由人家暴揍一顿，拳头瘪子雨点儿似的。人家收手后，他绝不跑路，脸上的血一抹，头一歪，嗓门儿一嘹，像棵刺槐树堵在人前，嘴里嘟噜着："怎的，怎的？"人家一般不再跟他搭腔，骂一声有人养没人教的东西，转身就走。遇上脾气暴躁的，还会冲上来，再下一顿拳头雨。有福咬着血牙，绝不哭一声。

这时候，我看到有福的母亲，我的五奶奶，从老远奔过来拉架，哭啼啼地哀求人家胳膊抬高一点，放过有福，然后上去就对有福两个耳光："伢子啊，我们斗不过人家，让一让不行吗？低个头不行吗？"有福头一歪："不行。"

我的这个五奶奶三十多岁就守了寡。有福是老大，他从小就帮母亲照应弟弟妹妹，撑着穷家荒月。都说寡妇门前是非多，难免遇上别人欺负他们家的事，有福就像一个看家护院的小狗一样，冲上去论理较量，绝不肯受冤枉气，吃哑巴亏。明知斗不过，也要拉开架势，装得暴戾，挨打也就不可避免的了。慢慢地，庄上人就编了个顺口溜儿："斜头歪颈项，一个臭茅缸，遇事就杠嗓，死掉没人挡。"在我们那儿，挡挡，就是处理、打发的意思。死掉没人挡，就是没有人愿意帮忙处理后事。这在我们庄上算是一个狠毒的诅咒。

斜头儿有福便成了他的名号。

我们放学路上看见有福，几个小伙伴就跺着脚，一起喊顺口溜儿："斜头歪颈项，一个臭茅缸，遇事就杠嗓，死掉没人挡。"有福转身来追，嘴里嘟噜道："细拿宝儿，也敢欺负我。"大家吓得五投四散。有福追上我，把我往肩膀上一扔，骑着项马回家。

有福这时候会嘟噜道："哪个再跟我斗，我就烧了他家草堆！"

庄上人家草堆是失过几次火的，我敢肯定不是有福点的，他没有这个胆量，只能在我们这些小孩面前发发饿狠，过过嘴瘾，耍耍威风。

我也看到有福斜得最让庄上人服气的一件事。当年，一个造反上台的公社干部跑到队上，说是在泥污塘发现了反动标语，肯定是我的同学顺子割猪草的时候，用钩刀儿划的，要把顺子扭送到公社治罪。他像一头疯牛冲到那人面前，把顺子挡在身后，吼道："你看见人家划的？跟一个小孩过不去，不怕响雷打头？是我划的，怎的，怎的？有本事把我抓去，够晓得我是斜头歪颈项！"造反干部灰溜溜儿逃走。庄上人都说："想不到斜头儿不跟顺子爸记仇，这么硬棒。"

庄子上唯一能够镇得住有福的，是我父亲。不管什么时候，有福遇到我父亲，都大哥大哥叫得认真，讲规矩，不含糊。他说："大哥是长房老大，得听大哥的话。"他在外面闯了祸，与人干了架，我父亲发话："去，给人家道歉。"他二话不说，乖乖低头，登门赔礼打招呼。对方取笑他："你个斜头歪颈项，也有低头弯颈项的时候啊。"

他嘟噜着："是我家大哥要我来的。我服我大哥，不服你。卤水点豆腐，宋江管李逵。怎的，怎的？"

不管有福斜不斜，斜得有没有理，斜头歪颈项的名号是越来越响了。等到有福砌了小五架瓦屋，为兄弟娶上媳妇，让妹妹出了门，他已经是快四十岁的人了，还是光棍一条，与老母亲相依为命。有人说他活该，也有人为他惋惜。他不在乎，总是嘟噜道："有福之人不用忙，命中没有莫逞强。"

后来，有人给有福说媒，一个苦命女子，带着兄妹两个半大孩子。家族亲友都不同意这门亲，有福上门请我父母做主。我父亲说："麻雀要窝猪要圈，娶上女人才是家。你得把斜头歪颈项的臭脾气改掉，好好过日子。"

我看见昏暗的灯光下，有福弓着身子，一根接一根地抽着香烟。

两个苦瓜团在了一起。有福把两个孩子捧在掌心里，供他们读了学堂，砌了瓦房，办了婚事。哪想到，有福的日子还没有过安稳，那个女子几年后有病过世，他又当回了光棍儿。

当回光棍儿的有福老了，斜头儿的脾气也没了，像换了个人似的，就是嘴里嘟噜嘟噜的习惯改不掉。哪家老人不行了，主家派人喊一声："请上斜头儿有福。"他赶紧过来帮着穿好寿衣，料理后事。送丧的时候，有福走在最后，帮着把纸屋化了，把桌凳扔到主家茅坑旁。但有福是不肯主家把他的名字挂在丧事簿最后的，他说："扛榜是和尚道士的事儿，我是有子女的人。"

庄上人都知道，那两个孩子到他门上没有改姓，对他很是孝敬。

这些年来，有福把庄上老人挡挡走了，把与他杠嗓吵架的挡挡走了，把堂弟家宝和蛮子挡挡走了，把我的父母也帮着挡挡走了。我至今忘不了有福送我父亲最后一程的场景。他默默为我父亲穿好中山装，把衣角衣领抹得平平整整，缓缓跪下身子……

有福帮人挡挡一回，就伤心一次，衰老一点，驼背一些。庄上人依然叫着斜头儿有福，但知道他名号由来的人越来越少了。那天，有福带我去看五奶奶，五奶奶对着墙角嘟噜嘟噜，他对着五奶奶嘟噜嘟噜。

兔儿爷有才

有才在庄子上做豆腐有些年头儿了。

每天天不亮，夫妻俩就爬起来鼓弄，磨浆、点卤、压制，一点儿不含糊。俗话说，世上三样苦，撑船打铁磨豆腐。几十年来，有才从不偷工减料，投机取巧，一直沿用土灶古法，手工制作，庄户人家很喜欢这种老味道。

清晨，阵阵豆腐清香从庄子东头飘过来，不久，就会听见有才慢悠低沉的"拾豆腐噢"的叫卖声，大伙儿拾上三四块，和着矮腿青菜烧，一清二白，很是过瘾。哪家有红白喜事，事先与有才说一声，第二天早早送上门，不用点数，不用称秤，豆腐百叶分量足足的。主家少不得客气一番："劳驾兔儿爷您了。"

有才大嘴直咧，憨笑道："承蒙看得起，应该的，应该的。"

兔儿爷是有才的外号。这个外号比他做豆腐的年头儿还长，庄上的小年轻大多不知道来历。

大集体的时候，上面要求各队兴办副业社，搞多种经营。其他队一般也就养养猪子，放放鸭趟，我们队不仅将养猪场、养鸭场搞得红红火火，还别出心裁办了养兔场。也不知是谁出的主意，说："猫三狗四猪五羊六月月兔，养兔子来得快，兔子蹦蹦跳，收入节节高，社员哈哈笑。"

说起来容易，做起来难。这东西不比养猪养鸭那么简单，是个技术活，谁来养呢？最后，大家的眼光落在了有才身上。

有才这会儿正憋屈在家呢。那时，农家孩子能够上到初中毕业已经很不容易，有才的父亲不知哪根筋搭错了，拼死拼活让他读到高中毕业，结果还是回家修地球。于是，庄上人与他父亲开玩笑说："你指望着有才给你翻身，哪晓得土田鸡翻跟头——还是它的它。"

他父亲一阵苦笑，回道："你晓得哪个云头上有雨，哪个云头上没雨？走着瞧。"

不久，传出消息，大队准备安排有才做代课教师，这可把大伙儿惊掉了下巴，一个个佩服有才父亲有眼光，羡慕有才不当泥腿子，鸡窝里飞出金凤凰。可是，眼睛一眨，母鸡变雄鸭，半路上杀出程咬金，名额被外庄人顶替了，有才一下子变成霜打的茄子。这当口，队长上门请有才养兔子，他感觉丢了面子，死活不答应。

有才父亲恨不得拿笤帚揍他，质问道："面子几斤几两，能当饭吃，能当钱用？你以为你金贵得很，三百亩黄豆田打了你一个金豆豆？难不成要队长三顾茅庐，用八抬大轿抬你去？"

有才回道："我不会养兔子！"

他父亲骂道："没有杀过猪，还没有听过猪叫，书读到高中，难道都读到狗肚子里去了？佛争一炷香，人争一口气！"

于是，年轻的有才没有做成孩子王，当上了兔儿爷。

队上在放牛郎毛儿头的牛棚旁，砌了高高大大的四间大瓦房，一层层支上木格子兔笼，高价买些种兔，兔儿爷有才在大伙儿的关注之下，开始了他的养兔事业。有才把兔子当成宝贝疙瘩，捧在手里怕掉了，含在嘴里怕化了，养得肥肥胖胖的。不久，队上有了收益，办事用钱不像以前那么拧巴，大伙儿的年底分红也多了些。庄上人不得不佩服有才肚子里面有墨水。有才做事认真，夜里也不回家，睡在兔棚里，大伙儿便取笑他被兔子精迷上了。

我们几个小伙伴儿很想到养兔场里看看兔子，但有才似乎对我们非常防备，好像既怕我们是凶孩子，打打闹闹惊吓了兔子，又怕我们是脏孩子，带去病菌感染了兔子，还怕我们是坏孩子，偷偷摸摸顺走了兔子。他看到我们在不远处逡巡溜达，总是大脸一板，眼睛一瞪，吓得我们如惊弓之鸟。

于是，我们只能在毛儿头的牛棚那儿大闹天宫，抓蜜蜂，捉蝴蝶，爬草堆，躲猫猫，或者拿有点儿傻的毛儿头捉弄一番，撒撒气。但我们总是心不在焉，关注着有才的踪影。他要么关紧大门，在里面忙活那些兔崽子，要么坐在门槛上捧本书看，几只毛茸茸的大白兔在他身后蹦蹦跳跳，长耳朵或竖或耷，红眼睛忽闪忽闪。我们甚至学着电影里的招数，搞什么声东击西、调虎离山、瞒天过海之计，他却油盐不进，岿然不动。唉，小白兔，白又白，两只耳朵竖起来，我们想进去看你一眼，简直比武工队混进日本鬼子的碉堡都难。

后来，我们参加队里的暑假劳动，帮着副业社割兔草，终于可以名正言顺地接近养兔场，但有才要我们将兔草放在门口，我们只能借机往里多看两眼。那兔笼一排排一层层，顶到屋梁，大白兔在里面悠闲地咀嚼着我们的劳动成果。

一次，送兔草的时候，有才笑嘻嘻地问我：“你上几年级啦？”

我答：“二年级。”

他问：“老师凶不凶啊？”

我答：“凶！”

他再问：“教得好不好啊？”

　　　　　　　　　　　　　　　　　　———————— 我的小村庄

我再答："好！"

我被他问得莫名其妙，心想："你一个兔儿爷，管我们老师什么事！"

养兔场终究还是出事了。那是一个寒冬深夜，突发一场大火，烧得映天红。全队老老少少拿盆拎桶飞奔而来，队长带着几个劳力从集体仓库里抬来救火用的木桶水龙，女将们排成几队，从河口提水运水，男将们要么猛压水龙，要么站在屋檐口泼水，要么拿大扫帚扑火，十八般武艺全用上，一个个拼了老命，有才更是发疯似的冲进屋里抢救兔子。无奈风助火势，火借风威，四间大屋烧得七零八落，只剩残垣断壁在寒风中呜咽，有才瘫坐在烧焦的门槛前，呜呜地哭。

养兔场没了，队长将幸存的兔子分到各家各户散养，有才将功补过般用心，生怕哪家有个三长两短，天天挨家挨户走一趟，查看养殖情况，指导养殖技术，提醒注意事项，或者集中收走剪下来的兔毛。我家也领养了几只。放学后，我们就将兔子放到菜园子里吃吃青菜，晒晒太阳，追着它们蹦蹦跳跳，或者拎着兔子的后背，看它如何急红了眼，然后抱在怀里当宠物玩耍一番。心想，这些兔崽子，不是一场大火都没有机会亲近！那一刻，有着几分高兴，也多几分失落。

时间不长，分田到户，大家各忙各的，集体养兔的事业告一段落，兔儿爷有才的养兔故事也悄悄收场。后来，有才娶了个外地媳妇，在庄子的最东头砌房安家，离当年的养兔场远远的。

前几天，我与哥哥聊起养兔场的事，才知道，顶替有才代课老师名额的外庄人，就是教过我们的那位老师。现在，有才的日子过得跟他做的豆腐一样，清清爽爽，平平淡淡。

水猴子船兵

船兵，叫上这个名字，似有天意，注定要在水面上讨生活。几十年来，大伙儿都叫他水猴子。

当年，船兵的父亲为生产队养鸭子，是四乡八舍有名的鸭司令。分田到户之后，自己养鸭子，整天"吁娇娇，吁娇娇"地使唤，指挥他的千军万马，彩云般而来，很是威风八面。船兵初中没毕业，就被父亲逼着做了小鸭倌，撑一条小划子，"吁娇娇，吁娇娇"，跟在后面追逐那片彩云。

于是，船兵家成为我们庄子上第一个万元户。那时，万元户很时髦，县里要开表彰会，队里分到一个名额，便把他家推了上去。他父亲死活不肯当"冒富大叔"，瓮声瓮气回道："我就比讨饭花子少根棍子，比穷光蛋多个鸭毛。"私下里照应船兵："出头橡子烂得快，闷声发大财，抛头露面的事情做不得。"

时间不长，庄上辟了新庄台，他父亲抢先选得西南角位置，在全队第一家砌上小瓦屋。船兵很纳闷，问父亲："为什么急吼吼地砌房子，怎么不怕露富？"

父亲告诉他说："这么好的落地，这么大的水面，哪里找得到？我们再也不要在荒田野地搭鸭棚，这是老天爷赏饭吃。"

有风水先生在庄子周围走上一遭，说他家前有碧水如照，后有良田如靠，东边的七一桥如青龙飞腾，西边是大河湾，中间一个大塌垛，好像白虎静卧，更似聚宝盆装满金元宝，绝对是财源滚滚的风水宝地。庄上人家恍然大悟，不由得佩服道："老水猴子眼光毒辣，下手狠辣，该派养鸭子发大财。"

但父亲点拨船兵说："风水先生的话听听拉倒，当不得真。倚仗婆娘赤了膊，倚仗草鞋戳了脚，最好的风水是自己。"

船兵信了父亲的话，在门口摆下鸭场，整天水面上打滚，左一趟地养，右一趟地卖，鸭子养得呱呱叫，日子也过得呱呱叫。

不几年，船兵娶妻生女，庄户人家的日子过得安逸。每到过年，船兵都写副对联"五谷丰登，鸭群兴旺"，恭恭敬敬贴在鸭棚上。

鸭群兴旺的事持续不到七八年也就黄了。船兵不是怕脏苦累的活儿，怕的是鸭群不知巡了哪条圩堤，叼了哪种青草，钻了哪块稻田，突然就中了农药，口吐白沫，白眼一翻，一群一群地蹬了腿子。两次三次是偶尔，只怪自己不小心，后来经常有鸭子中毒，眼看着到手的票子打了水漂儿，甚至还倒贴老本，他不敢再干下去了，赶紧劝说父亲收手。干什么呢？船兵靠水吃水，承包队上的水面养鱼，一包三年五年。白天忙得一塌糊涂，晚上和父亲到两头的鱼棚里看网，睡个囫囵觉。

最热闹的要数年前拉鱼分鱼了，船兵给队上每人分二斤，家家户户拿着箩筐去背大鲢鱼。船兵秤头上不抠，秤杆子打得翘翘的，多个两斤三斤绝不计较。大家少不得拿船兵开心，说："水猴子，秤杆子都快打到鼻子，你要亏了老本。"有人搭话道："逢年过节的说什么呆话，秤杆打多高，发财发多高。"

船兵嘿嘿地笑，说："托大家的福，赚个辛苦钱。"

这个辛苦钱也没赚几年，船兵便重蹈当年养鸭子的覆辙。这次不是农药，而是污染。那一夜，不知从哪儿流来了污水，清澈的河水一下子变成乌龙，河面上全是白花花的鱼肚子，船兵急得直跳脚，大呼冲了家。后来打起官司，鸡嘴说到鸭嘴，好歹得到一些赔偿，他赶紧再次收手，退了承包合同。

提起这段往事，船兵至今感慨不已。他凄凄地说："农村有句俗话，割草刀刀有，取鱼网网空。那些年来，我水猴子似的水面上讨生活，好比双手捧水，看上去满满一大捧，却从指缝里漏了太多，剩下几滴，不是汗，就是泪。"

水猴子上了岸，成了旱鸭子，还得四处寻食。那时，外地兴办了乡镇企业，他和几个伙伴一起到铸钢厂里干翻砂工。俗话说，钳工脏，铆工累，干了翻砂活受罪。高温炙烤，铁水四溅，经常被烫伤。他仗着年轻，专上大夜班，工钱多一些。天天晚上像鬼子似的，小身板趴在自行车上，二三十里路，骑得飞飞的。那时，农村还是砂石路，坑坑洼洼，更没有路灯，跌下来就是头破血流，甚至伤筋动骨。船兵晚出早归，白天在家打理田地，不误农活儿，一有空闲，就穿上皮衣皮裤，或者赤膊上阵，到河沟里取鱼摸虾，捞点外快。

亲戚家有事请客，船兵不敢喝酒，坐在一边三扒两扒几碗干饭就要离席开溜。大家总要拿他开心一番。这个劝他不要着急，说："夜饭夜饭，吃到鸭子生蛋，鸭子一叫，筷子一撂，鸭子下蛋，你再滚蛋。"

船兵苦笑道："你们是哪壶不开提哪壶，见了和尚骂秃驴。"

那个说："水猴子现在当上厂长了，不离土不离乡，又打工又种粮，天天赚钱奔小康。"

他嘿嘿地笑，说："鸡用爪子扒食，猪用鼻子拱食，我属于农村剩余劳动力，凭力气寻食。"

十几年前，船兵狠下心，把积攒掏出来，为姑娘女婿在县城买下一套小房子，让孙女读了城里的学校，老婆也跟着到城里照应小孩，他成了农村留守的空巢人员。那时候，原先打工的企业已经倒闭关门，他就在周边打零工，什么来钱就干什么，始终闲不下来，饱一顿饿一顿，吃饭也没有正时。大前年，船兵感到身体不适，瞒着不说，老婆发现后，带他到医院一查，出了大毛病，赶紧动了手术。

做了两个疗程的化疗，船兵心疼钱，死活不肯再做，说："人吃五谷杂粮，哪能不害病，庄户人家的命，没有那么金贵。"他在家休息半年，便闲得发慌，偷偷在门口的河面上支起网箱，重新搞起水产养殖。老婆关照他："歇歇神，儿孙自有儿孙福。"

他笑嘻嘻地说："该在河里死，不在岸上亡，我水猴子命硬着呢。"

姑娘女婿舍不得，劝他说："麻布袋，草布袋，一代管一代，你把自己的身体管好，就是全家最大的福气。"

船兵回道："害疾病苦一阵子，害懒病苦一辈子，我总不能双手一拢，油瓶倒了也不扶，在家门口晃荡，坐吃山空吧。"

大家拿他没有办法，只得由着他的性子，想干什么就干什么，开心就行。

前不久，门口的河道被外人重新承包，不让他占用水面搞养殖，船兵与人家斗了几回，终究拗不过人家。他花了三天时间，将 26 个网箱全部起了水，堆在门前。阳光懒散地照在网箱上，黑魆魆的网眼，好像父亲黑魆魆的眼睛，穿过遥远的岁月，一声不吭地盯着他。远处的河水泛着金光，晃花了他的眼。他的眼里，满是自己当年的身影。

顾大篓子

顾大是大队上的兽医。这可不是一般的差事。通庄子十个生产队，每个队上都办养猪场，成百上千头猪，有病没病，当养当卖，是骟是剐，全他一个人说了算。

庄上驼爹与他开玩笑，说他好比《水浒传》里的林冲，八十万禁军教头，了不得。我的两个堂叔家宝家富说他是天蓬元帅，不对，天蓬元帅的元帅，大了去了。他听见，狭长白净的脸便笑成椭圆形，学着大队支书的腔调与派头，乐嘻嘻地点头赞许。

但大多人私下里说他是骟猪匠。这是他绝对不认可的，小脸儿会拉得更加狭长，差点打到脚面。在他看来，即便是骟猪匠，也不是那些篾匠、瓦匠、铁匠、修锅匠、箍桶匠等五匠八作所能相提并论的。那些都是靠手艺混饭的，上不了台面。而我顾大，是大队从千万个泥腿子中选出来的金凤凰，是不用面朝黄土背朝天就拿工分的公家人，是堂堂的中山装上插钢笔的有身份的顾大兽医。再说，骟猪匠也是文化人技术员才做得了的事，你们谁敢在母猪肚子里面扎管子，在公猪屁股后面割卵子，没有金刚钻，敢揽瓷器活？呵呵。

于是，我们小时候，每天都看见顾大兽医早早地出门巡诊。中山装口袋插一支钢笔，肩膀上背一个药箱，上面白地红漆画着大大的十字。太阳照来，小脸，钢笔，红十字，都闪着光，特别显眼。我们小伙伴对红十字的认识和印象，大概就来自于他。

后来，家家户户也养了猪。哪家猪子不拱圈，不扒栏，趴在角落哼哼唧唧了，或者突然停食，肚子胀得像鼓了，就会心急火燎地请上顾大。他总是一句口头禅："下马猴，不着急，让我来，瞧一瞧。"

顾大蹑手蹑脚翻过猪栏，嘴里轻言细语，"哟——噜噜噜，哟——噜噜噜"，蹲到猪前，手指在猪肚子上弹几下，再扒开猪眼珠子看看眼色，然后拍打猪屁股让它走两步，便说，"天蓬元帅胀食了"，或者说，"天蓬元帅肚子里面有蛔虫，打下虫子就长膘了"，或者说，"天蓬元帅中暑了"，或者说，"没有多大事，买块豆饼给天蓬元帅吊吊膘"，或者说，"得痢疾了，一针就灵。多垫些洋草，看把我家天蓬元帅冻的"。

我们庄户人家骂到猪子，口头禅都是"瘟猪，惹瘟的，剥杀的"，但在顾大嘴里都是天蓬元帅，不让主家犯忌讳。

顾大转身翻出猪栏，跺两脚，将球鞋帮上猪粪甩去，再捏住鼻子呛几下，咳几声，似乎要将吸进去的臭气清出来，咧咧嘴，对主家说："你家猪圈要扫扫干净，臭烘烘的熏猪。"

顾大将药箱打开，里面两层，上层是一盒盒药水药片，下层是大小不一的针筒，大的足有小孩子胳膊粗。他配好药水，举着针筒，转身再爬进猪圈，依旧"哟——噜噜噜，哟——噜噜噜"地唤着，给猪子挠痒痒，趁其不备，将针扎进猪屁股。有时候，也会惊得猪子满圈跑，他便顾不上粪便四溅，更顾不上"天蓬元帅"了，跟着后面追，骂道："惹瘟的，凶得扎实呢。为你好，还拿乔。"赶紧喊主人进去帮忙，摁住猪子，打进药水，还会笑骂道："是你家的猪，还是我家的猪？袖手旁观看热闹，真是皇帝不急太监急。"

忙好后，再给点土霉素蛔虫片之类的，主家问多少钱，顾大报个数，收个药水药片钱，大都说多少就多少，基本不还价。一庄子都是熟人熟气的，低头不见抬头见，虽不是明码标价，但从不胡来，大伙儿心中有数，把猪子治好，养成壮猪，值钱得很，还在乎这点小钱？也有讨价还价的，顾大便会打趣说："你是猪肉买得起，酱油买不起。厕屎都要掐个尖的人，发不了大财。"众人哈哈地笑。顾大从药箱底下掏出小账本，中山装上取下钢笔，歪歪扭扭记好账目，背箱走人，年底结算，皆大欢喜。

除了看病，顾大的另一个主业就是骟猪。一两个月的小猪崽子，我们那儿叫猪卡子，逮回来之后要马上骟，不然的话，就要拱圈犯嫌，不息事，不长肉，喂多少粮食也打水漂儿。于是请上顾大。顾大让主家将猪卡子捉到树荫底下，前后摁住，他从箱底取出剃须刀和骟猪刀，剃须刀刮去猪肚子上的猪毛，露出鹅毛大小的皮肉，抹些酒精消毒，柳叶刀一划拉，刀子顶端的小钩进去钩出小管子，顺手将事先含在嘴里的肠衣线取来，打结，再三五针缝上肚皮，抹一把草木灰。一松手，猪卡子惨叫一声，颤颤抖抖逃到院墙底下，仿佛丢了魂魄般。如果是公猪卡子，就在屁股后面划拉口子，将猪卵子切掉完事。猪卵子主家是不要的，他用三五根稻草一扎，拎在手上，或者吊在药箱带子上，后来有了自行车，便挂在龙头上，如同战利品一样，晃荡着离开。

这猪卵子虽然上不了台盘，但据说是大补，也是下酒的好菜。顾大一天总得收上七八副，他很少带回家，拢到支书家、会计家，或者经常损他但又投缘的家宝家富家，送上几只。或者吃碰头，大火爆炒，烧酒去腥，浓酱调味，几个人一瓶烧酒，喝得小脸通红，说些乡间笑话，倒也苦中作乐，片刻自在逍遥。有人说他溜须拍马屁，他笑眯眯说："吃个猪卵子，还要你嚼卵子，管你的卵事。"众人哈哈一笑。

　　哪家小孩子得了疳积，瘦得三根筋吊个大脑袋，舍不得称些肥肉烧汤，给孩子"洗疳积"，开口问他要些猪卵子烧汤代替，他总是大方得很，将一串猪卵子全部扔给人家，说："下马猴，不着急，下次还有。"

　　俗话说，常在河边走，哪有不湿鞋。顾大总有失手的时候。他本来就是半路出家，不很精通，有些猪子得了病治不活，或者猪子骟后刀口感染流脓，本是正常不过的事，大伙儿却不依不饶揪住不放，慢慢地就有了顾大篓子的名号，而且越叫越响。顾大堵不住大伙儿的嘴，只得苦笑，骂道："好事不出门，坏事传千里。"大集体的时候，大家不与他计较，把病猪杀掉，家家还能分上半斤八两，反而沾了他的光。后来，分田到户，各户各家养猪，遇到这种事情，就不是名声的问题了，总有几家找上门来索赔，顾大有苦说不出，闹到最后都是二姑娘出门——倒贴。他的老婆更是数落他："一分一角地赚，一十一百地赔，真是个顾大篓子。"顾大摇头叹息，收手不干了。再有哪家请他去，总得先把招呼打在前面，丑话说在前面，他才肯出手帮忙一下。

　　顾大不做兽医，不再骟猪，不再像以前那样通庄子转得飞扬。他身体单薄，几乎干不了责任田里的重活儿，老婆经常损他，文不像个秀才，武不像个兵，顾大不说话不回嘴，小脸纠结得像核桃，吭哧吭哧地忙活，过着一般般的日子。

顾大不是有个剃须嘛，不是有炒猪卵子的手艺嘛，于是，农闲之时，偶尔给人剃头理发，或者到左邻右舍红白喜事人家帮厨，赚点外快小钱，但大伙儿总会往天蓬元帅上联想，起一身鸡皮疙瘩，少不得拿他取笑一番，埋怨几句。于是，这样的活计也基本是有一搭没一搭。

大年初五，是农村抢财神的日子。哪晓得十多年前，顾大照例半夜三更起来放炮仗接财神，真的出了大篓子。一只炮仗没有蹿上天，偏偏掉在肩膀上炸开，天崩地裂般，他就什么也听不见了，成了顾大聋子。从此以后，顾大与谁说话都是杀猪般地嚎叫，顺便打着手势，别人也如同与他吵架一般，他才能听个大概。

顾大的世界清静了，再也听不见世间的喧嚣与嘈杂，以后就很少说话，常常一个人坐在门口发呆，遇见谁都苦笑一下，算是尽了礼数。没有人知道他心里想什么。

记得我们小时候，经常到顾大家里去玩儿，他会腾出几个庆大霉素注射液之类的空药盒子给我们当文具盒，我们都是如获至宝般。放学路上，他骑车遇到我们，总让我们几个人前杠后座挤上去，搭车回家，虽然屁股颠得疼，但像追风一样的轻快。

记得我年轻时离开家乡的时候，天寒地冻，大雪封路，是请顾大撑一条小船送我的。十里水路，十里长篙，十里寒风，我坐船头，他站船尾，船儿贴着水面，顶风慢慢前移。

———————————————————— 我的小村庄

我们很少说话。看着故乡一点点地离我远去，看着一叶小舟在白茫茫的河心漂荡，我不免有些惆怅。"离开也好。下马猴，不着急。"顾大一声叹息，轻轻地说。好像是在劝慰我，又好像是忧愁于他的子女，他的未来。

顾大撑船送我的情形，一直印在我的脑海里。虽然那是三十多年前的事情，虽然他已经走了好多年。

毛儿头

　　毛儿头是我们庄上的放牛郎。傻乎乎的，但又不是那种全傻，只是反应迟钝，慢言慢语，火烧眉毛都不急，而且经常前言不搭后语，麻田扯到菜田。

　　毛儿头个子矮小，上身长，下身短，穿件破旧的长褂子，好似一只歪歪扭扭的大麻袋。或是长年睡在牛棚的缘故，蓬松的鬈发里总是埋伏着一些稻草屑子，行走于暮色之中，俨然一根搭着鸟窝的黑不溜秋的榆树桩。

　　毛儿头是哥哥带大的，与哥哥相依为命，后来做了放牛郎，又与老水牛相依为命。在他眼里，哥哥是他的家，老牛是他的命，都金贵得很，旁人惹不得。

　　大集体那会儿，如果没有上河工的任务，整个冬天便是庄户人家闲闷无聊的时候。大伙儿烧锅山芋粥，就着苋菜馅，打发一家人的肚皮，然后拱着棉袄袖子，晒晒太阳发发呆，淡一句咸一句的张家长李家短。

毛儿头倒成了最忙的人。他住在牛棚，照应老牛，每天半夜三更从草窝里爬起来，为老牛起尿。他提起大尿桶支到老牛鼻子下面，让老牛闻尿臊味，"操——嘘，操——嘘，操——嘘"，前声短促，后声悠长，整个庄子都在这一声声使唤中哆哆嗦嗦。老牛以为毛儿头给它喂食，一头埋到尿桶里，伸出舌头呼啦呼啦地乱舔，断了半截的牛角在尿桶口反复划楞。老牛通人性。它闻着尿臊味，听着"操——嘘"声，很快就知道不是喂食，是在催尿，茫然抬起头来，双眼混浊，可怜巴巴地盯着主人。半明半暗的马灯下，人牛对视之间，毛儿头总是有点儿迷糊，不知是人在怜悯牛，还是牛在怜悯人。他叹口气，赶紧将尿桶支放在牛肚子下面，老牛放低牛胯，哗哗地响，牛棚里满是呛人的臊气和腥味。

老牛趴在昏暗的马灯下反刍饲料，毛儿头钻到草窝里，静静地听着寒风裹挟大雪的声音。整个庄子都无奈地蜷缩在寒冬里。

毛儿头的牛棚，是我们小孩子的乐园。

春天，牛棚淹没在菜花黄中，毛儿头带着我们在土墼墙里掏蜜蜂，他反应慢，经常被蜜蜂蜇到手，便将手指放在大嘴里乱嗫。有时，我们会捉弄他，偷偷将蜜蜂扔进他的颈项脖子里，他哇哇地大叫，绕着牛棚追打一番，滚落了满地菜花。夏天，毛儿头将老牛牵到十字汉港里洗澡躲夏，我们骑在牛背上游玩儿，为老牛拍牛虻，傍晚时分，一起将老牛吆喝进牛汪塘过夜。到了秋天，毛儿头将牛粪拌些稻稳子（稻草屑子），贴在土墼墙上晒干做粪饼，留着冬天牛棚烤火取暖。他看见我们背着书包上学去，会照应道："你们要好好念书啊，可不能像我这样捧老牛屁股噢。"

那时，我们这些小孩子要背着小竹筐出去拾屎捡粪，积攒起来送到队里算工分。平常只能拾些鸡屎鸭屎，但那些东西顶不上分量，庄子跑遍了也拾不到半筐。如果遇到毛儿头，这事就好办了。毛儿头会让老牛停下来，"操——嘘，操——嘘"，吼叫半天，让老牛屙下一摊粪。我们小嘴儿甜甜地说声谢谢，毛儿头总是嘿嘿傻笑两声，难为情地挥挥手，说："明天还来啊。"

别看毛儿头平时傻里傻气的，赶牛耕田绝对是一把好手。

老话说，田荒荒一熟，庄户人家的嘴长在手上，通在田里，荒了，什么都没了。到了大忙时节，那是三更等不得午时，一辰紧着一辰，毛儿头和老牛没日没夜地忙。风雨之中，毛儿头高吼一声"驾——跨，驾——跨"，老牛"哞"的一声回应，将木犁拉得呼啦啦作响，毛儿头用劲稳住犁，把住方向，生怕犁头走偏打滑，让老牛白费了力气，两条短腿像踩上风火轮似的，跟着老牛紧赶慢赶。到了田头拐弯处，毛儿头轻喊一声"吁——吁，驾——跨，驾——跨"，提醒老牛转身，双手把木犁左右一摇，往后一倒，犁头露出地面，毛儿头扛着木犁顺势转弯换垄，犁头重新扎进泥土，一条新垄在犁尖上翻滚开来。这时，我们会跟在后面，从新翻的田垄里拾泥鳅，或者将家养的鸭子赶来，放到田里寻食蚯蚓，田野里弥漫着泥土的清香和细雨的温柔。忙碌的毛儿头，沉默的老牛，还有叽叽喳喳的我们，俨然一幅水墨风景。

那时，庄上放映电影《天仙配》，大伙儿与毛儿头开玩笑："人家董永也是放牛郎，怎么娶了七仙女？"

毛儿头傻笑道："哪个不想呢？癞蛤蟆吃不到天鹅肉哎。我只想找个暖被窝焐脚头的，哪怕是瘸子瞎子，都烧高香了。"

正好庄上一户人家有个傻大姑，一个要补锅，一个要锅补，毛儿头的哥哥做了主，让两个苦人儿过在了一处。毛儿头把傻大姑当七仙女供着，逢人就傻乎乎地宣告："我有家了，再不是光棍儿了，再不是光棍儿了。"

分田到户时，队里将老牛分给了毛儿头，毛儿头干得更欢。他将老牛养得膘肥体壮，庄上人家都说，老牛的伙食比两个傻子吃得好，毛儿头瓮声瓮气地笑道："那是当然，老牛是我的命根子，我的金饭碗呢。"他将各家各户的活计排得井井有条，干起活来不分白天黑夜，毛儿头和老水牛耕耘到哪里，哪里就翻出肥沃的浪花，哪里就飞来轻快的小燕子，哪里就聚集了劳作的人们。即便那时已经有了手扶拖拉机，大伙儿依然喜欢用毛儿头和老牛来耕田。

　　一个盛夏的傍晚，在为一户人家翻耕田地时，老牛突然口吐白沫，倒在田头，毛儿头抱着牛头大声痛哭，责怪自己粗心大意，害了老牛。后来有人做主，把老牛宰杀，分到每家每户算成份子钱，接济给毛儿头。我记得那个晚上，好多人家都没有吃牛肉，好像整个庄子都在怀念老水牛，都在可怜那个丢魂失魄的毛儿头。

　　前几年，毛儿头的傻老婆走了，他在当年的牛棚附近寻了块墓地，以侄子的名义立了墓碑，早早地将自己的名字一起刻在了上面。众人劝道："你还活得像头牛呢。"

　　他慢言慢语道："我毛儿头世上走过一遭，总得看看自己的名字是啥样子，将来我眼睛一闭腿子一蹬，还有哪个记得我这个傻子呢。"

　　大伙儿无语。墓碑上刻着毛儿头的大名：袁成芝。

　　　　　　　　　　　　　　　　　　　　　　我的小村庄

哑巴网小

网小打田鸡，一打嘴一龇，

田鸡下了河，网小找外婆；

田鸡上了屋，网小急得哭，

田鸡呱呱叫，网小咯咯笑。

小时候，我们经常唱这首儿歌逗网小。

网小是听不懂这样的儿歌的，因为他是哑巴。

放学路上，小伙伴儿们一遍遍地唱，哑巴总是跟在后面哇哇地大喊大叫，把步子踩得震天响，扑通扑通，追得我们躲进草堆，爬上杨树。几次下来，我们便不再害怕，知道他是假装追不上，在我们后面嘿嘿地笑。

哑巴人高马大，浑身腱子肉，长年暴晒于田间地头，古铜色皮肤，泛着黝黑的光亮，绝对是干农活的一把好手。

哑巴的嘴巴特别大，好像一块红山芋挂在鼻子下面，几乎占据了半个大脸盘，一直连到耳朵边。他见谁都咧嘴傻笑，或者呜呜地乱比画，似乎有一肚子的话，在喉咙里翻滚冒腾，憋得大脸通红，不知所云。

哑巴与网三是弟兄俩，父母早亡，两人相依为命，住在庄子西头一个矮棚里。但弟兄俩好像不是一娘所生，毫无一点相似度。网三个子矮小，身子单薄，哑巴可以把网三夹在胳膊窝里，一边夹一个，跑得比鬼都快。网三小嘴尖翘，能言会道，话头精特多，似乎上知天文，下晓地理，说起来六角铮铮，口角嚼出唾沫星子。网三吹牛的时候，大伙儿经常取笑他："难怪网小是个哑巴，嘴都长到你的脸上了。"

网三回道："不与你们嚼淡话，回家与哑巴嚼？难道我这张嘴要闷成臭茅坑？"

哑巴力气大，在队上是出了名的。据说，有一次送粮，众人看到网三总是挑大半箩稻谷上船，便说起他的不是。网三说："你们也就在我面前显摆，拣软柿子捏，有本事同哑巴比一比。"

于是打起赌来。网三说："哑巴力气有千斤，赛似李元霸，双肩双担上船，信不信？"

众人将四个箩筐两担稻谷装得满满尖尖。网三对哑巴努努嘴，使个眼色，哑巴心知肚明，趴在水码头，老牛似的喝上几口河水，扔掉短裤，肩膀垫上破毛巾，站好马桩，双唇紧闭，气沉丹田，轻飘飘地将两副担子挑上双肩。哑巴是打不出挑担号子的，众人便帮着喊：

　　　队上送粮忙呀，嗨呀的号啊，

　　　哑巴来挑担呀，嗨呀的号啊，

　　　担子重千斤呀，嗨呀的号啊，

　　　心里不能慌呀，嗨呀的号啊，

　　　跳板有点晃呀，嗨呀的号啊，

　　　脚底要抓稳呀，嗨呀的号啊，

　　　…………

　　出仓库，过晒场，上跳板，哑巴踩着节奏，不慌不忙。走了大半个跳板，哑巴好像故意打个趔趄，众人惊出一身冷汗。更为神奇的是，哑巴走到船舱梁板的时候，不知使了什么招数，竟然微微低头，双手托举两条扁担，稳稳地在双肩上换了双担，然后轻轻放下担子，众人一片喝彩。哑巴大嘴咧到耳根子，一脸憨笑。

　　从那以后，队上有个不成文的规矩，哑巴兄弟俩一起上工，网三干些轻活，打打下手，与大家一样的工分。哑巴则当仁不让地多挑几担，多干吃劲的重活累活，大家跟着省了不少力气，还能落些清闲，听网三天南海北的吹嘘，一个个没有意见。谁家砌房修屋，主家也是必请他们兄弟俩帮忙出力。网三负责当火头军，耳朵上夹根香烟，在灶台上忙前忙后，不时跑出来，帮主人指挥哑巴搬个砖头堆，抬个水泥梁，窨个石灰塘，反正不让哑巴歇着，有多大力出多大工。哑巴干活细作，什么事情交给他做，让人放心。

但哑巴终究不是清醒人，有点儿发傻，这一点，网三非常有数。所以，中午开饭的时候，网三只给哑巴盛上一瓷缸肉汤泡饭，让他吃个大半饱，躺在树荫处消个食，打个盹，蓄些劲。因为哑巴一吃饱了肚子，就不会再干活，早躲到哪个草垛子后面睡大觉去了。这似乎是哑巴的唯一缺点，但大伙儿都怪不得他，毕竟他是个傻傻的哑巴。到了晚上，无论是网三，还是主家，是一定要盛上两瓷缸肉汤泡饭，让哑巴吃饱喝足的。

网三后来娶了老婆，生了两个孩子，哑巴与他们一起过日子，把责任田种得妥妥当当的。一有闲空，就带着孩子骑项马，在庄子上转悠，依旧傻傻地笑，傻傻地生活。大伙儿都说网三有个好哑巴帮着撑起了家，省了不少劲。后来，他们兄弟俩到窑厂打工，哑巴净干烧窑挑水运砖的重活，忙得满身烟尘，活脱脱一个黑旋风李逵。

我上高二时的一个星期天，在家挑粪，因为削山芋，不小心砍伤右手，哑巴正好从我家门口经过，吓得哇哇大叫，帮着喊我父亲将我送到医院缝了九针。从那以后，哑巴每次遇到我，都要哇哇地比画一番。他先对着天空画个大圆圈，比画成一个圆月亮。我一直很纳闷，他怎么知道那天是月半

　　　　　　　　　　　——————————我的小村庄

呢？然后，哑巴一手摊开，一手往掌心切去，比画着我受伤的过程，再学一下挑粪的样子，蒲扇般的大手在眼前摇摆，满脸苦样，额头上的皱纹卷成麻花。最后，双手摊成看书的样子，嘴里呜呜不停。谁说哑巴是傻子？他那一刻心里明白着呢，只是一肚子的话说不出来。

　　我一直以为哑巴是网三的兄弟，网三对他吆五喝六，也是情理之中，要不然怎么叫网小呢？后来才无意中得知，哑巴是网三的哥哥，是他把网三从小带大的。他一直帮着网三，什么事儿都听网三指使，为网三拼命，眼睛一睁，忙到熄灯。好像除了两瓷缸的饱饭，他别无所求。

　　我离开家乡之后，便再也没有遇见过哑巴网小。不知道他几十年来是怎么过的，不知道他过得怎么样，不知道他会不会还要在我面前比画一番当年的事？前不久，回家时提起哑巴，我的嫂子叹息道："哑巴刚刚走了，可惜我们都不知道，要不然无论如何是要去给他磕个头的。"

袁二

以前说过驼爹的故事，今天讲袁二，还得从驼爹开始。

驼爹是我们庄子上最有才学的人，上过私塾，一肚子墨水，经常给大伙儿说书讲古。但他是地主崽子。那时，队上无论遇到什么上面下派的忆苦思甜或者揭发批斗的名堂，驼爹都会像提线木偶一样，被大家拿出来热闹地捉弄一番。

其实，庄户人家低头不见抬头见，心里明亮得很，没有对驼爹另眼相看，知道他就是一个老实巴交的老农民。这样做，无非是走个形式，装个样子，应付了事。驼爹自然非常配合，弓着驼腰，做低头认罪状，笑呵呵地接受再教育，甚至还会带头喊两声："打倒袁早，再踩一脚！"搞得大家哄堂大笑，然后相互打些招呼，说些笑话，各自散去。至于队长会不会悄悄为驼爹补上几个工分，我们小孩子就不知道了。

但大伙儿知道的是，驼爹的改造是认真的，彻底的。这从他给儿子的取名上就看得出来。袁大叫袁勤，袁二叫袁动。我们队长曾经在社员大会上号召大家要像驼爹那样，自力更生，勤奋劳动。驼爹好似他的谜语被队长揭开一样，坐在旁边瘪嘴咧笑，大伙儿也才恍然大悟。

驼爹与我家是邻居。当年，队上沿着河圩新辟西庄台，从东往西，一字排开，先到先得，驼爹赶紧搬过来。驼爹三子一女，拿了可以砌两套小五架的落址（落址，土话，亦称落地，宅基地的意思）。好像当时队上有土政策，每家最多只能拿两套落址。于是，家家户户盖上草房子，圈出菜园子，鸡鸣狗叫，炊烟袅袅，人影憧憧，穷日子过得波澜不惊。

转眼间，驼爹子女长大成人，到了谈婚论嫁的时候。虽然，大家从不把他们当地主崽子看待，但子女心中多少还是隐隐有些疙瘩的，不明就里的外人多少也是有些忌讳的，访亲的事情无形中增加了难度，要大费一番周折了。驼爹左右拜托大伙儿帮着说好话，大伙儿自是知道宁拆一座庙，不拆一桩婚的古训，绝不会揭驼爹的老底，有的还热心帮着牵线搭桥。驼爹晓得，万事开头难，老大不搞个开门红，以后老二老三肯定一抹黑。他掏光压箱底的"老款儿"，再东挪西借一些，全家总动员，老少齐上阵，在西边的空落址砌上新草房，好不容易把老大的婚事打发逸当。

我们的主人公袁二都是以配角的身份出现在他的家庭和他的生活中。他为哥哥的婚事出力流汗，肩挑担扛，忙脱了三层皮，遛得脚后跟打到后脑勺儿。因为他知道，忙好了哥哥的婚事，才轮到他的好事。这世间，有几人是稳稳当当的主角，是命运的主宰？又有几人不是他人的配角，不受命运的支配？袁二也是如此。

现在，驼爹来不及喘上一口气，活络一下手头，袁二的亲事又像大山似的压了过来。别看驼爹平时给大伙儿说书讲古，自有一种滔滔不绝，指挥若定的气度，但面对这座大山却无计可施，山穷水尽。驼爹很是犯难，经常对袁二叹道："手上没有米，唤鸡都不理。"虽说庄户人家访亲没有多高的讲究，谈不上城里流行的"三转一响"（"三转一响"一般指自行车、缝纫机、手表和收音机），基本上就是看看人，看看房，看看猪，看看粮。看人吧，袁二个头儿还算高大，但比较单薄，走路有点飘，在队里数不上大劳力，但还说得过去。最大的问题是房子，老大成家单过，其余的一家老小挤在两间小草房里，上面还有一个八十多岁的老奶奶，住在老大家里。这样的家境，谁家愿意把姑娘往火坑里送呢。

那时，庄上也有许多人家没有砌新房，但总是一个钱一个肉钉似的积攒下来，慢慢买些木料砖瓦，石灰水泥，用油脂薄膜遮盖严实，垒放在门前，好给访亲者一个明确预期。都说穷出来的主意，饿出来的办法，庄子有些人家走投无路，经常闹出借木料砖瓦，借猪借粮装门面的笑话。有好事者便学驼爹说书般，吩咐驼爹附耳过来，如此这般，依计而行。驼爹可是读书人，嘿嘿苦笑两声，回绝人家的好意，说："宁可袁二打光棍儿，绝不做这种有辱斯文，有损门风的事儿。"

袁二这话听得多了，就有些当真，甚至疑惑驼爹偏心眼，藏了老款儿为着姑娘和老三办事，于是经常与驼爹闹些不快的事来，左邻右舍总得要劝慰一番。乡间土话说，穷杠嗓（杠嗓，土话，双方抬杠吵架的意思，亦称刚丧），富烧香，似乎不是没有道理的。记得我的母亲也经常劝说道："袁二啊，八败命还怕个拼命做，天天杠嗓总不是办法。"袁二无奈苦笑，让人心疼得很。

有人帮驼爹出主意，说："你家姑娘已经出落成一枝花，找个交门亲吧。"于是，悄悄看了三五家，姑娘总是不如意，一口回绝了老父亲。驼爹也不想委屈姑娘，毕竟强扭的瓜不甜。袁二的亲事就这样一直悬着好几年。要房房没有，要人人没有。驼爹总是唉声叹气，自嘲道："我这是驼爹跌跟头——两头不着地。"再过了一段时间，姑娘谈上对象，袁二更是心急如焚。他暗自与妹妹讲："老妹啊，你千万不能把我间隔掉，给哥哥来个'无期（妻）徒刑'啊。"妹妹是懂事理的，她安慰袁二说："哥哥哪一天不结婚，妹妹哪一天不出门。"

或许是祖上积德，老天开眼，又熬过几年，袁二终于说上了一门亲事，也是苦瓜儿人家，个子比较矮，与袁二高低搭配，相映成趣。袁二哪敢回个不字，给自己做了一回主："破锅子找到破锅盖，坏木棒终于成了排。"于是，驼爹赶紧在门前厨房往外搭出一间草披房，搬了进去，将原来的草房让给袁二办事结婚，分家单过。结婚之后，袁二老婆主政持家，大事小事一锤定音，袁二还是配角，少有发言作主的机会。袁二呢，是三五亩责任田的主人，是五吨水泥船的主人，是扁担铁锹的主人，也是后来买的破自行车的主人，吭哧吭哧地干活，如同他的名字一样。

几年之后，袁二砌新房，又是一番折腾。因为落址所限，放样的时候，瓦匠大师傅玉仁左右为难，西山墙要与袁大的东山墙贴墙而建，东边才能腾出夹巷搭厨房，但这样的话，西山墙外边不好搭脚手架。驼爹也精通瓦匠活，他弓着腰倒背双手转了转，说："大活人怎么能被尿憋死，脚手架搭在里面，摸墙砌。"玉仁大师傅还是第一次听说这个技法，便拿驼爹开心："我们不会摸墙砌，你来？"驼爹把肋骨拍得山响，说："我来就我来，保证外面投缝合榫，里面合榫投缝，让你知道姜是老的辣。"待到砌厨房时，驼爹悄悄来我家，与我父母商量，能不能借用我家的厨房山墙，搭袁二家的厨房，我父母一口应承，邻居好赛金宝嘛。

新房上梁，玉仁大师傅和驼爹赛起上梁合子，双方你来我往，妙语连珠，玉仁更是现场发挥说：

> 日出东方春风正好，
>
> 驼爹摸墙不用弯腰，
>
> 自力更生金玉满堂，
>
> 勤奋劳动金光大道。

众人自然一片喝彩，袁二忙着递红包，分香烟，一脸憨笑。

日子如同门前小河水，不紧不慢地流转。袁二依旧在该当主人的地方当主人，该做配角的时候做配角，先是与哑巴网小一起挖土装船卖到窑厂，后来与放牛郎毛儿头一起到窑厂运砖挑水，窑厂关掉后，乡办厂兴起，袁二又与水猴子船兵等一起骑自行车晚出早归，打工赚钱。

十多年后，西庄台逐渐冷落，袁二将房子搬到东庄台的公路边，正巧我家需要砌房，便想与他家换旧落址，袁二夫妇爽快地说："当年还借着你家山墙过日子的呢，一句话的事。"后来，我哥哥也搬到东庄台，又与他家做了东西邻居。我回家偶尔遇见袁二，他都说："搭山墙的好缘分。"

再次听到袁二的事，便是很不幸的消息了。据说，袁二从厂里下大夜班，独自骑车往家赶，偏偏一个转弯路口的芦竹丛白天刚被砍掉，影影绰绰之间，他以为还没到拐弯口，竟直直地骑翻过去，跌倒在芦竹坎里。那是一个乌黑的冬夜，那是根根如刺的竹尖，那是一个名叫袁动的风雪夜归人……

黄珠老人

乘车经过县城时，我不由得想起黄珠老人来。

那是好多年前的故事了，是真是假，我并不全清。

"打县城那会儿，我扛着梯子跟着新四军往前冲，"黄珠老人时常边抚摩着自己的右腿，边对童时的我们讲他那永远挂在唇边的故事，"猛烈啊，一个炸弹在我身边开了花，我就什么也不晓得了。隔了好一会儿我才醒来，还以为是在阴曹地府找阎老五呢。咦，没有死啊，我爬起来就往前溜，刚跨出一步就又倒了下来，才晓得我这右腿给弹片打坏了。"

我们不信，就问奶奶，奶奶总是湿着眼眶点头说："孩子，你们以后别再学着黄珠老人那样跛着腿走路，啊。"

最喜欢开玩笑的驼爹也一板一眼地说："怎么不信？黄珠老人可不像我这根老油条，他说的话跟他干的事一样的老实哟。"

黄珠老人很苦。小时候父母都饿死了，他一个人到处流浪，靠讨饭长大，后来又跛了腿，再后来就是丧妻。他老婆临死前抓住他的手，叮嘱他一定要照看好两个儿子，出个好歹，她在阴间饶不了他。

　　哪晓得大儿子在1970年得了场暴病，没钱医治，他急得无路可走。有人提醒说，你是老革命，怎么不去公社找领导试一试呢。他跛了十几里路，找到公社，讲他那条右腿的历史，恳求照顾他一点儿钱治治儿子的病。那时的公社领导哪有闲工夫听他讲这些，要他拿新四军发的残疾证明。他说他有，可惜又拿不出。于是，那个领导冲他道："连证明都没有，空口说白话，谁知道你是真革命还是假革命？我们忙着呢。"

　　黄珠老人空着手跛回家，儿子已经断气了。他哭得呼天抢地，捶着那条跛腿大骂自己没本事，要老婆用天雷劈他，可跪了半天也没有一点儿雷声。乡邻们劝住他，问他发的那个证明哪儿去了，他翻动浑浊的泪眼，支支吾吾说："给了一个讨饭的人了，"又接着解释，"那个讨饭花子可怜啊，我看不过去，就把证明给了他，让他拿点儿抚恤金用用。那情形我是知道的，苦啊，唉。"

　　人们有的点头，有的摇头，叹气声一个接着一个。当下，大家集了点钱，买了口薄木棺材，将老人的大儿子葬了。

自此打击后，黄珠老人变得更瘦更跛了。他把心思全部扑在小儿子身上。好不容易帮小儿子砌了屋成了家，谁知儿子儿媳反而嫌弃他了，三天两头骂他是"老不死的跛鬼"。

　　农村过冬时节是要烧纸敬先的。那天，驼爹经过黄珠老人门前时，发现老人正在一刀毛丧纸上，歪歪扭扭地写自己的名字，忍不住说他："哪有活人给自己烧纸的，不作兴啊。"老人哆哆嗦嗦地回道："以后还能指望谁给我烧？我不给自己烧，到了那边没钱用啊。"

　　当夜，黄珠老人的小破茅屋着了大火。等邻居们救下火时，老人已不知去向。有人说老人把自己烧在屋里，但没有找到一丝遗迹，也有人说老人被老婆接到天上去了。

　　驼爹想起老人白天说的话，唏嘘不已。

　　而那儿子儿媳并没有受到损失，放了一大通炮仗，说驱驱邪气。

金大膀子

庄上流行一个歇后语，谁无意间得到些好处，总会喜滋滋地说："金大膀子上河工——捞了个大外快。"

金大膀子的右肩上有个大肉疙瘩，庄户人家称为"摸肩疙瘩"，如同倒扣了半个瓷盆，远远望去，与他的大脑袋并驾齐驱，以至于一个肩高一个肩低，衣服穿在身上，总是吊着右襟。

这是金大膀子年轻时上河工落下的毛病。那时，队上组织冬天外出挑河，不仅工分高，有伙食补贴，还有劳动竞赛奖励，一个人苦上一两个月，能够管全家半年的肚子，这是大劳力家庭求之不得的好事。金大膀子仗着年轻气盛，身高马大，嫌毛竹扁担够不上分量，专门做了一副桑木扁担，几百斤的泥担子挑在肩上不当回事。慢慢地，肩膀便磨红了，磨肿了，磨出血了，磨成老茧了，他大手上吐口唾沫，揉揉搓搓，消消肿块。有老河工提醒道："千万不能用手揉，手上的毒气和桑木扁担里的木气瘀积到肿块里，会长成'摸肩疙瘩'。"他哪里顾得上这些，回道："家里五个丫头的嘴咬着我的肩膀呢。"

于是，一个冬天的河工干下来，他的工分和奖励在河工队上独一份，拿得让人眼红，但也多了金大膀子的外号和那个歇后语。从此，金大膀子便成天挂在了庄户人家嘴上，动不动就拿他开开心，说说笑。

金大膀子当初也就想有个一子半女就行，偏偏老婆肚子不争气，一连串地生丫头。当他得知第五个生下来还是丫头时，气得火冒三丈，捧起家神柜上的香炉扔进了茅坑。五个丫头怎么养啊？吃起来满满一桌子，忙起来只有两个老壳子。他只能在队上拣重活累活儿干，桑木扁担不离肩，为的是多赚一些工分，得以养家糊口，这样一来，"摸肩疙瘩"便愈加厚实了。他笑道："瓦罐不离井上破，就当是桑木扁担的肉垫子。"

那时候，庄上经常有挑糖担子的过来，金大膀子会拦住糖担子，不让他们进庄，或者照应他们绕过他家。至今，庄上还流传这个顺口溜儿："挑担儿，卖糖的，你不从我家门口跑，我家伢儿不得嚎；你不在我家门口敲，我家伢儿不得闹。"据说，始作俑者就是金大膀子。

金大膀子一家的日子过得清汤寡水，一年四季是见不到薄饭厚粥的，全靠山芋打滚，野菜垫底，更谈不上大鱼大肉，哪个丫头过生日，才舍得炖上一个鸡蛋，五个丫头匀上一两勺。只在过年之前，他会买一只猪头腌上，让家里人的筷头见见腥，过过有肉的年。好在丫头们一个个见风就长，金大膀子不以为苦，依旧耸着肩膀，大大咧咧地生活，风风火火地干活。

那年冬天，金大膀子上早工回来，发现锅子不动瓢不响。以往，老婆都是早早起来忙好早饭，烧好猪食，收拾好家务活儿的。他半是着急半是疼惜地骂老婆，睡死过去了。走进房间才发现，老婆一呼三不应，竟是半夜三更猝死了。与母亲睡在一起的老四老五两个丫头，只知道母亲为她们焐脚，不知道母亲身躯何时凉的。金大膀子仰天长哭。这是金大膀子一生中唯一的一次伤心掉泪。他领着五个丫头在灵位前发誓："老婆啊，我金大膀子就是一根压不弯的桑木扁担，拼了老命也要帮你把五个丫头带大成人。"

金大膀子里里外外一把手，既当爹又当妈，将五个丫头当作掌上明珠，绝不让她们少些温暖，受点委屈。孩子们也乖巧懂事，陆续地成了小帮手。桑木扁担挑过最苦的日子，五个丫头如同苦楝树开出了花朵，出落得有模有样，说媒的踏破门槛。那时，庄上放映电影《五朵金花》《五女拜寿》，大伙儿拿电影与金大膀子开心说笑，金大膀子自觉苦尽甘来，咧嘴笑道："只愁养不愁长，五个丫头十个儿，我这是金大膀子上河工——捞了个大外快啊。"

穷人的孩子早当家。大姑娘早早地拜师学艺，开了缝纫店，帮着父亲赚钱养家。第一件事就是为父亲量体裁衣，在"摸肩疙瘩"上多搭一块布，不让父亲吊着右襟。她主动要求招婿，东庄一个退伍军人入赘在家，帮着顶起门面，分了担子。

金大膀子于是经常到东庄亲家那里去玩儿，一来二去便与庄上人玩儿熟了，他发觉东庄人实诚厚道，竟然一股脑儿地将二丫头、三丫头、四丫头都嫁到了东庄，大伙儿就又拿那个歇后语与他说笑，他嘿嘿地答道："走亲戚方便不拐路，一天能跑三四家。" 金大膀子一有空闲就脚下抹油，大摇大摆往东庄上跑，这家走走，那家看看，遇上大忙，扛起扁担当小工，平时，端着架子当贵客。亲家们都得留他吃饭喝酒，拿他开心道："来就来吧，肩膀上何必扛块肉呢。"

酒过三巡，金大膀子的大脸庞变得红彤彤，亮晶晶，每一处坑坑洼洼都汗津津地泛着光亮，似乎融化了所有的饱经风霜，他会揉着那块"摸肩疙瘩"说："要是老婆还在世，真的能睡着也会笑醒了。"

桂凤

春光好，万物生。桂凤每天骑着助力车，从庄子往城里赶。助力车上的防护套，有些破旧，大红底色，绣着牡丹花。虽然抵挡不了早春寒，但桂凤喜欢。当年，她穿着这样的红嫁衣做了新娘。

那天，新郎官划着轿船，扯开嗓门儿唱：

> 你姑娘是今年喜星当头照，必定要坐花花轿。花花轿，真热闹，妈妈忙陪嫁，舅舅抱上轿，诸亲六眷闹吵吵。你姑娘是嘴里哭，心头笑，这个日子找也找不到。什么话？老实话，欢欢喜喜到婆家，恭喜你来年抱个胖娃娃。

河水泛着春意，燕子盘旋呢喃，桂凤心里结下幸福的小窝。

——————————————————我的小村庄

岁月的小船轻轻一晃，三十年过去了。

桂凤在城里一家婴儿洗浴店打工，收入不算高。她舍不得换地方，说是最喜欢小孩，个个都像一朵花。桂凤性格开朗，脸上整天挂着笑容，老顾客愿意把孩子往她这儿送。桂凤伺候孩子非常用心，小祖宗似的，含在嘴里怕化了，捧在手上怕掉了。看着小孩在游泳池里扑腾，哇哇乱叫，她比家长还开心。小孩奶声奶气地叫一声"奶奶"，桂凤贴着红扑扑的小脸蛋亲了又亲，逗得孩子咯咯笑，抱着不肯放手。

桂凤刚刚当上奶奶。儿子远在宁波工作，孙女才几个月，她照看不上，交给了亲家母。想到他们，桂凤只能偷偷抹眼泪。好在现在有微信，晚上一有空就视频，隔着千山万水，说不尽千言万语，那个亲热劲儿，快把手机融化了。

桂凤不能到宁波照看孙女，全是因为丈夫的原因。

七年前的一个晚上，丈夫被车撞了，桂凤发疯似的赶到医院。活蹦乱跳的丈夫变成一个血人儿，只有出气没有进气，那一刻，她感觉天都塌了。但桂凤很快从绝望的悬崖边回转身来，她发誓：只要我有一口气，就要拼他一条命。面对一次次病危通知书和巨额救治费用，桂凤反复哀求医生不要放弃治疗，帮她为丈夫夺命。很多人劝她："不能再扛了，到头来人财两空，以后的日子过不过啊？"桂凤坚决不答应："丈夫在，家就在，孩子的盼头就在。没了丈夫，给我个金山也没用；为了他，万丈深渊我都跳。"

丈夫在医院里抢救了九十天，桂凤拼尽全力为丈夫与死神抗争了九十天。这期间，婆婆又生病住院，桂凤奔了东头奔西头，忙得连哭的时间都没有。丈夫三进三出重症监护室，历经三次大手术，在鬼门关走了三遭，桂凤始终是挺在医生和丈夫身边的最强后援。她东挪西借花了三十多万，愣是从阎王生死簿上夺回了丈夫。

出院前夕，主治医生特地领着全体医生和护士，向这位不离不弃、为夫夺命的农家妇女致敬。

带丈夫回家，桂凤拉着木板车，吱吱呀呀行走在乡间小道上。漫天星光，照着一路坎坷，也照在她的心头。邻居们在戏台上看多了孟姜女哭长城、白娘子盗仙草的故事，今天，桂凤救夫的故事活生生地发生在身边，他们买来鞭炮排成长龙，烟花轰轰烈烈地盛开在庄子上空。那个划着轿船、唱着小调把她娶回家的丈夫终于回来了，桂凤大哭一场，复又大笑一场。

丈夫半痴半傻，智商只相当于三岁孩童。桂凤像调教小孩一样，帮着丈夫康复训练，恢复记忆，重拾生活技能。她买回儿童识字卡片，一字一字教着认，在他手上绑上铅笔，一笔一笔带着写；她一遍遍讲述他们的过往，把丈夫当年唱给她的小调再唱给他听；她挽着丈夫走遍村庄的角角落落，看树，看水，看星星，看农作物，重新认识乡里乡亲……

丈夫眼神闪出光彩了，能够牙牙学语了，能够慢慢挪着小凳走路了，知道下雨收衣服了，桂凤感到漫漫长夜终于熬得值。

为了生计，桂凤在庄上摆上烧烤摊。缺乏自控力的丈夫一次次掀翻烧烤摊，经常赶走客人，桂凤从不计较。一天，丈夫趁她不注意，偷偷地摸回家吃了饭。有人说："你家丈夫真是个傻子，只顾自己吃，不知道给你带饭。"桂凤却像发现新大陆，笑道："他不傻，知道回家吃饭了。"

姐姐过来帮忙，责怪桂凤太劳神，瘦得皮包骨，丈夫突然搭上一句话："都是因为我。"

桂凤一愣，抱着丈夫号啕大哭，多年的痛楚、压抑和付出，化作幸福的泪花。

从那以后，桂凤把丈夫带到庄外，逼着他找到回家的路；逼着他学做简单的饭菜，不管夹生不夹生，不管是淡还是咸，桂凤吃得比山珍海味还香。现在，丈夫虽然记忆还停留在过去，但生活基本能够自理，甚至连年轻时的吹拉弹唱也会了，在一家乡间乐队当上了唢呐手。桂凤逢人便说："我丈夫不傻，他活在快乐里呢。"

丈夫出事那年，儿子刚读大二，要休学回家照应父亲，桂凤一口拦住："家里有我，你不要分心。"她供儿子读完大学，成家立业。去年，桂凤凑足四十万，帮儿子交了首付。为了这个家，她一天要打三份工，忙好活计，急匆匆地往家赶。家里，有等着她的人，有她爱着的人。春风十里，归心一片，桂凤仿佛听见丈夫吹奏起那首熟悉的歌曲：

千年等一回

我无悔啊

是谁在耳边说爱我永不变

只为这一句

断肠也无怨……

小吉

得知这个故事已有半年，知情人梅姐一直不肯说出故事主人公的名字。她只告诉我，那是一位平凡的下岗女工。

请允许我叫她小吉，祝她吉祥平安。

半年前的一天，梅姐办公室来了一个女子，自称小吉，声音柔弱，举止拘谨。

梅姐招待她坐下。小吉刚落座，又慌慌张张站起来，从皮包里掏出一摞钱，恭恭敬敬放在梅姐面前，嘴里支支吾吾地说着什么。

梅姐很是惊讶，摸不着头脑，问道："给我这么多钱是什么意思？"

小吉的脸一下子红了。梅姐看出，小吉化了些淡妆，但浅浅粉黛掩盖不了满脸憔悴。小吉嘴唇苍白，没有一丝血色，手指皲裂，布满老茧，右手大拇指包着创可贴，左手颤抖地遮掩着。

"梅姐,我是小吉啊。当年,我丈夫生病时,您借过钱给他治病的,我今天好不容易打听到您,特地来还钱给您啊。这份人情欠得太久了,您千万不要怪我。"

小吉这番话,定是事先想好的,一股脑儿地倾诉出来。

一席话把梅姐拉回到二十年前。小吉的丈夫与梅姐在一个单位工作,那一年,他突发重病,梅姐和同事们一起借了一些钱给他治疗,但还是不幸去世。不久,梅姐离开了那座小城。就像两条直线,在短暂相交之后,她们天各一方,各自奔着自己的生活。一别就是二十年。梅姐万万想不到,小吉今天竟辗转找上门来!

小吉仿佛一下子将肩上的重担卸下似的,坐在椅子上长吁一口气,眼角噙着泪花。

梅姐安慰小吉一番,问道:"当初大家都是冲着你丈夫治病的,他人都没了,你为什么执意要还呢?"

小吉说:"丈夫没了,我的良心不能没了,我不能昧着良心亏欠帮助过我家的人。哪家的钱都不是大风刮来的。当时我打了欠条,还用一个小本子记着大家的名字和借款数目。攒够一个先还一个,每还一个就在后面画上一颗红心,记着大家的好。梅姐,虽然您当时把欠条撕了,但一直在我心里挂着。这么多年,我先供女儿上学,再攒钱给她办事,现在孩子也结婚了,我得把欠您的钱还给您。真不好意思,拖欠了二十年,原谅我只还本金。您千万要收下,了却我最后一桩心愿，不然我心里很是不安。"

当年的遭遇和二十年的光阴，改变了小吉的容颜，曾经青春如霞、爱笑爱美的弱女子，如今白发染鬓、面容苍老。这些年她经历了哪些苦难，背负了多少债务，是怎么走过来的，梅姐心里打满了问号，但又不忍揭开小吉心中的创伤。小吉像是看出了梅姐的疑虑，轻轻一笑："梅姐，您不要替我担心，到今天，我已经将所有债务还清了，给每一位好心人一个交代和一份深深的感谢，我现在生活好着呢。"

梅姐小心翼翼地问："你，苦吗？"

"苦是苦，习惯了。自己吃苦受累不算什么，只是对不住孩子和父母跟着受苦。特别是孩子长身体的时候，我每天都要盘算好开支，大白菜和黄豆芽，哪个便宜买哪个。好在孩子很懂事，考上不错的大学，找到了心仪的工作，已经结婚成家。父母也很好，父亲已经九十七岁了，健健康康。不怕梅姐笑话，二十年来，我没有舍得买过一件新衣裳，今天来见您，还是向女儿借的衣服呢。"

梅姐忍不住问小吉："还有什么困难吗？我可以找人一起再帮帮你。"小吉摇摇头："什么都不要，一家人静静过好日子就行了。现在，我有空还到福利院做志愿者，帮着照料孤寡老人。这是我报答好心人的最好方法。"

小吉脸上洋溢着些许笑容，如同风雨过后漫天彩云中的一道霞光。整个房间充满温馨。

临别之时，小吉向梅姐深鞠一躬，梅姐一时不知说什么好。她想了想，写下这段文字：

> 淡定看人生，坚强做自我。当初我选择了善良，今日你坚守了诚信，我们都做到了问心无愧，收获了温暖真情。这笔钱是善良、担当、坚韧的见证，我会将它留在心底，让这份温情继续传递下去……

秀儿

水乡农家的孩子，微风吹来，荷花般盛开。

秀儿出落成水灵灵的大姑娘，说媒的踏破门槛。东庄张家的小伙子，在乡办厂跑供销，见过大世面，据说身上掉个铜板能吓死人，秀儿不理睬。南庄李家的小伙子，在大队跑腿，据说马上要当干部，秀儿眼皮都没抬一下。一来二去，说媒的自讨没趣，背地里骂道：这家丫头眼角高上天，怕是要找个东海龙王三太子呢。

父母气得拿扫帚追打："怎么养了头犟驴，高不成低不就，白瞎了秀儿这个名字。"

秀儿心中早就有了白马王子，是西庄的小柳。秀儿提醒小柳请上媒人来说亲。几个媒婆串通好，不搭理，发狠要看秀儿的笑话。也不知小柳父母用了什么法术，竟然请动西庄的陈支书上门提亲，这让几个媒婆很是失算，更让秀儿父母的面子大到天上去了。

庄上有个说法，做媒要做三，福气如南山。支书不信这些，放下话："只做秀儿一个媒，鱼肉烟酒都不图。"支书出面，访亲、定亲一杆子下来。秀儿父母看到小柳白白净净，实诚厚道，虽然家境清贫、老柳一瘸一拐，还是不讲嫌弃的话，一声声表态："大家一双手都没有扎起来，慢慢往前奔。"

席间，双方亲友大麦烧酒喝得起劲，上菜的秀儿脸上漫出桃花红，笑嘻嘻躲到房间偷看。

秀儿进了柳家门，柳家把她当仙女，重活累活不让她干，油瓶倒了不让她扶。秀儿说："我到柳家不是来装门面的，是来过日子的。"小夫妻俩承包了十亩鱼塘，搞起螃蟹养殖，与虾兵蟹将打起交道。一日傍晚，小柳穿着皮裤在鱼塘中干活，霞光映照，好一幅渔舟唱晚的剪影，秀儿看得入神，扑哧一笑："真被庄上媒婆说中了，嫁给了东海龙王三太子。"

小柳哈哈一笑，放开嗓子，哼起《板桥道情》：

老渔翁，一钓竿。靠山崖，傍水湾。

扁舟来往无牵绊，沙鸥点点轻波远，荻港萧萧白昼寒。

高歌一曲斜阳晚，一霎时波摇金影，蓦抬头月上东山。

女儿的降生，给这个普通家庭带来更多乐趣。小柳为孩子取名真真。那时，庄上人家比较重男轻女，小柳父母劝他们到外地生个男孩，两人没有答应，说："把真真培养好，胜过万般好。"他们风里来雨里去，在鱼塘里讨生活，日子过得安安稳稳。

天有不测风云。小柳36岁时突发疾病，秀儿把他送到县城医院抢救三天三夜，仍然回天无力。小柳临走时拉住秀儿的手，断断续续说："这一大家子老的老小的小，全靠你一个人了……"

失子的悲痛，把老柳击倒，茶饭不思，汤药不进，谁劝都没用。秀儿跪在床前："爹啊，走了儿子，还有儿媳，还有孙女，这个家不能散。我秀儿拼命也要把家撑起来！"

日子，就像鱼塘里的波浪，起起伏伏。两家父母老了，秀儿多几分担心；女儿真真长大了，懂事了，秀儿多一分高兴；蟹塘收入时好时坏，秀儿不喜不悲，任劳任怨，咬牙坚持。这期间，有人劝秀儿改嫁，重组一个家庭，都被秀儿一口回绝。父母急得又骂秀儿犟驴。

这天，当年的陈支书找上门来，对秀儿说："我当初就放下话，只做秀儿一个媒，鱼肉烟酒都不图。今天，我还要帮你续上媒。孩子，过日子就像挑担子，深一脚浅一脚，远路没轻担，你得找个人换换肩、接接担啊！"

老支书一席话，掏心掏肺，说得小柳父母抹眼泪，说得秀儿抹眼泪。

陈支书说的是他的一个远房亲戚，北庄的小陶，为人厚道，在镇上开了个小店铺。因为知根知底，陈支书拍胸脯担保。秀儿松了口，提出一个条件："小陶要到柳家过日子！"

陈支书一口应承，转身再到小陶家撮合。老陶是退休教师，知书达理，反劝儿子道："不要那么讲究，到哪家不是过日子？"

一桌简单酒席，三家人聚成了一家。秀儿带着小陶一一敬酒，请几位老人放心。老陈支书包了个六六大顺的红包，喝得醉醺醺，哼着《板桥道情》回了家。

前几年，小陶和秀儿把真真送到泰州一所学校读初中。小陶关了小店铺，在泰州租房陪读，一陪就是六年。真真读高中期间，学校和同学们对她很是关心，这让秀儿少了后顾之忧，她在家里打理鱼塘，把几个老人服侍得逸逸当当，难得到泰州看女儿一趟。

真真今年高考，考取省内一所高校。开学前，三家人聚在一起，吃个团圆饭。秀儿父亲、老柳、老陶、老陈支书都要包大红包，秀儿不让，真真不要，一声声爷爷地叫着。四个老人喝得兴奋，小陶在旁边看得高兴。

秀儿悄悄带真真到小柳坟上磕了几个头。

那会儿，满塘的荷花开得正旺。

旺叔和他的女儿

高考中考成绩一放榜，几家欢乐几家愁。考得不好的焦虑，考得好的好像也焦虑。望子成龙、望女成凤的心情可以理解。我不由得想起旺叔和他的女儿的故事。

旺叔是我的大学同学，毕业后一起在家乡中学任教，床对床住过同一间宿舍。他年轻时就长得中年大叔的模样，我们都叫他旺叔。几十年来，唯一不变的是旺叔的外表、憨厚的性格和朴实的为人。

我们交情很深，两家人处得也好。当年，两家女人怀孕后，整天挺着大肚子到庄上晃悠，同事们都说，腰鼓队出动。应该是他的女儿先出生，结果晚产一个月，让我女儿抢了先。同事们取笑旺叔：“早生的女孩是个宝，晚生的女孩是棵草，是不是孩子怕你，不敢出来？”

他嘿嘿两声苦笑，急得像热锅上的蚂蚁。

当时，我绞尽脑汁为女儿准备了几个名字，被他发现，一眼看中婷婷二字，抢了过去。我告诉他："也可以叫亭亭，亭亭玉立的意思。"

他说："女孩子嘛，就叫婷婷。"

那时，旺叔教两个班的数学课，爱人在乡办布厂工作，家里还有几亩田地，小日子过得逸逸当当，他还经常带点蔬菜什么的慰劳我们。几年之后，乡镇撤并，学校合并，一些同事陆续进了县城，旺叔也热了心，偷偷到县城学校走动一番，但终究没有办法，转到另一所农村中学任教，婷婷跟着去上学。

不久，乡办布厂倒闭关门，旺叔的爱人辗转几个地方打工，一狠心拿出积蓄合伙创业办厂，可惜拼不过纺织行业的整体下滑，亏了一笔钱。旺叔只能打掉牙往肚里咽。我多次遇到旺叔，他从来不说这些，风轻云淡的样子，只是嘿嘿笑两声："还好，还好。"

一天，旺叔打电话告诉我："中考成绩出来了，婷婷没有考上高中，就差三分，就差三分！怎么办呢？"言语间很是着急，抱怨自己没有本事让孩子进城上学，跟着他受苦挨累，同时委婉地请我想想办法。

我说："普高上不了，就上美术学校试一试吧。"

美术学校是我们当年的几个同事到县城创办的，旺叔与他们熟悉。我说："你打个电话就行了。"旺叔死活不好意思开口，怕麻烦人家。我电话打给校长老丁，老丁没等我说完，就表态说："婷婷是我们看着长大的细丫头，美校大门对旺叔敞开。只要婷婷愿意来，我们肯定要，如果旺叔愿意来，我们也要。"瞌睡送来一双软枕头，旺叔高兴得两只手拍不到一块儿。他放弃公办教师的身份，和婷婷一起到了美校。校长特地备上一桌酒，为旺叔接风洗尘，还把他爱人安排在食堂打杂。旺叔很有士为知己者死的感慨，一杯杯地敬酒，感谢美校收留他们一家。

三年后，旺叔报来喜讯，婷婷考上江西一所本科艺术学校，心里一块石头落了地，比他当年考上大学还高兴。我忍不住问旺叔："婷婷当年连普通高中都没有达线，怎么还考上了本科，你使了什么秘诀？"

旺叔嘿嘿一笑说："哪有什么关目，只是经常敲她耳朵边，提醒她能有学上不容易，学不好就回家当纺织女工。"

懂事的婷婷一直记住这句话。她告诉我，旺叔一直陪伴着她的学习和成长，既是知冷知热的父亲，也是知心知交的朋友。

陪伴和感恩是最好的成长，父女俩一起画了一个同心圆。

旺叔把婷婷送到江西学校，叮嘱婷婷："做父母的只能送你到这里，以后的路要靠你自己走。"

旺叔指望着婷婷大学毕业，回来找个工作，一家人平平安安过日子。哪承想他的这个愿望落了空。婷婷像着了魔似的，一头扑在学业上，很受老师的赏识，多部作品获得省级以上奖项，还悄悄开了网店，把作品放在网上展示和销售，积攒一些费用，减少父母负担。到了毕业季，同学们一个个投简历找工作，婷婷告诉旺叔，以她现在的学历，回家也就找个广告公司，搞搞设计，这辈子算是一眼看到头儿了。老师希望她继续读研，在专业上再进一步，自己也想冲一冲。

旺叔知道婷婷长大了，有自己的想法和追求。他想，不能再靠电话和微信进行交流了，要当面锣对面鼓。他赶到婷婷的学校，向老师咨询专业方面的事情，发现可能是自己心急了一点，眼光短了一点，盯着锅门口过日子过久了。旺叔告诉我说："我一直记得那个晚上我们父女在学校小河边交谈的情形，柳树上，知了轻轻地鸣唱，知了，知了，可能是我不知了。"

婷婷恳求道："给我三年时间，让我再试一次！"

旺叔有所保留地支持了婷婷的选择，同时劝告婷婷："人生只有一道选择题，你要选择好，千万不能试到最后是'以上答案都不对'。"

女儿认定读研这条路，旺叔的期望和担心画出了一条延长线。读研期间，婷婷遇到小陈，两个人相恋相伴，比翼齐飞，完成学业。前年，正好赶上安徽一所大学招聘，两个人一起做了大学老师。这是旺叔想也不敢想的结果。

我们为他高兴，取笑他："又是瞌睡送来一双软枕头。"他还是嘿嘿地笑："雨点落在香头上，碰巧了，碰巧了。"

前不久，旺叔为婷婷举办了婚礼。他对婷婷讲："不管以后遇到什么困难，你都要自带光芒，我们在路边为你鼓掌。"

在大家齐刷刷的祝福鼓掌中，我想到了"风物长宜放眼量"这句话。孩子何尝不是一幅画呢，适当留白，他们会绘出最美的意境；孩子何尝不是一朵花呢，有的盛开在晨曦中，有的傲放在寒霜里，还是春风化雨，静候花开吧。

鸭舌老哥

鸭舌老哥，是我老乡，也是同学。因为他冬天戴一顶花格子鸭舌帽，有几分时尚，又多几分滑稽，就有了这个独特的外号。

不管是谁，喊声鸭舌，他都会穿过旁人惊讶的眼光，回转身来，答应一声："哎，什么事啊？"笑盈盈的，瞪着有点外凸的黄眼珠儿，露出一口整齐的白牙，脸上铺满实诚，让你感觉特舒服。

于是，你会搭上他的肩头，说说笑笑走过校园。

我与鸭舌是一个庄上的，在成为同学之前，并不很熟。他与我们队上一户人家是姨表亲。他的三哥经常路过我家门口，得知我高考录取的消息，在一个傍晚，把鸭舌领到我家，说："巧得很，两人考到同一个学校，还是同一个专业，同一个班，这是天大的缘分。"

鸭舌穿一件黄的确良中山装，肩膀头胳膊肘已经掉色泛

　　　　　　　　　　　　　　　　　　　　　　我的小村庄

黄。他比我大一岁，是在外乡一个中学复读考上的。他的老母亲不放心，颤颤巍巍地跟来了，双手拢着袖子，倚着墙，挂着笑，津津有味地听。偶尔，她抹着眼泪与我母亲说："我这个四儿不容易啊，不是老三硬撑着让他读书，哪有转户口、吃皇粮的好事啊。"

两家人说说笑笑，把傍晚的太阳说红了脸，挂在树梢不肯走。

临走之时，他的母亲叮嘱我："我家老四没有出过远门，你们要搭个伴儿，相互照应照应。"

我母亲接过话茬儿说："那是那是，出门亲兄弟，打断骨头连着筋。"

那一刻，晚霞映在两位母亲饱经风霜的脸上，慈祥且又温馨。

我们相伴到了学校。从此，鸭舌像大哥一样照护着我。报到第一天，他就保存饭菜票，两个人合伙吃饭，我负责排队打饭，他负责排队打菜。整整两年，我们是班上仅有的一对从未分开的饭友。有一次，我无意中说到喜欢吃肥肉，打那以后，他都要挤到卖红烧肉的窗口买一份，把肥肉全部拨拉给我，他慢慢咀嚼仅有的几块瘦肉。

刚到学校，人生地不熟。鸭舌坐在前排西北角，很快与两个同学打成一片，有说有笑，甚是热闹，这让坐在教室后面的我非常眼红。一天，鸭舌领来一个同学，说："这位外号叫旺叔，你们认识一下。"

在食堂洗水池前，我们一边洗饭盆，一边打招呼。

"请问你是哪里的？"我小心翼翼，用蹩脚的普通话问。

"姜堰的。"旺叔也用蹩脚的普通话答道。

"姜堰的啊！"我赶紧换成十分流畅的姜堰普通话，"老乡啊，姜堰哪儿的？"

"洪林的。"对方嘿嘿地笑。

鸭舌在旁边说："明天再介绍一个。"

第二天，同样的地方，鸭舌带来另一个同学，说："这位，吉林，你够晓得哪里的？"

我们班四十个同学，都是来自扬泰（扬州、泰州）地区，怎么冒出个吉林的？我更是小心翼翼，用蹩脚的普通话问："东三省的？"

"姜堰的。"对方神秘一笑，也是蹩脚的普通话。

"姜堰的啊！"我换成姜堰话，"姜堰哪儿的？"

"洪林的。"

怎么还是洪林的！鸭舌在一旁笑得直不起腰来。原来，我们四个人来自同一个乡镇，于是鸭舌顺理成章地做了我、旺叔和吉林的老哥。

我们读的是师范类大专，短短两年，就像炒韭菜般，谈不上多大追求，只图转个户口，将来包个分配。读书的日子

　　　　　　　　　　　　　　　　我的小村庄

过得平平淡淡，没有什么波澜。我们的友谊也是如此。两年间，我们自然而然地享受着鸭舌的照应。印象比较深的有几件事。他过生日时，请我们几个老乡在文昌阁旁边的小饭店聚了聚，花了十元钱，简单几个菜，每人一碗面条。我过生日时，他还是如此，召集老乡小聚一下。劳动周期间，他帮我一起为学校食堂掏下水道污泥，弄得像泥猴子，淡定地说："这种农活儿，小菜一碟。"

一次，两个宿舍搞足球对抗赛，他当前锋，我是守门员，他马拉多纳似的带球射门，打得我右手腕韧带受伤。他理直气壮地说："场上是对手，我不能让你。"我享受了他一个多月的丫鬟式服务。

实习期间，我留在扬州，他们一帮人回到姜堰苏陈中学实习。鸭舌把饭菜票留给我。实习回来后，他开心地对我说："我们可是天天念叨你噢！"原来，他们实习班上有个女生与我的名字一样，这些家伙每堂课都喊那个女生提问题。

花开两季，雪落两冬。转眼到了毕业的时候，大家依依不舍地告别。班长老焦是兴化人，他与我们拥抱，说："看一眼，少一眼了。"鸭舌也与老焦拥抱，跟着说："看一眼，少一眼。"

大家虽然有点伤感，但都认为以后的日子长着呢，有的是年轻，有的是时间，有的是等待，有的是相聚。特别是我们四个老乡，更谈不上告别什么的，马上回到家乡，低头不见抬头见，开启各自的生活，继续我们的友谊。

到教育局取完分配介绍信，我和旺叔、吉林三个人回了本乡，鸭舌到邻近一个中学工作。鸭舌带我们去见他的三哥，三哥非常开心，请我们吃中饭、看电影，叮嘱我们好好工作，好好相处。我们也经常聚到一起。有一次，鸭舌羡慕道："还是你们好啊，把我一个人扔在了外面。"

旺叔慢悠悠地说："又不是隔着三山四海，自行车一骨碌就到了。"

鸭舌给我搛上一块大肥肉，说："兄弟，就你能吃肉，我也喜欢吃肥肉啊！"

他说这话时醉意蒙眬，我竟有点愣住了，接不上话来。

隔了一段时间，旺叔突然问我："听说鸭舌结婚了，有没有请你喝喜酒？"

我也很惊讶："没有啊，这还了得，我们去兴师问罪！"

鸭舌见到我们，有点愧疚，要带我们去饭店，我们不肯，就在他的宿舍里弄了几碟小菜，两瓶老酒。因为是在校长隔壁，大家不敢闹酒，鸭舌一个劲儿地打招呼："穷人的孩子早当家，不值得大操大办，把小日子过好就谢天谢地了。"大家有说有笑，为他高兴。

回来的路上，旺叔悄悄告诉我："鸭舌的老婆虽然是定量户口，但家庭条件一般，他一肩挑两家，担子不轻啊。"

我的小村庄

我想起当年鸭舌的母亲和三哥在我家门口说话的情形，心里不是滋味，只能默默祝福这位老哥。后来，因为教学活动，或者交流监考，偶尔到鸭舌学校去，我们遇见过几次，他还像当年那样关心着我们，很少提自己家的事，只是告诉我们生了个大胖小子，听上去过得还不错。大家不常相见，依旧相互念念，都像清晨的小鸟，越过黎明前的黑暗，不急不缓地往前飞。

再次听到鸭舌的消息，竟是晴天霹雳。二十年前的一个冬夜，鸭舌因为对方违规停车，出了车祸，再也没有醒来，生命之舟沉没在万家团圆的除夕之时……

"那时候天总是很蓝，日子总过得太慢。你总说毕业遥遥无期，转眼就各奔东西。"我是不敢听这首歌的。我们曾经拥有的青春美好，我们曾经以为的漫长岁月，甚至，我们曾经以为理所当然的情分，原来是这样的不堪一击。我们走着走着，错过的，失去的，卸下的，承受的，忘却的，珍惜的，终究归于一心，和光同尘。我多想在茫茫人海中，喊一声鸭舌，有个人会笑盈盈回转身来，答应道："哎，什么事啊？"

奔波

国庆之前，姨表弟龙龙多次打来电话，儿子国庆期间结婚，一定要大家到江南吃喜酒。

"这个喜酒是一定要去的！"老舅爷再三关照。我与他开玩笑："都说一代亲，二代表，三代就拉倒。你做特命全权大使就行了。"

老舅爷脸一板，有点生气："虽然你们姨娘走了，但这个亲不能丢。千山万水，也要赶过去！"

姨娘家在东台靠近溱潼的一个庄子。但我们不是去那里。确切地说，我们是要赶往龙龙在江南的家。

姨娘有两个儿子，老大兵兵，老二龙龙。两个人初中毕业后就打工赚钱。虽然年纪小，好在都是大个子，有力气，肯吃苦，姨娘也就少了一些愁眉苦脸，指望着一家老小往好处奔。龙龙到江南一家厂里做拉丝工，遇到小陶姑娘，对上了眼。小陶家里要龙龙在当地成家落户，这就相当于"倒插门"。

姨娘得知后号啕大哭："金窝银窝，不如自家草窝，自己身上掉下的肉疙瘩，养到这么大还送了人。"她把户口簿藏起来，坚决不让龙龙办户口。亲友们反复劝说，再加上女方大度，答应生了孩子不改姓，姨娘这才松了口。但姨娘心里一直过不了这个坎，不知淌了多少伤心泪，埋怨自己没有本事，把儿子丢在了江南。姨娘把家里最值钱的一条20吨的大铁船给了龙龙。她说："儿啊，给你钱，娘没有，给你房子，只有破三间，也搬不走。娘只能用这条大船做嫁妆。世上三样苦，撑船打铁磨豆腐，你们以后浪尖上讨生活，怪不得娘狠心啊！"

龙龙小两口风里来雨里去，白手起家，买了邻居三间房子，有了安身之所。这期间，姨娘也去过龙龙家几趟，但终究没有等到孙子结婚办大事，两年前突然走了。

我们是第一次去龙龙家。奔波200多公里，好在有导航，两个多小时的车程转眼就到。龙龙非常高兴，领着我们看他们给孩子新买的安置房。我瞥见家神柜上，摆放着姨娘的遗像。龙龙把母亲也"请"到江南了。

鞭炮噼里啪啦响起，新娘子接回来了。我们问龙龙："晚上的婚宴安排在哪里？"龙龙一脸苦笑："我也不知道。"原来，龙龙长年在天津做装修，也是刚刚赶回来。我们取笑他吃饭不管事，当甩手掌柜。新郎接过话说："老爸是一家之主，回来撑个场子就行，其他事情用不着他烦神，我们都安排好了。"

小两口没有大操大办，只请了几家至亲，在县城一家饭店办了十几桌。婚礼仪式简单得体，大家吃得开心，聊得热闹。从不喝酒的老舅爷破例喝了大半杯，脸上红彤彤的。

酒席上，兵兵眼瞅着弟弟把孩子的大事办了，夫妻俩有些焦急。我们拿兵兵开心："老二翻身做了老大，老大有危机感啊！"

兵兵在盐城打工，收入还不错，楼房早就砌好了，急等着儿子娶个媳妇回来。他说："现在庄上姑娘都出去打工了，怎么不着急呢？"

站在一旁的表侄平儿冲我们吐舌头，宽慰道："年底年底，请大家喝喜酒。"

平儿在深圳打工多年，这次请假赶过来，帮着弟弟带亲。想不到被七大姑八大姨"现场逼婚"。

婚宴后，我们驱车回家。平儿发来视频，告诉我们："龙龙叔叔说现在想喝酒，叔侄两个不把婚宴上的剩酒扳掉，不准睡觉。"

从视频中可以看到，四只酒瓶在桌子上东倒西歪。龙龙终于如愿以偿，将自己灌得烂醉如泥。平儿在一旁收拾行囊，他要赶明天的飞机回深圳。

车上，老舅爷告诉我们说："龙龙悄悄从我这儿借了几万块钱回去为儿子办喜事。这一回把儿子的大事办好了，怎不高兴？但负担也重啊，老丈人还住在医院里呢。"

老舅爷长吁一口气说："这世上，大家都不容易，有的为自己奔波，有的为子女奔波，有的为亲情奔波。只要日子走着，就得往前奔。龙龙这小子，明天酒醒了还是一条龙！"

车到泰州，已是深夜，我们劝老舅爷到我家住一宿，明天再回去。老舅爷说："不啦，现在到家不晚。你舅母她们几个人在泰州打零工，做绿化养护，车子接送，明天她还要赶着上工去呢。"

奔跑吧，兄弟

　　昨晚，我从亮子的朋友圈得知，亮子自主创业已经整整十年。

　　时间倒退十年。那时的亮子，徘徊在省城街头。这个城市的灯火辉煌已经与他无关。两年前，他孤身一人，带着行囊和梦想，来到这个城市。然而，梦想像梧桐树叶一样，在深冬的寒风中飘零，斑驳了一地。

　　亮子告诉我，他那时经常坐在街边的小店里，一遍遍地听着那个城市非常流行的说唱歌曲《喝馄饨》：

　　　　每天晚上6点半，我就来到马台街，
　　　　推着我的老王馄饨摊。
　　　　把钱赚，把钱赚，
　　　　我要是赚不着钱，我该怎么办？

无奈与迷惘，像挣脱不了的渔网，笼罩在心头。亮子一遍遍叩问自己："我要是赚不着钱，我该怎么办？"

渔网？亮子想到这个词，不由得打个寒战。那十几个网箱，是父母当年留给他们姐弟俩的唯一家产。

亮子刚上初中的时候，他的父母先后突然离世。一个稚气未脱的少年，来不及从失去父母的悲痛中转过身来，就去照看网箱。那里，有着刚刚放养的鱼苗，亮子舍不得转让给别人，这是他们姐弟俩赖以生存的"钱袋子"。

鱼棚，孤苦伶仃地趴在荒村野外。多少个深夜，电闪雷鸣，周围芦竹呼啦啦地响，像哭泣，像倾诉，像嚎叫，亮子蜷缩在被窝里，胆怯，孤悲。还有多少个深夜，几个偷鱼贼欺负他是个小孩，明目张胆地到他家的网箱里偷鱼，等他发现扑进河里游过去时，那些人留下几声冷笑，扬长而去。

月明之夜，亮子独坐在鱼棚前，想着在父母怀里撒娇的瞬间，想着父母眺望他放学归来的模样，想着父母为他买肉看着他狼吞虎咽的笑容，月光溶溶，幸福融融。那份爱，像河水，流淌在他的心头，又像河水一样流失在夜色之中，波光粼粼，泪眼粼粼。月亮，照着他，像慈祥的父母；他眺望远方，有一座坟，寒波冷月，荒草萋萋。

好心人的资助和社会的关爱，让姐弟俩没有辍学，上了高中，读了大学。转眼大学毕业，亮子告诉我："哥，我要去省城闯荡。"

我劝他："找个安逸的工作，也能养活自己。你父母不就图你们姐弟俩能够有个好日子吗？"

亮子眉头紧锁："爸爸妈妈就是因为没有钱看病才走的。我要赚钱！"

我心头一惊，无言以对。我知道，我说服不了他。

我只能给他一个拥抱："兄弟，放下过去的包袱，好好往前走！"

在省城，亮子辗转好几个地方，游走在城市边缘。后来，他在一家做鞋帽的外贸企业落了脚。

亮子拿着几百元的基本工资，生活得很囫囵，很将就，但心里充满憧憬和希望，他指望着多接订单，多做业务，多拿提成。他偶尔打电话给我，都是报平安，让我放心。从他的语气中，我仿佛看见一个走过风雨的阳光男孩在奔跑。

"哥，这次，我接了一个大单子。"那年端午节前，亮子兴奋地告诉我。前几天，他刚刚说要回来一起过端午节的。

亮子没有回来，赶到苏北一家工厂催订单。三天三夜，亮子没有合眼。他在双腿上裹上薄膜，防着蚊虫叮咬，坐在流水线前帮着生产，全然顾不上闷热难耐。厂里工人以为他是老板，当得知是一个打工仔时，惊讶地说："从来没有见过这么拼命的小伙计。"

————————————我的小村庄

亮子整整瘦了一圈，换来了按期交货，得到的却是一张空头支票。那位优雅的女老板优雅地说："以后再说吧。"

那年三十晚上，我们一起吃团圆饭。亮子提不起精神，反复问我："哥，怎么会这样，怎么会这样？"

"还能怎样呢？你刚刚步入社会，要学的东西多着呢。"我劝他不要灰心丧气，"父母给你取名叫亮子，就要往光亮处看，往光亮处奔。"

我给姐弟俩讲他们父母的故事。从不喝酒的亮子喝得微醉，攥着拳头说："哥，我会像父亲一样，不向命运低头，活成真正的爷们儿。"

亮子离开省城的时候，一个女孩对他说："我们一起去闯生活吧。"

爱情，是他在这个城市遇到的唯一的温暖和美好。

带着两千块钱和一台旧笔记本电脑，两个年轻人奔向广州。

他们赶上电子商务的风口，从零开始，前店后厂，逐渐做出自己的品牌，有了自己的团队，生意做得风生水起。

我知道，我的这个兄弟经历了难以想象的创业艰辛，但他从来不跟我讲这些。我多次问他："现在还只想着赚钱吗？"

他说："哥，你放心，我不会丢了做人的本分。父母亲在天上看着我呢，我要为他们争气。"

亮子引入合伙人制度，将一个人的企业变成大家的企业，分享公司利润和品牌价值。哪位小伙伴想创业，他的团队都给予资金和技术支持，并在他的平台上进行孵化和培育，让他们翅膀硬了再飞。他还悄悄做一些公益事业，回报当年给予他关心和帮助的社会。亮子悄悄告诉我："哥，我是淋过雨的人，我要力所能及地为别人撑一把伞。"

去年，亮子在广州巧遇过去的那位女老板，他请她吃了一顿饭，没有多说什么，只是感谢她当年的收留。人海茫茫，能够遇见就是缘分。

奔跑吧，兄弟！

过往的艰辛和苦难，是人生的路标，更是坚强的动力。纵使生活一千次将你击倒，你依然要挣扎着爬起来，继续一千零一次的微笑和奔跑。我不要你伤感悲戚，但要你心地善良；我不要你腰缠万贯，但要你腰杆挺直；我不要你匆匆忙忙，但要你从从容容。请怀一颗感恩的心，记着人性的本色，伴着丰盈的心灵，向着前方的美好，稳稳地奔跑。

春林

春林是我邻居，大我一岁。初二毕业后，他的父亲卖掉两头壮猪，备好全新家伙什，让他跟着姐夫学木匠。一天三顿，主家管饭，还拿工钱，这在当时是个不错的手艺活。但斧头柄还没有握热，春林就甩手不干了。他回父亲说："身体单薄得像芦柴，刨子推不动，锯子拉不开，天天拿着墨斗吊线，吊得一只眼大一只眼小，木匠还没有出师，扛个鸟铳倒能打猎了。"

他的父亲劝道："荒年辰饿不死手艺人，好好的木匠不学，拿什么本事讨老婆呢？"

他死活不肯再学。于是，父子俩经常干架。他父亲嗓门儿大，打骂声像炸药包，一次次飞过围墙，炸得我胆战心惊。我的父母少不得赶过去劝道劝道，和和稀泥，然后回家拿春林做反面教材，抓住机会把我教育一番。所谓城门失火，殃及池鱼，对少年的我来说，大概便是如此。闹到最后，春林狠狠顶撞道："不要你管！"他的父亲举起木匠凿子要削他，春林嚎叫着跃过围墙，逃到我家喊救命。他的父亲气得直跳脚，把全套木匠家伙什扔进东河沟，大骂道："讨债鬼，活丧行。"

站在人生的十字路口，春林毫不犹豫地做出决定：离家出走。他的父母急得像热锅上的蚂蚁，寻遍亲友，找得腿肚子抽筋，哪有他的踪影？三天后，春林出现在家门口，他的父母好似老鼠遇到猫，躲得远远的，不敢吱一声。春林对父亲吼一句："干啥呀？还不过来帮忙！"他的父亲盯着一板车玻璃，丈二和尚摸不着头脑，不敢多嘴多舌，小心翼翼当起搬运工，帮着将玻璃运进堂屋。

春林做起了画匠，卖中堂画。这家伙无师自通，照着几张年画，在玻璃上临摹起来。画个福禄寿三仙送宝，描个牡丹花花开富贵，还真有点模样。偶尔，我也学着涂涂抹抹，他背着手指指点点，老师傅的做派。一次，我逗他说："画个下山猛虎图，怎么样？"

他咪咪两声，唤来家里的老花猫，俨然照猫画虎。半个时辰过去，春林解释说："庄户人家不喜欢挂老虎图，画了也卖不掉。"他油刷一挥，将老虎图涂抹成一块石头，配上牡丹松鹤，写上对联：花开富贵喜相连，福如东海水长流。那时，庄户人家纷纷把土坯房改建成新瓦房，春林就这样简单粗暴地开启了他的创业之路，他的中堂画成为四邻八舍的时髦货。

春林也不会让父亲闲着，怂恿他贩卖鞭炮。隔三岔五踏着自行车到上河地区贩上四麻袋，后座一边一袋，上面再摞两袋，吭哧吭哧几十里路骑回来，六个一扎，十个一捆，外加两条长小鞭，很是抢手。春林把生意做成一条龙，姐夫做木匠，他送中堂画，父亲贩鞭炮，忙得不可开交，邻居们羡慕不已。那年春节，春林买回一台唱片机，整天哇哇地放着香港明星张蔷的《恼人的秋风》和《爱你在心口难开》，他的父亲笑骂道，一天到晚鬼哭狼嚎，其实掩不住内心的高兴劲儿。可惜春林生活在偏僻的农村，要不然，肯定会留着飘飘长发，穿着喇叭裤，肩扛一台收录机，满大街追逐他骚动的青春。

春林后来真的成了街上人。他到县城买了房，开了一间店铺，爱人做鲜花和烟花生意，他做装潢，过上了城里人的生活。那时，我在县城工作，经常路过他的店铺，他看见了，都要拉我进去坐一坐，聊聊天。我问他："不做中堂画生意了？"

他笑笑说："那些画只能乡下锣鼓乡下敲，入不了城里人的眼，城里人讲究品位，喜欢鲜花，要入乡随俗，随行就市。"

我与他开玩笑道："怎么还戴上眼镜了，很斯文嘛。"

春林笑道："你我知根知底，不要笑话我，我这是假铳打猎，装装门面。"

春林夫妇吃了没文化的苦，对女儿的学习抓得很紧，发狠要培养一个大学生。春林的父母经常到城里，帮着照看门店，他的父亲还是风风火火，说话大炮筒子响，母亲见人就笑，低言细语，一家人其乐融融，慢慢过着日子。几年后的一天夜里，春林的母亲突然跌倒，再也没有起来。我们去看望时，他哭诉道："指望着一家进了城，想不到把母亲弄丢了。"

春林很是伤感，几年没有缓过神来。

我离开县城后，没怎么遇上春林，他给我打过两次电话。一次是报喜，女儿考上大学，家里终于出了大学生，请我回家喝酒，我因为有事，没有去成。第二次，他在电话里支支吾吾，不好意思开口。他的爱人红英抢过电话，与我说了一通。原来，春林想翻建老家房子，宅基地不够宽，要把西山墙扩到公共巷道中间线上，问我能不能借点儿地方给他家作过道。

红英委婉地说："你知道的，春林母亲走了，他要把父亲安顿好。"

春林接过话说："亲兄弟明算账，我写个字据给你，把来龙去脉讲清楚，免得下一代搞不清。"

后来，他真的写了字据送到我哥哥家里。那年大年三十晚上，春林冒着大雪，赶到泰州，送来几盆花草，与我母亲谈了半天家常话，匆匆消失在风雪中。

女儿在扬州就业成家后，春林夫妇把房子和门店租了出去，回到老家陪伴日益老去的父亲。我笑他们当"收租婆"，拿着城里人的租金，享着乡下人的舒适。春林嘿嘿笑道："城里再好是城里人的，我们的根在这里，家在这里。"

春林的父亲那时身体还很好，依旧大声对我说："怎么样，我们住在这里，帮着照应你的房子呢。"

春林的父亲是去年走的，走之前拉着春林的手说："儿子，我这一辈子过得圆满，苦了你了。"

春林无意间成为我们那个庄子上第一个做生意的人，第一个装电话的人，第一个进城买房的人，也是第一个离城返乡的人。我们那个庄台当年沿河一排二十几户，现在只剩下三四户人家，我家老房子在春林新房和门前老树的衬托下，显得特别矮小破旧，但因为春林回到庄台，我每次回家都要去看一看，坐一坐，聊一聊，他家的花草，他家的欢欣，他家的炊烟，为老去的庄台添了几分生气，也让我多了些许乡愁。

这个春天，我遇到他，他竟然二次创业了，在家里办起小作坊，做产品包装，七八个邻居在他那儿打工。这小子，戴着金丝眼镜，穿着围兜，正在给工人忙午饭呢。

黄老二的打工生涯

我家兄妹四人，我排行老二，大家都叫我黄老二。

1977年，我初中毕业。我们那儿当时考高中，不是看分数，要由贫下中农推荐，我的父母是平头百姓，我被挡在高中校门之外，灰溜溜儿回家务农。那年我15岁，跟着队里劳力一起上工、插秧、割麦、治虫、撑船、挑粪，等等，什么农活都干过，甚至还脱过砖坯，做过鞭炮，肩膀上磨掉三层皮，双手满是老茧疙瘩。记得有一天晚上，我坐在煤油灯下，一层层地撕老茧，撕不动就用剪子剪，手上滴血，心头也滴血，但想想这双手赚的工分，能够养活自己，减轻家里负担，也就感到血没有白流。18岁那年，好多同学已经考上大学，跳了"农门"，转了户口，而我只能在舅舅的推荐下，拜一个老师傅学木匠。因为父母劝我说，荒年辰饿不煞手艺人，瞎家雀也往亮处飞。

两年的学徒生活是枯燥的，但毕竟有人管饭吃，比干农活轻松一些，我背着木匠担子走东家窜西家，忙得不亦乐乎。这时候，乡里建筑公司招收木工外出施工，我毫不犹豫报了名，离开家乡，先在徐州干了几年，然后辗转到了北京。虽然只是一名小小的打工仔，报纸上喇叭里说我们是进城务工人员，但我们建筑大军在北京名气很响，大家都自我安慰自带骄傲地说，我们是京城务工人员。

名气再响不能当饭吃，没有哪座大楼是靠嘴吹上的，全靠我们的双手，我们的汗水，我们的拼命。特别是土建，来不得半点虚工。那时，机械化程度不高，完全靠力气，苦干加实干。我们当时的工作状态是，吃三睡五干十六，一天三顿全是酱油汤，我们家乡叫神仙汤，十天才加一次餐，难得碰到一些肉腥。睡的是临时板房，几十个人团在一个陋室，什么味道都有。哪个人哪个队完不成当天的任务，吃了晚饭继续干，绝不过夜，绝不拖后腿。我们仗着年轻，身体扛得住，每天流着无数的汗水，喝着太多的自来水，没有一个不落下了胃病的。说实话，我干了一段时间后，也打过退堂鼓，想往家溜，但一想到家庭状况，一想到自己的将来，只能咬牙坚持。

那时的工资很少。我记得才去时只有一级工资，也就是1.07元，加上地区补差0.53元，满打满算每天1.6元，哪里舍得花钱给自己加餐。年底，是我们最高兴的时候，建筑公司给我们结算工资，大家排好长的队伍，说说笑笑等着发钱，每人都能拿到几百元的钞票。那时，人民币最高面额是十元钱。大家按下红手印，捧着厚厚一大摞钞票，激动得数好几遍。又有几个人知道每张钞票的背后，浸透着我们整整一年的辛苦血汗啊。这哪里是钱，分明是全家人的命根子。不怕你们笑话，我是将钞票缝在棉裤里面带回家的。那个晚上，我看到家人一个个露出笑脸，真是比神仙还高兴，我吃的苦受的累，全部抛到九霄云外去了。后来，由于长年超负荷运转，我得了很严重的伤寒病，回家治疗了好长一段时间。父母家人舍不得我，劝我收手，但我想到家人的希望，想到带回家的钞票，想到自己的男人担当，假装答应父母，悄悄溜回了工地。

1987 年我到了北京，一干就是 26 年。毫不夸张地说，我的青春全部交给了北京，虽然我只是千千万万建筑大军中的一员，只是一个普普通通的打工仔。我们公司在北京的第一个项目是亚运会指挥中心，就是现在的中华人民共和国国家海关总署办公大楼。我作为工程队班长，白天上现场抓质量，晚上搞培训抓工艺，夜里啃图纸做方案，还要和各方打交道，忙得像个陀螺。大伙儿都憋着劲儿，不蒸馒头争口气，绝不能在北京丢人现眼，全身心投入到这项重点工程。结果怎么着？一炮打响！至今记得，亚运会开幕当天，我们虽然辗转到另外工地，但大家挤在一个小电视机前看转播，好多人都流下了热泪。我们建筑工人是铁打的汉

———————————— 我的小村庄

子，从来有泪不轻弹！

1993 年，我被公司任命担任工程队生产队长，我们的建筑队伍不再是别人眼中的"泥腿子"，而是鼎鼎有名的建筑铁军，从一周一层楼，到四天一层楼，不断创造和刷新令同行刮目相看的"姜堰速度"，负责的项目工程也获得了北京建筑工程质量最高荣誉长城杯奖项。我印象最深的是北京阳光广场小区的施工。小区建筑面积 15 万平方米，我们公司承建 1 号和 4 号标段，2 号和 3 号标段由金坛一家公司承建。我负责 1 号标段的施工，我们不再是苦干加实干，早已鸟枪换炮，而是苦干加巧干，合理安排工期，狠抓现场质量，强化技术含量，速度特别快，以至于春节前，我们领先对方五层之多。经甲方评估，我们顺利回家过春节，对方却一个也没有能够回家。从那以后，我们公司，我的黄老二工程队，得到了北京甲方公司的高度信任，形成紧密型的合作关系，他们一有大项目，首先想到的就是我们公司，我们公司一参与竞标，其他公司就会慌张不堪。他们甚至与我们开玩笑说，你们凭本事吃肉，我们不眼红，但也请留些肉汤给我们喝喝。

26 年的青春转眼就过去了。10 年前，我因为家庭和身体的原因，离开北京，回到家乡，疗养身体，陪伴家人。去年，我的小外甥女去北京有事，在长安街街头，在中国人民银行大楼附近，拍了许多照片，发微信给我。我一看，多么熟悉啊。我告诉她，大楼旁边的百盛大厦二期是我负责的，附近的铁路文工团排练大楼也是我负责的，马路对面的全总职工之家我也参与了。那一刻，我仿佛回到了当年在北京的打工岁月。

什么？你问我获得了哪些荣誉？我们当初外出闯荡，没有图什么，作为一个农民，一个打工仔，养家糊口是本分，作为一个建筑工人，通过我们的劳动体现公司和个人的价值也是本分。所以说，每一座高楼大厦都是我们的荣誉。记得前几年，我看过一篇文章，印象特别深刻，题目是《我奋斗了18年，才能和你坐在一起喝咖啡》，我看得泪流满面。让人想不到的是，1995年，我被北京建工集团评为北京市外来施工队十佳青年突击队队长。国庆节那一天，我代表我们建筑工人，代表我家同样在北京打工的大哥和大妹夫，被邀请登上天安门城楼参观。年底，公司批准了我的入党申请，我成为一名光荣的共产党员。这是我一生的荣耀。

今天，我就借用那篇文章题目，表达一下我的心声：我奋斗了18年，终于能有机会登上天安门！

————————— 我的小村庄

牙医小丁

牙疼不是病，疼起来要老命。

人越来越娇气，牙越来越金贵。以前，有个牙疼，熬到牙根松动，伸手一扳，扔掉拉倒，不怕被人笑话"豁耙齿"。现在不行，上到九十九，下到刚会走，一年不到牙科门诊挂上几次号，报上几次到，总感觉亏欠牙医，生怕人家失业关门。

牙医小丁就赶上了这个风口。他的患者以老客户为主，不少是慕名来的，有一些是在其他地方没能看好，辗转而来的。这让他忙得像个陀螺，累得像个狗。医生都有一个特点，认病不认人。小丁一视同仁，没有亲疏之分，来的都是客，全凭嘴一张。他说："当官的不要拿俏，当老板的不要嗷娇，到我这儿都得乖乖地躺下，叫你开口就开口，让你闭嘴就闭嘴。"

医者仁德仁心，专治无齿之徒，最能以牙还牙。

朋友平君，牙齿疼得厉害，曾经多方求医，可惜除恶未尽，孽根犹存，半个脸肿得像茄子，整天美女托腮，茶饭不思，睡眠不香，可劲儿观赏《舌尖上的中国》。直到遇上小丁，果然妙手回春。平君相见恨晚，临别赠言："送你四个字，数一不数二！"

小丁很是激动，扳着手指数了半天，说："好像五个字吧？"

平君慨然答道："送四赠一，不吝赞美之辞。"

找小丁看牙，你不要看他的眼。他的眼光很是毒辣。说话之间，就把你的牙口牙槽快速巡视一遍，智齿要不要拔，板牙能不能补，他全有数。以前修自行车的老师傅，要在修好的车胎上画个记号。小丁当然不做记号，但只要是他修补过的牙，他一眼就能看得出来。这是阅牙无数的专业修炼。

小丁的手掌比常人的大且厚。拔牙是个技术活，也是体力活。遇到与主人依依不舍、难解难分的顽固之牙，全靠掌上功夫，花上几个小时，大战三百回合是常有的事。我曾经问小丁："经手拔掉的牙齿能不能装上半船舱？"

他把功夫掌一摊："一船舱也装不下。"

那里，也有我的两颗压舱牙。

牙医也是人，也会得牙病。小丁的牙疼得怪异，他的徒子徒孙一有空就命令小丁："快躺下，本大师来救你一马。"

怎奈此牙盘根错节，十八般武艺施展开来，竟岿然不

————————————我的小村庄

动，急得大伙儿要奔赴温泰市场购买扳子钳子。"保牙派"与"革牙派"各执一端，小丁成了最好的实习对象，任由后浪们按在牙床上摩擦。这般现场教学，让小丁如神农尝百草，亲身体会到患者之不易。

牙医小丁，其实是老丁。一直以来，大家都小丁小丁叫惯了口，连徒子徒孙都这么叫着。这一叫，桃花含笑，山高水长，至今已然四十年。当年小丁长发飘飘，温文儒雅，像极了濮存昕；如今，一头秀发作别聪明的脑袋，愣是成了郭冬临。四十年岁月如刀，将小丁从型男雕琢成暖男，华丽转型。唯有那浅浅酒窝，流转着光阴的故事。

前段时间，小丁隔三岔五就出差，成了"空中飞人"，问他干什么，打死也不说。有一次，我们故意用酒把他灌得微醉，小丁才从牙缝里挤出四个字："专业批了。"他伸直四个手指在面前晃了又晃，嘴里嘟噜道："四十年，四十年了。"好一番云山雾罩。等到泰州职业技术学院口腔医学专业获教育部审批通过的官方消息传来之时，我们才恍然大悟。

小丁夫妇是当年泰州卫校的口腔医学专业学生，曾一起到北大深造。后来这个专业被取消，卫校也并入了高职院。恢复这个专业，是小丁他们几届毕业生和他们的徒子徒孙的梦想。他曾经捧着疼肿的半个脸对恩师说："这个专业不开办，不仅老百姓找不到好医生，连我们自己的牙齿也没人看。"

所谓大医精诚，不外乎千万个白衣天使的平凡坚守。如今，小丁终于在退休之前圆了四十年的夙愿。这个专业已经招得首批学生，小丁传道授业解惑，仿佛重新回到自己青春飞扬的年代。

小丁诊室里挂着四个大字：止于至善。作为一位医生，一位教师，小丁人如其名，对得起名中的"善"字。

十全十美

今年春上，院中的小菜地里，突然冒出几点嫩芽。什么东西？我和老婆都很惊讶，你种的？没有。你种的？也不是。两个人头摇得拨浪鼓似的。

凭着早年的农村生活经历，两人经过反复鉴定，得出一致意见：肯定是瓜秧！什么瓜？留待观察。

一直以老菜农资历显摆于我的老婆，表面上从容淡定，实际上是土地庙里长草——慌了神。有事没事就在院子里看风景，而我在楼上看她"装"。等着瓜秧长出两三寸高，蓬发茎叶，绿莹莹，毛茸茸，肥嘟嘟，像小孩子的脸蛋，小露珠在叶子边缘排成一串小项链。老婆终于拍着她的榆木脑袋恍然大悟："是南瓜！去年，哥嫂带给我们的，随手将一些瓜瓢扔在地里，不想无心插瓜。"

小精灵的出现，一下子打乱了老婆对菜园子的整体规划和菜蔬的布局安排。但这几个小家伙一点儿不把自己当外苗，肆无忌惮地生长。不仅我的地盘我做主，还毫无节制地向外扩充，东征辣椒地，西掠茄子田，全面侵占丝瓜子的地盘。更有几根枝蔓，光天化日，众目睽睽，跨过墙垛，越过围栏，或匍匐前进，或迂回渗透，深入到隔壁老王的地界。

花朵盛开得喇叭似的，很是招蜂惹蝶，耀武扬威。

隔壁老王提出强烈抗议："你家南瓜太过凶猛。"

双方达成友好协议，地无分东西，瓜无分多少，长在哪家归哪家。两家本不很熟，瓜蔓当大使，双方多了话题，多了亲近。南瓜未结，友谊先结。一日傍晚，大雨倾盆，我家阳棚突然开裂，隔壁老王出手相助，冒雨帮着盖好薄膜。

庄稼一枝花，全靠肥当家。南瓜就要坐瓜结瓜，追肥在即，怎么办？我们的学生加平主动请缨："小事一桩，包在我身上。"转天，这家伙竟然专门用小汽车从老家运来肥料。整整两大蛇皮袋的干鸡粪。我傻眼了，六棵瓜秧，你整出两大袋鸡粪。加平笑道："权当孝敬老师。"

"当年我教你时没有得罪你吧？用这东西孝敬老师。"加平像往年被提问一样，用手直挠头。

另一个学生海俊劝道："老师，这份大礼，你要珍惜。千里送鹅毛，礼轻情意重。"

好，你们是我的好学爹。我谨遵教诲，一袋鸡粪存放车库半年有余，珍藏版。师生之情在浓烈的味道中愈加深厚。

最可气的是，墙内开花墙外香。第一只南瓜竟然长在隔壁老王的院子里。眼瞅着，它从乒乓球变成了小拳头，变成了大篮球，变成了洗脸盆。老王和他爱人小顾那个高兴劲儿就别提了，向我们炫耀道："怎么有点儿老财主不劳而获的感觉？"

我老婆笑骂道："这东西吃里爬外。"

每当谈到南瓜主权问题，老王和小顾，竟顾左右而言他。

南瓜越长越多，越长越大。一有空，两家人就聚在院子里聊聊天，说说家常。有几只南瓜附在围栏边，吊在瓜棚上，老婆指令，用编织丝给它们扎上保护网，防止它们悬空掉落。老王赶紧劝阻道："莫急莫急，我家小顾已在网店买了一百只网袋，明天就到货。"我笑道："老财主眼光高远，未雨绸缪。"

一日，小顾悄悄告诉我老婆："老王这几天每天一大早就巡视瓜园，生怕少了南瓜呢。你猜为什么？"

"为什么？"

小顾笑道："老王数了又数，不多不少，整整十个。他说，十全十美，好兆头。女儿马上中考，肯定顺着心愿考上重点高中呢。"

今年中考，因为疫情比往年迟了一个月。这一个月对于老王来说，充满期待，志在必得。我不敢掉以轻心，理藤、打叶、培土、浇水、施肥，小心服侍着这六棵心愿之苗，生怕有点儿闪失。我家女儿当年中考高考都没有像这样花心思。

中考结束。隔壁邻居没了声响，很少出现在院子里。老婆猜疑道："怎么看不见十全十美他们，怕不是出了状况？"

我训斥她："乌鸦嘴，千万别瞎说，可能十全十美正偷着乐呢。"

隔天，老婆终于瞄见小顾身影，忍不住溜到院中询问情况，小顾一声叹息："差了半分。"

小顾免不得伤心垂泪。老婆暗自打嘴，劝解道："哪有十全十美的好事，各自尽力也就罢了。"

喇叭花无精打采，趴在瓜藤之上。是的，不是所有的花开都有收获。

傍晚时分，小顾突然出现在院子里，兴奋地告诉我们："录取线降了半分，女儿正好达线。果真十全十美。"

无心种瓜，收获的不仅是南瓜。

庄
内
庄
外

千秋洪林

　　这是中华大地上一个普普通通的地方。普通得连名字都没有统一的说法，有叫张俞庄，有叫张尤庄，有叫俞家舍。如同无名的花儿，在某个角落，默默地生发，淡淡地开花，悄悄地结果。天地苍茫，苇草枯黄，寒鸦低飞，秋虫浅唱，一代代人在这里艰难跋涉，在这里苦苦挣扎，在这里黯然老去。

　　直到两个人的到来，这片土地变得光辉，变得永恒。

　　洪流，原名洪为远，1924年1月7日生，如皋县（今如皋市）戴庄乡太平井村人。1942年加入中国共产党，历任泰县（今泰州市姜堰区）县委工作团员、城西区民政助理、姜北区调解股股长、姜北区副区长。

　　林光元，又名凌广源，1926年生，海安县（今海安市）人。1942年加入中国共产党，历任蒋垛区（今蒋垛镇）、姜北区公安助理。

　　这一年，洪流23岁，林光元21岁。

1947年2月，盘踞在江苏姜堰、白米、曲塘、溱潼的国民党县保安队，纠集还乡团五千余人，向紫石县（后改名海安县）中心地带围剿。根据县委指示，姜北区副区长洪流带领十多名同志，连夜赶到张尤庄，与长期埋伏在极乐庵的姜北区公安助理林光元一起开展敌后斗争。3月27日，洪流获悉敌自卫队要进驻张尤庄，深夜潜入极乐庵，通知林光元撤出。因坏人告密，被敌人发现，绝无脱身可能。3月28日凌晨，敌自卫队包围极乐庵，两挺机枪封锁极乐庵地下室洞口。

据知情人士讲述，生死关头，洪流对林光元说："今天唯有献身报国，才能保全党组织。"林光元没有丝毫犹豫："洪区长，向我开枪吧！"洪流眼含热泪，紧握林光元的手，沉重地抬起手里的枪，扣动扳机，然后举起枪，对准自己……

70多年后的今天，我来到这个叫作极乐庵的地方。我站在你们曾经伫立过的这片土地，想着那天的你们。我千百次地问自己：那一天，你俩选择了这条不归路，你们的勇气从何而来？

伫立在这片土地上，你们肯定畅想过心中的明天：那是如歌的春天，大地没有了阴霾，毛毛雨淅淅沥沥，几位老农身披蓑衣田间劳作，放学的娃娃在雨中奔跑打闹，谁家姑娘挎着篮子在菜花黄中行走，村头炊烟袅袅，几声农家小调婉转传来——几多宁静，几多深远，几多温馨。你们任凭斜风细雨撩了衣衫，湿了思绪，抒了情怀。

这不就是你们追求的日子吗？

但你们选择了两个人同赴生死！

生死时刻，你把枪口对准了战友！

生死时刻，战友毅然接受了你的子弹！

是什么支撑着你们放弃了生命，结束了青春？理想、信仰、追求、使命，这些在当时的一般人看来虚无缥缈的东西，为什么在你们心中如此至高无上、坚如磐石，值得你们凛然决绝、义无反顾？！

极乐庵，本是香火缭绕、清净无为之地。佛经说，西方有世界名曰极乐。其土有佛，其国众生无有众苦，但受诸乐。极乐，这个名字多好啊。出家之人在这里落发为尼、修行渡劫，芸芸众生在这里寄托灵魂、祈求平安，出世、入世在这里发愿，今生、来生在这里祷告。但是，佛经也说，这么美好的极乐世界和佛国净土是不存在于人世间的。无论是《诗经》中的乐土，还是《桃花源记》中的世外桃源，又在哪里呢？几千年来，多少文人墨客为之吟咏，仰天长叹，多少仁人志士为之探寻，泪洒衣襟。

然而，就在那个凌晨，枪声响了。

枪声，震撼的何止是这片土地。

那个凌晨，枪声里回响的，是现实的抗争，是民生的幸福！是道义的回归，是理想的大同，是品格的至上！是超越个体、超越生命、超越时空的信念之火、自由之花、忠义之光！

————————————— 我的小村庄

你们向此无悔，为此精诚，如此炽烈；你们生而何忧，行而何艰，死而何惧；你们血洒极乐庵，头悬姜堰城，悲恸红土地！

那个凌晨，跃升的启明星熠熠生辉。

天地有正气，杂然赋流形。下则为河岳，上则为日星。你叫洪流；你叫林光元。你们，在这里诠释了热血梦想，在这里熔铸成巍巍风骨。

这个叫张俞庄，或者叫张尤庄，或者叫俞家舍的地方，从此有了光辉永恒的名字：洪林，洪林！

苍穹之下，大地之上。有些壮举必须铭记在时间的长册，有些忠魂必须矗立成历史的丰碑。

岁月如山，天地回响，人民泣血，英雄无悔。

70多年后的今天，我站在你们当年伫立的这片土地上。

如云似霞，含烟吐翠。你们的周围，一簇簇花儿静静盛开。

无名的花儿开得鲜艳，这是你们的青春红、丹心红吗？

无名的花儿沾着雨露，这是浇灌大地的热血，还是思念如初的泪珠？

无名的花儿贴着大地，这是你们的身躯轰然仆倒的模样，把最后的虔诚献给了大地母亲？

壮烈英雄血，浩然正气歌。

生命之旗猎猎高扬，大地之魂生生不息！

青春洪林！

千秋洪林！

王家舍

王家舍是一个小村庄。里下河田野里有多少无名的花儿，家乡就有多少这样的村落。

王家舍是我的外婆庄。那里，停泊着我和哥哥的童年。

那是温馨的外婆庄。外婆站在门口喊："伢儿哎，家来吃夜饭噢……"悠长婉转的声音，顺着茅草屋上的袅袅炊烟传来。我和哥哥，从躲猫猫的草堆里，从捉泥鳅的田埂上，或者从翻野菱的河坎边，小鸟般飞回。外婆为我们拍掸灰尘，一手牵着一个回家。天边的晚霞，笼罩着茅草屋，把我们的身影映照得瘦瘦长长。

那是恬静的外婆庄。榆树旁，瓜棚下，秋风柔和。外婆为婆爹梳头，抹上几滴香油，盘成辫子，拖在身后。我们坐在小凳上，撑着下巴，好奇打量。婆爹吧嗒吧嗒抽水烟，指着墙角的两棵万年青说："这儿是你们的衣胞地，不能忘了根本。"皱纹深深，泛着慈祥，像屋后的湾湾河水。

那是欢乐的外婆庄。庄上人多，认识的，不认识的，一个个拦着我们，不叫上几声舅舅、舅母不放我们走。更有一个叫徐长华的，像门神一样张开双手故意拦路，还假装聋子，非得我们叫上好几遍，喊得山响才肯让路。那时，大圩上长满南瓜，我们在南瓜上刻字：徐长华，大腊瓜。等到队上分瓜时，这个舅舅发现了我们的恶作剧，开怀大笑："不要跟我抢，都是我的瓜。乖乖隆地咚，二十多个大腊瓜！"他还自嘲道："娘舅的牛，外甥的头。遇上这两个小家伙，别说是把名字刻在南瓜上，就是刻在舅舅额头上，都得顶着走。"那一刻，庄上充满了欢声笑语。

那是深情的外婆庄。那天早晨，婆爹小心翼翼挖出小半棵万年青，红布包好，摆放在家神柜上，低声祷告："伢儿大了，得回自己的家，万年青也要开枝散叶了。"外婆拉着我们在家神柜前磕头。放鞭炮时，外婆照应婆爹："要个个见响，蹿得高高的。"外婆牵着我们，送我们上船，边走边说："再来，就是做亲戚了。"船儿摇过外婆桥，那个穿着蓝斜襟衫、黑小脚裤的身影越来越小，微微春风中传来外婆的声音："万年青是两个孩子的根种，要栽在院子东南角上风口，将来娶媳妇，要用它们待亲呢。"然而，等到我们哥儿俩带着万年青娶回媳妇时，婆爹没了，外婆老了，再后来，外婆也走了。

我要告诉你的是，王家舍还有一个名字：根余。当年，外婆带着我们到大队部的小店买糖称肉，或者到理发店剃头理发的时候，经常走过村庄的十字路口。那里有一个小小的坟墓，掩映在几株矮矮松柏中，墓碑上依稀刻着几个字，不敢多看几眼。几十年前，那条路是泥泞小道，墓在那儿；几十年后的今天，那条路扩建成水泥大道，墓还在那儿。松柏已然长高，墓碑上，字体庄重：沈根余烈士之墓！

沈根余是洪林乡（现属娄庄镇）人，1920 年出生在一个贫苦农民家庭，1940 年参加革命，同年加入中国共产党，先后担任治安主任、民兵队长、乡农会会长、姜北区农会会长、区委副书记等职。1947 年农历腊月二十九日清晨，沈根余率领小分队在张尤庄打了大胜仗，缴获敌人大量武器弹药，撤回到高家垛。不甘失败的敌人包围高家垛，战斗进行十多个小时。沈根余掩护小分队全部突围后，泅渡时腹部中弹，壮烈牺牲。沈根余妻子身怀六甲，凶残的敌人对她施以各种酷刑，逼她交出共产党干部活动线索，沈刘氏坚贞不屈。气急败坏的敌人最后将她活埋。这位没有留下姓名的刚烈女子就义之前，咬着血牙，给乡亲们留下气贯长虹的六个字："不要哭，只要记！"

还有一位烈士叫高文生，他是沈根余的战友。在高家垛突围战中，他主动钻入包围圈，接应沈根余突围。在发现沈根余牺牲后，没有丢下战友的遗体，而是背着遗体游过好几条河，最终冲出敌人的包围。1948 年 10 月的一天，高文生不幸被捕，最后被敌人残忍杀害。

当我第一次了解到这段历史时，不由得潸然泪下。王家舍，我的外婆庄，原来是一片红色的土地，是一片英雄的土地。英雄虽去，英名永存。当地群众将王家舍命名为根余，将高文生烈士牺牲地胡练乡命名为沈高。两位生死相依的战友以令人崇敬的精神坐标，矗立在这片光荣的土地上。

如今，根余村已与另外一个村合并为连心村，沈高镇也几经分合，并入溱潼镇和天目山街道，但依然保留着沈高村。今年春节，我穿过沈高集镇，经过沈高村，又回到那个我们叫作根余的外婆庄。我的老舅爷曾经担任过根余村村干部，再次给我讲起沈根余、高文生的故事。喝了一点酒的老舅爷，蘸着酒水，在桌子上写下"不要哭，只要记"六个字，并敲着桌子说，记得根在哪里，才能连心永恒啊。

村里来了年轻人

"他们像飞来的喜鹊，整天围着庄子转，吱吱喳喳的，真是热闹呢。"

万奶奶指着身边的一群年轻人夸赞道。

万奶奶今年90多岁，住在兴化市昌荣镇盐北村一个叫万昌的庄子。这个庄子很是体现兴化崇文尚德的民风，庄上人家秉承"宁可不建高楼房，也要让孩子上学堂"的村训，192户651人的庄子，陆续走出了168名大学生，被誉为状元庄。子女们一个个离开水乡深处，留下一溜儿的空关房，也留下万奶奶这样的老人。

"人是屋的胆，家是庄的魂呢。"万奶奶看着院子，晒着太阳，惦着家人，守着寂寞。村头小河静静流淌，无声无息地带走这片土地人来人往的过往时光。只有夜空一弯残月，依稀勾住老人的回忆。

现在，万奶奶不再孤单。她说自己是个"门童"。每天坐在门前，口袋里揣一包中华牌香烟，见人就哆哆嗦嗦地掏出来分发，帮着这群孩子招呼游客。

万奶奶眼中的这群孩子，是一群年轻的创业者。

领头的小伙子叫刘剑，1989年出生的大学生村官，胖乎乎的身材，也许是经常在太阳底下奔波的缘故，脸上呈现出与年龄不相称的古铜色。小伙子本来是在另一个村做副支书，自己还在昌荣集镇上开办了农村淘宝代理点，每年有二十万元的收入，小日子过得有滋有味。几年前，镇上在万昌打造"大学生创业基地和青年创客孵化中心"，把他选调过来担任盐北村党组织书记。他带着一帮小伙伴搞得风生水起，不仅摘掉了省定经济薄弱村的"穷帽子"，省市级先进的各种牌子也拿得手软，愣是将万昌打造成了远近闻名的"青年创业点"和"网红打卡地"。

刘剑被乡亲们称为"鸡鸣书记"，每天早上六点就从城里赶到盐北村，雷打不动。我问他："你放着好好的店掌柜不做，何苦来做村掌柜？"

他嘿嘿一笑说："我是在农村长大的，对农村有感情。也许在外人眼里，万昌是一个有点儿衰落的普通小庄台，但在我们眼里是个宝贝疙瘩。"

刘剑最为看重的是万昌青砖黛瓦的民居和状元庄的金字招牌。村里成立了万昌文化旅游发展有限公司，向村民回租空关房，引入一批青年创客，在这里做文创产品，做婚庆景点，做水乡民宿，做电子商务，不仅让庄子日益生发出书香气和烟火气，而且逐步形成了新业态、新经济。万奶奶的两个儿子都在外地工作，两幢房子租给了兴化城里来的90后小老板解善彪，做了"垛上耕耘"文创馆，十几个年轻人在这里写写画画，旧家什、老砖瓦、残木料在他们手里摇身一变，就能卖上好价钱。万奶奶天天好奇地跟着他们转悠，每年还能拿到三四千元的租金，开心得合不拢嘴。村中心的一个小岛美化成了别致的爱情岛，旁边一间民居正在布置老电影展馆，准备专门放映小场电影《庐山恋》，一间集体仓库正在改造成魔法餐厅，门前的广场是一个青年夜PAR。

"一到节假日，这里就成了年轻人欢乐的海洋。"这位被评为泰州市创业富民先锋的年轻村支书，言语间带着兴奋，带着憧憬，"乡村振兴一定要插上产业和电商的翅膀，当好村掌柜，就是要做好农业产业化和农旅融合的文章，把万昌的文化底蕴做出来，把城里的年轻人引进来，把昌荣的好产品推出去。"

如果说刘剑以万昌为平台，在做文化、兴文化上鼓捣出一些名堂，那么，另一个小伙子姚德银则以美丽乡村建设为抓手，潜心种风景、卖风景，将安仁村打造成兴化市又一个"网红打卡村"。

姚德银也是一名土生土长的大学生村官，后来考上公务员，在镇农业农村局工作。2017年，安仁村在全镇考核倒数第一，镇党委安排他回到家乡安仁村任职，村支书、主任"一肩挑"的担子不轻。他发动大家美化家园时，村上有人撇开了嘴："嘴上没毛，说话不牢。怕又要劳民伤财呢。有本事先把那块荒地弄给我们看看。"

村民们所说的那块荒地，是村头河边的"龙须沟"，有600平方米，满是废弃的猪圈，露天的旱厕，垃圾成堆，臭水横流，脏乱不堪。"我们要把最脏、最差、最臭的地方变成最美的风景。"小姚带着一班人说干就干，就地取材，用废弃的坛罐、砖瓦装扮成假山、景观池，建起秋千、竹屋等娱乐设施，建成了一个鸟语花香的童趣园。大伙儿一下子信服了，有的退让改造围墙，建成一米花带，有的将旧宅基地无偿提供给村里做公共绿地，村头巷尾点缀着一个个微花园、微菜园、微果园，更有七八户人家正在改建民宿。

在村里，我遇到退下来的老支书邹有宝，他正在做庭院绿化。谈到小姚，他打心眼儿里佩服："这帮年轻人点子多着呢，我支持他们。"

老支书饶有兴趣地讲起"百万小石桌"的故事。

村里有一位企业家，叫邹新木，常年在昆山办企业。有一次回老家，看到村里的变化，他感慨万千地说："我是在这几棵老榆树下长大的，儿时就巴望着这里有张石桌。"他当时只是随口一说，小姚他们却当成了大事，很快将老榆树周边环境整治如旧，安装好石桌石凳，拍成视频发给他，这让他感动不已，专门捐款 20 万元给村里，这一捐就是连续三年。镇党委书记邵国昱为此写了篇"价值百万小石桌"的文章，发表在《乡镇论坛》上，邹老板得知后动情地表示一定要再捐两年，感谢村里为他找回了乡愁。

敏锐的小姚从这件事情上得到启发，再施"金点子"。他将群众发动起来，请乡贤参与进来，发挥村规民约、家风家训、红白理事会和亲娘舅议事园的作用，搭建了一个"有事好商量"的八仙桌，众心众智众力，共建共治共享，乡村治理多了底气。老支书邹有宝、老队长邹有桂、老校长邹生祥和老木匠邹生虎四位老同志是亲娘舅议事园的成员，他们说，帮着邻里化解纠纷，帮着村里出谋划策，帮着年轻人压阵把舵，成就感满满的。

昌荣镇是兴化市唯一以革命先烈名字命名的乡镇。80 多年前，30 岁的新四军老虎团一师三旅七团团长严昌荣在这片土地壮烈牺牲。邵国昱介绍说，今天，我们要激励青年走进农村，融入乡村，挑起乡村振兴的担子，让红色文化亮起来，乡土文化活起来，青春文化浓起来，创业文化火起来。全镇村党组织书记"领头雁"中，有 6 个"80 后"，其中更有 3 个"89 后"，还有一批"90 后"的年轻后备力量。在昌荣，我还听到了"马路书记"卞玉祥、"晚霞书记"夏春霞的故事，听到了朝阳新村书记顾斌、陈唐村书记杨根宝相互打擂台的故事。他们吸引一大批年轻创业者在乡村发展，全镇从事电商网络销售的年轻人猛增到 300 人，年销售总额近两亿元，带动村民人均增收超 2000 元。

夕阳西下，风景正好，远处的庄台传来曼妙歌声，姚德银领着他的昌荣鼓词队开始了表演。无论是乡村振兴的宏大叙事，还是乡村治理的具体实践，我以为都离不开"三老一新"，就是要把老天爷馈赠的一方水土生态底色呵护好，把老祖宗留存的文化底蕴传承好，把老百姓期盼的生活家底发展好，而做好这些，依赖于源源不断的新生代在这片土地上接续奔跑。唯有让青年人才站在 C 位，让青春力量成为硬核，乡村转型才能少些阵痛，多些动能，我们每个人的故土家园才不至于像一些人所担忧的那样，只看到白头和坟头，看不到盼头和奔头！

孟拥军的"鬼点子"

今年春上，孟拥军一直围着孟家祠堂转悠。

孟拥军是姜堰区蒋垛镇兴港村的村支书兼主任，憨厚勤快的中年汉子，做事风风火火，大嗓门儿一吼，很是镇得住人，村里工作搞得风生水起。乡里乡亲既喜欢十分，又怕惧三分，都说这家伙心眼儿比莲藕多几窍，鬼点子特别多！这次盯上了自己家族的祠堂，不知又要动什么歪心思。看他怎么过得了家族关？乡亲们看热闹不嫌事大，坐等孟拥军的"家族内斗"。

孟家是蒋垛的大家族。当年"洪武赶散"的时候，孟子的第57代孙孟东瀛、孟东山由苏州太湖边的孟家湾庄辗转迁至蒋垛，插草为标，开枝散叶，繁衍至今，已有万人。第一次见到孟拥军，他扳着手指，与我说起家族先人，很是敬佩和骄傲的神情。儒商孟锦煌坚守"以诚立信"的经营之道，在蒋垛的商户中代代传承；神医孟尔华悬壶济世，在本

　　　　　　　　　　　　　　　————————————— 我的小村庄

地及周边海安、盐城、扬州都有口碑；孟致祥当年和沈毅一起点燃三泰地区的革命火种，年仅 40 岁壮烈牺牲。为了纪念这些家族先辈，在南通经商的孟氏乡贤孟咸宏出资，复建了孟家祠堂。

孟拥军知道，打祠堂主意，要搞统一战线，把老哥孟咸宏说通，为他这个兄弟站台压阵。于是，他反复斟酌说辞，预设几套方案，甚至做了先礼后兵的准备。电话打到南通，想不到三句话不到，本家老哥爽快答应，一套说辞也没用上，乡亲们翘首以盼的"家族内斗"更是没有发生。

我好奇地问："你有没有吹牛？怕是被骂得狗血喷头吧？"

孟拥军嘿嘿笑道："这个真没有！我刚打开话头，委婉地启发说，祠堂老是关着门，好多房子空在那儿，容易荒掉，能不能拿出来用用？村里老人孩子没有个好去处呢！本家老哥通情达理，豁达开明，一下子就明白了我的心思，十分赞成我的'鬼点子'。他还笑称我胆大没魂，竟敢太岁头上动土。"

我再问："万一本家老哥不松口怎么办？"

孟拥军腰杆子一挺，双手叉腰，抬高嗓门儿："我是谁？在家族里，我是兄弟，我得听他的，有话好好说；在村里，我是支书，他得听我的，有事好商量。你不知道啊，我连怼他的话都想好了，哪晓得，嗨，没用上！"孟拥军双手一摊，说得自己先笑了。

"哪句话？"

"老吾老以及人之老，幼吾幼以及人之幼呗！我们先祖孟子的话，总书记还多次引用呢，他敢不听？哪晓得我没怼上他，倒被他拿这句话怼了我一顿，批评我说早就应该这样做了，这才是村支书应有的范儿，也是孟家后人应有的样儿。他还叮嘱我一定要把这句古语写到祠堂里，让大家时时对照，共同造福乡里呢。这顿骂，骂得我高兴！"

孟拥军一梭子的话，说得围观的乡亲们哄堂大笑。

孟拥军葫芦里到底卖的什么药？原来，他想把祠堂的空房子拿出来，建设邻里中心。年初，市民政部门在城乡村居开展"邻里中心，五美驿站"建设活动，将村居服务用房改造提升，建设彩霞美敬老驿站、青春美希望驿站、志愿美爱心驿站、运动美活力驿站、乡愁美传承驿站，更好满足老百姓求知、求美、求乐、求健康平安、求文明善治的需要，打造一个集现代服务型、资源集成型、功能融合型、开放共享型的邻里中心。孟拥军热了心，这就有了在孟家祠堂里面建邻里中心的"鬼点子"。

于是，在一个微雨初晴的春天，孟拥军邀请我们去当参谋。祠堂建在村庄中心，与周边民居融为一体，并不显得突兀，门前小河悠悠，芦苇摇曳，好似一条从历史深处蜿蜒而来的文化河，滋养着这方水土。祠堂为仿清建筑，三进二

我的小村庄

院落，内有古井、古树名木、奇石假山，于敦厚古朴中透出精致的人文气息。两边的厢房门房宽大空闲，有足够的多余空间建设邻里中心。孟拥军很是兴奋，他说，祠堂是孟家的，更是大家的，做成邻里中心，把乡亲们请进来，让老百姓用起来，既是传统美德，也是古为今用。他带着我们穿越走廊，查看厢房，说着布局构想。那会儿，满院子花开正艳，映照在他古铜色的脸庞上。

在门房里，我们开起了诸葛亮会。大家你一言我一嘴，开启头脑风暴，达成共识：要扣住兴港这个村名，做出自己的特点特色。大家围绕"港"字，很快议出了邻里中心的主题：兴港老家·邻里港湾，建设兴港人的温馨家园、幸福港湾。那内涵是什么呢？兴港兴港，"兴"什么？

"乡村振兴呗！"负责全市基层政权建设和社区治理工作的杨波站位高远，快言快语，打响第一炮，"兴港是革命老区，发展创业、致富百姓是头版头条，建设兴业港湾！"

大家鼓掌认可。

邀请负责策划设计的徐大师对传统儒学很有研究，他推了推鼻梁上的眼镜，慢言慢语道："文化复兴呗。在孟家祠堂做事情，就要挖掘和展示优秀传统文化的深厚底蕴和现代价值，以文化人，以德育人，重塑乡风文明，任重道远。要建设兴德港湾！"

大师出言不凡。

我被大家的情绪深深感染，鼓励道："再接再厉！"

　　"百姓高兴！"坐在一旁的孟拥军站起身来大嗓门儿一吼，"总书记强调，用心用情用力解决老百姓的急难愁盼。我们的祖先孟子也讲过，乐民之乐者，民亦乐其乐；忧民之忧者，民亦忧其忧。怎么样？要不要建设兴福港湾？"

　　大家齐刷刷伸出大拇指："这句话一定要上墙。"

　　谋定而后动。我们拉了一个微信小群，开始了各项准备工作。孟拥军负责现场准备，时不时发来图片，通报工作进展，徐大师负责文图设计，经常冒出精美创意，还将祠堂外观和"兴"字巧妙融合，设计了端庄大气的 Logo。孟拥军说，准备在观影空间装个投影仪，杨波立即接过话否定：装个 100 英寸的超大电视，既霸气又清晰，天天播放《大决战》《长津湖》《人世间》，保证人气爆棚。孟拥军随即把《村规民约》扔进群里，点名要求杨波修改，似乎想扳回一局。一次，孟拥军问室内吊灯选用什么式样，我们一致提议用中国风，与房屋环境相协调，想不到他专门开车到常州采购了现代气派的灯具，把我们的话全当耳旁风，一点面子都不讲。后来他悄悄告诉我，他想让乡亲们感受感受什么叫新时代新生活。

　　国庆前夕，孟拥军发来图片，"兴港老家，邻里港湾"建成开放，乡亲们呼朋引伴，奔拥而来，在里面看书、观影、下棋、打牌、喝茶、理发、聊天，一个个脸上笑开了花，

　　　　　　　　　　　　　　　　　　　　　　我的小村庄

他们有了自己的快乐大本营。

那天晚上，孟拥军向本家老哥孟咸宏发去现场视频，本家老哥为他点赞说："兄弟，你还有什么'鬼点子'尽管给我使出来。"孟拥军心里嘀咕道："我'鬼点子'多呢，我还要搞美德善行积分兑换，还要搞乡贤理事会，本家老哥哎，这事儿得等你回转家来，三两棉花一张弓——细谈细谈。"

星光灿烂，桂花飘香，孟拥军跟着乡亲们广场舞的旋律哼起几句：

> 我家大门常打开，
> 开怀容纳天地。
> 百姓绽放欢乐笑容，
> 迎接这个日期。
> 天大地大都是朋友，
> 请不用客气，
> 画意诗情带笑意，
> 只为等待你……

王昌福老师

　　王昌福老师是我的小学班主任，教我们语文。他第一次走进教室，举起粉笔在黑板上工工整整写了三个大字，转身对我们说："同学们好，我叫王昌福，请大家跟着我来读。"

　　"wáng 王——chāng 昌——fú 福，王昌福，预备，读。"

　　我们很是好奇，坐得端端正正，双手背在身后，小鸡仔喝水似的伸仰着脖子，用尽了力气齐声叫喊："wáng 王——chāng 昌——fú 福，王昌福，预备，读。"

　　王老师一下子笑了，露出洁白的门牙。我们也莫名其妙地跟着哄堂大笑。待大家笑得停当了，他提醒道："预备读三个字，你们不要读。"

　　王老师的第一堂课就这样印在我们脑海里。放学路上，我们几个胆大没魂的同学蹦蹦跳跳打着节奏，肆无忌惮地疯喊："王昌福，预备读，王昌福，预备读。"

王老师当时四十岁模样，中等身材，脸庞清瘦，性格平和，长年穿蓝色中山装，左上口袋别一两支钢笔，举手投足间显出敦厚内秀的风度。无论我们是学习上成绩好坏，还是上课时交头接耳，或者是下课后调皮捣蛋，他从不脸板板地高声训人，更不会在我们身上动一根小指头，总是慢言细语地讲道理，脸上挂着发自内心的微笑，眼光里流淌着温暖的爱意。我们都很喜欢他。

王老师也喜欢我们。

他每天下午上课前都教我们写毛笔字。他说："字是人的脸，你们将来要靠它吃饭。"记得他教给我们写字口诀说，抬头挺胸坐端正，三指执笔握端正，人正心正笔才正，笔正写字就会正。王老师总是课前就在黑板上用红色粉笔画好几方米字格。他一边慢慢用白粉笔描上大字，一边示意我们说，横稍斜，竖挺直，撇如刀，捺如扫，提有力，收笔顿。于是，我们对着黑板，跟着他的手势，一笔一画地在空中反复划拉。稍微熟练之后，便让我们在毛草纸上学写，他在教室里巡视，看着我们歪歪扭扭地鬼画符，纸上爬满蚯蚓似的，有时也忍不住地笑。

那时，我们买不起墨汁，只能土法上马，用锅底灰掺水做墨汁。写出的字浅浅淡淡也就罢了，关键是刚起笔，墨汁早已迫不及待地洇透纸张，慌乱之间，手上脸上都是黑乎乎的，仿佛灰堆里爬出的脏猴子，大家少不得相互取笑一番。王老师笑嘻嘻地忙开了，不是为这个匀点墨汁，就是给那个换张字纸，甚至还要带哪个脏猴子到他的宿舍里洗把脸。不管我们的字写得怎么样，王老师都会从伸胳膊扭腿的鬼画符里，圈出几笔鼓励鼓励。他总是鼓励我们说，学如逆水行舟，不要急，慢慢来。

王老师还教我们音乐。记得他教《听妈妈讲那过去的故事》，"月亮在白莲花般的云朵里穿行……预备，唱！"

他双手打着节拍，我们这些五音不全的孩子，一句句跟着唱。

两遍之后，王老师停下来，说："唱歌，不能只用嘴，不用心。"他仔细讲解这首歌的背景和演唱技巧，反复提醒哪里要轻松明快，哪里要低缓深沉。在讲解"我们坐在高高的谷堆旁边"时，他说："你们要想象着坐在妈妈的旁边，抬头看天上的月亮的场景，把'高高的'唱得深情悠长，唱出妈妈对我们的爱。"他一边示范教唱，一边右手缓慢上扬的情形，我至今难忘。

我们小学大概只有五六个老师，除了一两个老师是本庄人，其他几位都是外地的。王老师除了上课，就是在菜园里侍弄蔬菜，戴着大凉帽，忙得汗流浃背，有时候也带我们到菜园子里上劳动课。王老师的家在哪里，我们不知道，似乎离我们庄子很远。每到周末放学时，他就背一只旧的小包，和我们一起走两三里路，送我们到庄子桥口，笑盈盈地说再见，关照我们不要瞎玩儿，早点回家。我们远远地看着他瘦削的背影消失在大路的远方。王老师有时候还将他的小儿子带到学校，和他住在一起。王老师给我们上课时，总是把小儿子留在教室外面，然后把门关上，不许他溜进教室影响我们，让他一个人蹲在太阳底下玩儿蚂蚁。

还记得一次上课时，王老师跳过一篇课文没有讲。他要我们将这篇课文从课本上撕下来，当场收走。我们懵懵懂懂地问为什么，他说："形势不一样了，现在变好了，你们以后就会懂。"

后来，我们这些懵懵懂懂的少年小鸟似的飞走了，离开了小学，离开了王老师，离开了庄子。王老师依然在我们庄子，在我们的小学，默默地做他的民办教师。

九年之后，我回到家乡中学做教师，竟与王老师再次相逢。原来，我们的小学撤并了，王老师辗转调到了这里，做了学校会计，还参与学校后勤工作。他依然穿着旧中山装，左上口袋别一两支钢笔，对谁都客客气气，慢言细语，脸上挂着发自内心的微笑，但比以前清瘦了许多，苍老了许多。我与他打招呼："王老师，我是你的小学学生啊。"他兴奋地说："记得记得，好好干啊。"还是当年那样笑盈盈的神情，露出洁白的门牙。一天，我发现高中同学小红在学校做打字员，一问，才知道她是王老师的女儿，我们的小师姐。

这样的相遇，于我来说是美好的。要找王老师取些粉笔，拿些三角板圆规等教具，他二话不说，准备得好好的。请小红打印几份试卷，也是优先安排到位。后勤和财务上的事情多如牛毛，王老师就像老黄牛一样，亲力亲为，处理得井井有条。有时候，我也想和王老师多说几句话，但他总是三言两语，比以前教我们时沉默和紧张了许多，似乎藏了些心思和顾虑。王老师好不容易转成公办教师，我们都为他高兴，他和蔼地说："谢谢大家，我王昌福托大家的福。"

隔年的一个冬夜，王老师在宿舍里盘账，小红睡在外间，半夜她发现父亲的房间还亮着灯，进去一看，王老师趴在办公桌上，口吐白沫，人事不省。大家赶紧将他送到医院，人抢救过来，但成了完全失忆的瘫痪之人。住院期间，学校专门排了值夜表，教师们抢着去护理。那个晚上，我与同事一起去值夜，他的爱人我的师母歉意地说："麻烦你们了，我家王昌福苦了几十年，没有享到福，现在成了傻子，倒享到呆福了。"

那一刻，师母的一席话，让我无言以对，仿佛跌落深深的冰窟。王老师陪伴我们时，我们年少无知，什么都不懂，我们陪伴他时，他却中风失忆，也是什么都不懂。也曾经桃李芬芳，却从此山高水长。前不久，我在朋友圈看到一份家乡老师工资表，竟然发现王昌福老师的名字，那些陈旧的笔迹，简单的数字，尘封了王老师的岁月。我不禁再次想起王老师教我们这帮懵懂少年唱歌的情景。记得有一首歌唱道："那些痛的记忆，落在春的泥土里，滋养了大地，开出下一个花季……"

这首歌的名字叫《春泥》。

望上海

那时，我们几个小伙伴，经常傻傻地站在村头，望上海。

上海是什么？是父亲新买的那辆锃亮锃亮的永久牌自行车，是叔叔过年送给我的那几块甜得要命的大白兔奶糖，是小俊文具盒里那支舍不得用的红蓝彩笔，是小宝当兵的哥哥带给他的那筒味道怪怪的压缩饼干，是村长口袋里的那包皱皱巴巴的大前门香烟，是庄上那个夏天丰收后包场的电影《永不消逝的电波》……

关于上海，对于我们这些生活在巴掌大的庄子的孩子来说，能够知道的，大概就是这些。

到了初中，上海是我们的颜老师。

颜老师是上海过来的插队知青，村主任请他做了代课老师。

但我对颜老师没有好印象，他很凶，非常怕惧。我哥哥曾经打碎学校走廊的几块玻璃，被颜老师发现后靠墙罚站三天，还带信让我母亲去学校。母亲火上屋梁，狠狠收拾哥哥一顿。只因为我在旁边多看了一两眼，母亲两场小麦一场打，顺带也对我进行一番轰轰烈烈的警示教育。最后，母亲赔上五块钱，搞得我们兄弟俩一个月都没有看见一点荤。可想而知，我对颜老师的心理阴影面积有多大。

当母亲得知颜老师要教我们语文时，眼睛一瞪说："遇上这个凶老师，才能够降得住你们这帮细猴子。要不然你们还要掀翻上天呢。"小俊母亲的说辞也是如此。我们暗暗叫苦，这下是孙猴子掉到太上老君炉子里——有命没毛。

在这样的忐忑不安中，我们迎来语文第一课。颜老师高高瘦瘦的身材，三十多岁的样子，一身笔挺的蓝色中山装，清清爽爽。如果我对他没有凶巴巴的心理阴影，他应该就是课本中所说的玉树临风的模样。他说话不像我们庄上人那种大老粗、机关枪、大炮筒似的，慢慢的软软的语气，如同温柔的春风吹拂平静的水面泛起的涟漪。更为惊奇的是，他居然讲普通话，舌头还得卷起来，像广播里的声音，这与我们庄头大喇叭里村主任的腔调完全不一样。我们听不习惯，但又感觉新鲜。

阳光从窗户里洒进来，颜老师在我们身边来回走动，他的眼神和阳光一样柔和温馨。

这堂课上，颜老师任命小俊为语文课代表，我也意外地得到表扬，他说我写的字叫正楷，端端正正的。其实，我哪里懂得什么叫正楷，是怕他熊我，一笔一画刻出来的。下课后，小宝卷着舌头学说普通话，逗得我们哈哈大笑。他急得辩解道："懂不懂，这就是上海！阿拉上海人都是这么说的啦。"

陆陆续续地，我们听到一些关于颜老师的故事。有人说，颜老师是大学生，自己要求插队到我们这里的。有人说，他家庭成分不好，是被发配过来劳动改造的。也有人说，他是个书呆子，在上海混不下去，到我们这里来混饭碗的。我们听得糊里糊涂，也不敢瞎打听，生怕被他知道，靠墙罚站。

一天，颜老师对我们说："从明天下午开始，每天提前二十分钟到班，进行课外阅读。"课外阅读？什么课外阅读？那时，小宝正与我们玩儿跳房子、打六砖玩儿得上瘾，私下里发了一肚子牢骚话。

至今，我们都忘不了那个午后，那张报纸，那篇小说，还有颜老师抑扬顿挫的上海普通话。他站在讲台上，拿出一张《解放日报》，向我们挥了挥，说："同学们，今天我们开始阅读《浦江红侠传》。"我们一下子被扣人心弦的故事吸引了。原来，还有这么好看的报纸，还有这么好听的故事！

每天，颜老师带着我们读一篇连载小说，然后把报纸贴在黑板旁的墙上，让我们看个够。好几个同学还拿了本子

我的小村庄

把小说抄下来。上海，《解放日报》，小说连载，《浦江红侠传》，主人公梅宇宽、张小兰，一下子印在我们的脑海里，成为我们美妙的少年记忆。

颜老师不仅订阅收藏了《解放日报》，还有《少年文艺》。他把《少年文艺》也挂在墙上，让小俊负责看管登记。对于我们这些身处偏僻乡村的农家孩子来说，颜老师仿佛为我们打开一扇门，把我们带进一个新天地。这何尝不是我们那个懵懵懂懂的少年时代朦朦胧胧的诗与远方呢？

我们再也不瞎玩儿呆耍了，吃过午饭就急着往学校赶。我母亲非常惊讶，以为我着了什么魔，甚至还悄悄跟踪过几次，生怕我在外面惹出事端，又要赔笑脸又要掏钱。但终究没有等到颜老师带信再让她去学校。

颜老师发动我们订阅《少年文艺》，小俊第一个带了头。那天晚上，我把憋了三天的愿望说给了父亲，父亲倚在床头连抽两根香烟，忽明忽暗的烟头里燃烧着父亲的叹息和我眼巴巴的乞求，父亲始终没有说一句话，他正为砌房还债发愁呢。班上同学订阅的结果可想而知，颜老师的眼神里充满了失望和无奈。

一天，颜老师讲近义词，举了家乡与故乡的例子。小宝傻乎乎地举手提问："老师，家乡与故乡有什么区别？"

颜老师停下课来，沉思片刻，长叹口气，轻轻说道："离不开的是家乡，回不去的是故乡。"他抬起头来，眼光慢慢扫过我们，越过窗户，眺望东南方向，久久不语。过了好一会儿，颜老师半转身子，在黑板上重重写下三个大字：斜土路。

教室里没有一点声响，粉笔在黑板上划过的吱吱声特别深沉。颜老师站在讲台前，映在冬阳里，像一座瘦削的雕像，又像一本打开的课本，我们仿佛从他的眼神里读到了什么，是思念与伤感，还是迷惘或坚强？这是我们从来没有见过的颜老师！

猛然间，颜老师收回眺望远方的眼神，盯着我们，攥紧手指，敲打讲台，一字一顿地说："你们，一定要考出去！"

第二学期，走进我们教室的不是颜老师。那熟悉的身影，那亲切的声音，那难忘的眼神，到哪里去了呢？我们怅然若失。后来，我们从村主任那儿得知，颜老师终于等到落实政策，回了上海。村主任说是他盖了公章，送颜老师走的，颜老师离开的时候，一步三回头，满眼的泪水。

新来的老师姓王，据说是颜老师的学生，高考体检没有过关，才来给我们做代课老师的。一次，他教我们学唱岳飞的《满江红》，唱到"抬望眼，仰天长啸，壮怀激烈"的时候，也像颜老师那样深情眺望东南方向。一个学期后，他离开我们复读去了，听说考到了上海。

颜老师将《少年文艺》全部留给了小俊，小俊的高考志愿也是报的上海，但阴差阳错去了别的城市。小宝初中毕业后学了木匠，如今在上海做老板，不知道他有没有在那个叫作斜土路的街头遇见过颜老师。前几年，我有机会到上海解放日报社参观学习，多少年前的少年往事一幕幕浮现在眼前：

　　曾经，有一群少年傻傻地站在村头望上海；

　　曾经，有一位老师默默地眺望东南方向……

铁城老师

1984 年，家乡学校恢复高中，我们一帮被其他学校录剩的"落脚儿"，才有了继续读书的机会。学校缺少高中老师，东拼西凑一支队伍，其间走马灯地换个不停，甚至有位老师只教我们一堂课，就转教初一去了。我们笑称"铁打的学生流水的老师"。

铁城老师是民办教师，教初中语文。校长实在找不到教生物的老师，问他敢不敢试试。他对校长说："农村人，整天与动植物打交道，教个生物，还不是小菜一碟。"

校长惊讶道："你不会放空炮吧？"

铁城老师的大嗓门儿是出了名的。他上课的时候，半个学校在颤抖，三里之外都听得见。他把胸脯一拍，大嗓门儿一吼："没有杀过猪，还没有听过猪叫？你给我一只花生壳，我保证能够过长江。如果吹大牛放空炮，我把项上人头剁下来！"

就这样，铁城老师在教初中语文的同时，挑起高中生物的教学担子。

铁城老师对于这样的跨界，表面上胸有成竹，内心是十五个吊桶打水——七上八下。我们记得他第一次上课时说："我是赶鸭子上架，大姑娘上轿，我们共同学习。"很是小心翼翼的模样，毫无大嗓门儿的威猛气势，有点儿慌张和不自信。他看到我们面露疑惑和不屑，突然把嗓门儿提起来说："兄弟们，不要怕，我是谁？我是铁城，铁打的城池也会攻下来，何况一门小小的生物课！"

虽然一周只有两堂生物课，铁城老师好像拼了命。课本画得密密麻麻，教案备了厚厚一摞，板书有板有眼。他讲得投入的时候，粉笔支着嘴唇，口角挂着白沫，眼睛直直地盯着黑板，像是在欣赏一幅优美的作品，不是把这个细胞图重新描绘一下，就是在那个染色体下画两行波浪线，然后敲着黑板，提高嗓门儿说："兄弟们，这个重要又重要，你们记在板油上。"

即便铁城老师如此认真，我们还是很少把生物当主科对待，不当一回事。他急得眼睛一瞪，讲他求学的艰难经历，苦口婆心地劝道："我们那时想上学，但没有学上，也上不起，只能当农民，做个民办教师已经是祖坟上冒青烟了。兄弟们，你们好不容易有了机会，不能得福不觉。高考这座独木桥，物竞天择、适者生存，差一分，排上三里远，多一分，捧上铁饭碗！"

铁城老师说这话时那种恨铁不成钢的神情，几十年来我们一直记得。

那段时间，铁城老师经常把下午的课调到上午，然后自行车一蹬，大长腿一豁，弓着腰骑出校门。他遇到我们，主动打招呼："兄弟们，拜拜。"留给我们一个灰色中山装和满头白发迎风飘扬的背影。我们以为他偷偷溜回家忙着抢收抢种，班主任徐老师哈哈一笑："铁城老师当二道贩子去啰。"

当二道贩子？贩什么？原来，铁城老师骑上二三十里路，是到县城中学拜师学习。一开始人家根本不搭理他，他想尽各种办法，鸡嘴说到鸭嘴，好不容易打动人家，得以像学生一样坐在班后"蹭课"。他还蹭出了经验，蹭完这家蹭那家，忙得不亦乐乎。我们笑称他是"铁蹭老师"。他经常神神道道地拿出一张卷子说："兄弟们，这是县城重点中学的内部测试卷，不外传的。"

我们心里很是感激，但装得满不在乎，取笑他："是偷来的吗？"

他眼睛一瞪："读书人的事，能说偷吗？我是谁？老铁！"

他生怕我们自暴自弃，总是抓住机会给我们鼓劲："兄弟们，我为你们溜得腿肚子抽筋，脸皮都蹭光了，你们享受到重点中学的待遇，一定要咬牙坚持，千万不能破罐子破摔！"

————————————我的小村庄

后来，我们的老师都像铁城老师一样，到县城中学去拜师，去"蹭课"，时不时搞来一些内部资料、模拟试卷刺激我们的神经，大家像打了鸡血似的兴奋起来。

1987 年，那个炎热夏季和神奇时刻来临了。生物开考前几分钟，铁城老师劝我们不要紧张，自己却紧张得来回踱步，嘴里念叨不停。他突然两眼放光，双手一拍，嗓门儿一吼："兄弟们，看眼睛！"

大家慌忙抬头看他，他急得双脚跳起来："哎呀，看我干吗？"随即环顾四周，压低声音说："看书，看眼睛！"

我们一下子明白过来，赶紧窸窸窣窣地找到生物书上的眼球结构彩图，死马当作活马医，记得牢牢的。

铃声响了，铁城老师与我们一一击掌："兄弟们，老师这辈子进不了这个考场，你们代我好好考！"

拿到试卷时，我们知道铁城老师押中题目了，整整 5 分。

高考录取放榜后，教室东山墙的黑板上写了满满的名字。教导主任惊讶不已："出乎意外，出乎意外！"高考前填报高考志愿的时候，他曾经叮嘱我们："北大清华随便报，反正本科考不上。你们选个中专，冲个大专，全班不考光头就是胜利。"大家都说铁城老师功不可没，他笑嘻嘻说："我说不会放空炮吧，老师们用心，兄弟们用力，大家一起放了大响炮！"

几年后，我回到母校做老师，才知道铁城老师第二年又押中了 5 分的人耳结构图。每当谈到这些神奇时刻，他总是谦虚且神秘地说："瞎猫碰到死老鼠，不值一提，不值一提。"

铁城老师的大女儿在我的班上读初三，他经常大嗓门儿一吼提醒我："兄弟，姑娘在你班上，帮帮忙！"我不敢像他那样说花生壳子过长江的大话，但师生情、报恩心还是记得牢牢的。这一年，他的女儿高分考取中专。

我的小村庄

黄大佬

黄大佬还是毛头小伙高中生的时候，就已经是对着窗户吹喇叭——名声在外。

那个年代，学校组织文艺宣传队，在全公社巡回演出。黄大佬不仅相貌堂堂，很有文艺细胞，而且根正苗红，母亲王兰英是四乡八舍有名的老革命老干部，获评全国三八红旗手，因此他成为宣传队绝对的"男一号"，杨子荣、郭建光、李玉和等角色非他莫属。特别是《打虎上山》那一段，在激越悠扬的前奏声中，他一腔豪迈之气，迸发丹田，但等一个精彩亮相，台下已经掌声如潮。用现在的话说，是典型的"网红"，"圈粉"无数。

但如果说黄大佬仅仅是凭脸蛋吃饭，靠身板服众，一唱成名，那又大错特错，黄大佬更是一跳成名。

1981年，他参加全县运动会，一举打破跳高、三级跳远两项纪录，至今已有四十多年，纪录仍在他的名下。接着又在扬州刷新扬州地区的三级跳远纪录。全场观众一片欢呼，他却潸然落泪。当时，他已经三十三岁。那个年代没有给他站上跑道的机会，及至高光时刻到来，他只能用积蓄多年的奋力一跃，用高大孤独的身影，向专业运动员的梦想说再见。母亲劝慰道："孩子，我们还得往前走。不能渡己，且渡他人吧。"

年轻的黄大佬，就这样告别青春舞台上的短暂亮相，在一片喝彩声中悄然转身，一心一意回到洪林中学做代课教师。体育，成为他心中永远的痛，同时也埋下深深的情结。我做他的学生时，是在1984年读初三。那一年中国首次参加洛杉矶奥运会。他激情澎湃地介绍奥运会盛况，特别是讲到许海峰一枪定乾坤的时候，那种扬眉吐气的神情充盈了整个教室。那一刻，他好像不是站在讲台上，而是站在领奖台上。

那时，农村学校师资力量不足，黄大佬除了英语没教过，其他科目缺什么顶什么。现在有句流行语，数学是体育老师教的，在他这儿，还真不是玩笑话。他用了三十多年的光阴，在体育教师的舞台上，把自己摔打成全能型的教练、全县体育界的大佬。那个年代，农家子弟"跳农门"转户口，高考是改变命运的唯一羊肠小道，而体育专业录取分数线低上大几十分，这对于家境贫寒、成绩稍差的孩子来说，无疑是这条羊肠小道中的唯一捷径。于是，他全身心地扑在带队训练上，如同一位摆渡人，将一个个"野猴子"训成了专业运动员，训成了大学生，训成了教师。这里，有从小学带到高中直至成为他的助手的大江、大海兄弟俩，有他慧眼识珠的小个子江华，更有许多交不起学费他主动垫资的寒门子弟，还有从其他学校慕名而来的复读生。只可惜，他教我们高中体育期间，我没有发现自己的体育天赋，要不然也会投奔他的门下。

他的得意之作是把三弟送进国家队，圆了凤愿。年少的三弟越长越高，他发现是搞体育的好苗子，带在身边进行系统训练，寒冬腊月都把他从被窝里揪出来，在雪地上练得满头大汗。六年下来，三弟以体育特长生进入省排球队，后来担纲成都部队男排、八一体工队男排主力，再后来进了国家男排队，曾任国家沙滩女排主教练。那时，全县进国家队的只有两人，一个是国家女篮的张惠，一个就是他的三弟黄玉斌。那会儿，只要有他三弟的比赛，天大的事都要丢下来，喊着我们一起坐在电视机前看直播，少不得隔着屏幕指手画脚。那份高兴紧张劲儿，仿佛是他在场上打比赛。

黄大佬有个"篮球外交"的美谈。一天，他带着我们校篮球队到娄庄中学打友谊赛，神秘兮兮地说："今天要让江华当主角。"比赛中，他是组织后卫，绝不轻易进攻，我们也是什么球都传给江华。江华三步上篮，反手勾篮，空接投篮，外线三分，可谓是大出风头，赢得场外师生阵阵喝彩。下半场，他出任主裁判控制场面，故意给我们整些"黑哨"，等到对方投进一球追平比分之时，一声哨响，宣布比赛结束。晚上聚餐，黄大佬端起酒杯敬对方校长说："今天我们以球会友，能不能给我黄大佬一个面子，同意我的学生江华的爱人调动。"校长爽快答应。

当然，黄大佬也有马失前蹄的时候。那一年，县里举办农民运动会。我们球队轻松杀进决赛，对手是张沐队。两队经常交手，我们从未失手。比赛开始后，双方进入胶着状态，比分交替领先，他的三弟黄玉斌正好回家观战，恨不得脱下军装亲自上阵。关键时刻，对方窦老师在三分线外慢悠悠运球，黄大佬知道这位戴眼镜的老朋友没有准星，赶紧招呼我们："防死内线，放他外线。"谁知窦老师随手一扔，篮球在球框上颠了三颠，进了。直到现在，窦老师遇到黄大佬都要打招呼："承让，承让。"黄大佬总是哈哈大笑："防不胜防，防不胜防啊！"

黄大佬四十三岁时调到县城，他的家成了学校老同事和他的徒子徒孙进城办事的落脚点。那时，我刚到城里工作，中午到他们食堂吃饭，经常被他喊到家里打牙祭，师生之间谈谈往事，说说近况，其乐融融。黄大佬退休之后，在姜堰美术学校帮着做些事情，几位校领导或是以前下属，或是学生，他拿捏得很准，绝不以大佬自居，更不越雷池半步。只是公事之余，酒桌之上，大家喊上几句黄大佬，叫上几声老师好，他兴之所至，同饮大杯。

这些年，黄大佬又给大家意外惊喜。他把吹拉弹唱的手艺重新拾起，担任姜堰区民族音乐家协会主席，组建了一支民族器乐团，"文化惠民"和"公共文化服务百家行"活动搞得风生水起。大家惊呼："当年的黄大佬，如今焕发第二春。"

转眼间，黄大佬迎来七十岁生日。那天，我们这些同事和学生都去祝贺，特别是体育专业的门生排成长队一一敬酒。那一刻，他的乐队唱起《长大后我就成了你》：

> 长大后我就成了你，
> 才知道那支粉笔，
> 画出的是彩虹，
> 洒下的是泪滴。
> 长大后我就成了你，
> 才知道那个讲台，
> 举起的是别人，
> 奉献的是自己
> …………

江湖虽远，大佬不老。黄玉林老师，你好！

王老师，How do you do？

这些年来，每次遇见王老师，我都要与他打招呼："王老师，How do you do？（英文问候语：您好！）"

王老师总是笑眯眯回敬我一个"How do you do？"，然后摇摇手，说："我没有教过你，不能好为人师。"

"不叫老师，就叫舅舅，总得行嘛。"

对于这样的二选一，王老师装着无可奈何，笑嘻嘻道："都是叔伯的，叔伯的。"言语间多几分谦让，眉宇间却添几分快意。

王老师是我外婆庄上的本家，我的小舅舅与他相处很好，这就是叔伯舅舅的由来。他是外婆庄上考取的第一个大学生。在那个年代，跳出农门，端上铁饭碗，对于一个贫寒家庭和一个封闭小村庄而言，简直是鸡窝里飞出金凤凰。

大学毕业后，他被分配到离家三四十里的梁徐中学做老师。报到那天，学校校长刚刚午休起来，交谈间多有勉励。突然，校长递给他一把剪刀，说："帮我把被子拆洗一下。"王老师在家双手不沾阳春水，从来都是母亲或姐姐做这些洗洗涮涮的活儿，但他还是钝手钝脚地忙活半天，拆好，洗好，晾好，不乱章法。校长又说："离开学还有几天，宿舍还没有维修和调剂好，你在东南角的空教室里将就几夜吧。"

那天晚上，狂风暴雨，电闪雷鸣，空旷的校园里只有他孤身一人。王老师躺在硌得生疼的课桌上，想着校长为什么给他这样的见面礼和下马威，想着如何在这个远离家乡远离亲人的学校安放青春。夜深沉，人难眠，一支小蜡烛在夜风中飘忽，点了又灭，灭了又点。烛影摇红之间，19岁的王老师仿佛一下子成熟了：校长是在考验我的细心、耐心和勇气啊，肯定是希望我今后要像小蜡烛那样，能够给黑暗中的孤独者、风雨里的奔跑者一丝温暖、一点微光。

开学后，王老师教高一三个班的历史课，高二两个毕业班的地理课，初中两个班的政治课。历史、地理、政治属于副科，加之他是个小年轻，不少学生与他年龄相仿，有的高中复读生岁数比他还大，学生们对这样的小先生不以为意，七嘴八舌，议论纷纷。王老师提出两个问题："第一，什么是历史？第二，什么是历史课？"学生哑然。毕竟科班出身，王老师旁征博引，风趣幽默，教得风生水起。用现在的流行语说，既有颜值，又有才华，很快成为"网红"。到学期结束文理科分班时，许多理化成绩好的学生跟着他选学了文科。

他的学生后来这样总结他们的课堂收获：上的是历史，讲的是典故，学的是语文，懂的是政治，悟的是人生。"两个问题"也一直成为多年来他们师生聚会的热门话题。

那时，我们那儿的农村学校一般都是"戴帽子"初中，师资力量不足，学生几乎是散养散放，考不上高中是再正常不过的事，像王老师这样能够考上大学又出来做老师的，更是凤毛麟角。于是，左邻右舍经常有人拜托王老师将子女带去插班或者复读，以图将来像王老师这样能够"跳农门"，有个好出路。几年之间，王老师竟然从家乡带去20多个"跟读生"。以至于外婆庄上流行这样的顺口溜儿："达到卫校线，赶紧找小丁；伢儿考不上，赶紧找小王。"牙医小丁和王老师是高中同学，后来都做了老师，对于左邻右舍子女求学的烦心事，他俩能帮一个是一个。

小林就是王老师的一个"小跟班"。他至今记得，那是1982年腊月的一个夜晚，寒风凛冽，吹得面孔发僵，他戴着一顶破旧棉军帽，跟着父亲紧赶慢赶走了半个小时，来到一户三间瓦房的农家小屋。屋里点着一盏罩灯，昏黄的灯光让他倍觉温暖。灯光下，一个戴着深度近视眼镜的小伙子正在看书。他见了小林父子，立即放下书，拉开桌边的长凳，招呼他们坐下。这时，小林才知道是为他转学的事情来的。小林父亲哆哆嗦嗦说明来意，王老师念小林年幼丧母，爽快地答应下来。

多年后，我与小林成为同事。谈及此事，他告诉我说："当时的具体情形已经淡薄，我只记得王老师问我会不会自己洗衣服，只记得灯光下的那双浓眉大眼，只记得那盏昏黄灯光带给我的关于未来的遐想。"

春节过后， 13 岁的小林开始了跟着王老师异乡求读的生活。学校没有宿舍，王老师便让他和自己挤一张床。王老师的床是两条长凳上面搁两块木板组成的，宽度只有一米二，两个人挤得动都不敢动，只能睡个囫囵觉。这样持续了两个礼拜，给小林很大的感触。小林第一次月考，英语考了16分，第二次考了17分，王老师非但没有批评，反而大张旗鼓地表扬鼓励。到期末的时候，他的英语成绩已经稳定在八九十分，在班级名列前茅。

或许是受到王老师的领路和感染，小林后来也读了师范，回到家乡当了老师，且十分励志。如今，他已成为一名教授级高级教师、中学特级教师、江苏名师。

我中考落榜后，父母急得像热锅上的蚂蚁，去和小舅舅商量，小舅舅找王老师帮忙，王老师爽快答应，甚至为我提前安排好住宿和班级。但后来本乡一个学校收留了我，没有能够成为他的"小跟班"。这也是我尊他为老师，他不肯答应的原因。

几年后的除夕，舅舅准备了一条大鲢鱼，要我送给王老师。那是我第一次见到王老师。王老师一定要留我吃年夜饭，我不肯，他说："既然叫我舅舅，就不要当外人，娘舅的牛，外甥的头，客气啥呢。"正好王老师的爱人（中学英语老师）带着孩子回来了。小孩子刚刚牙牙学语，伸出小手，一本正经地与我打招呼："How do you do？ How do you do？"

　　我记得王老师找来一瓶酒，说："今天我们一醉方休。"临走的时候，王老师拿出一个红包，我与他推让之间，竟将红包扯断了一个角。王老师说："不应该空手回，见外啦？当叔伯舅舅看待啦？"至今，这个新春储蓄卡的红包我都没有去兑现，一直珍藏在家里。虽然淡了色彩，或许早已过期，但让我经常想起那个雪花飘飘的除夕夜。

　　王老师后来调到教育局工作，又历经机关、乡镇、企业多个岗位。那天，我参加王老师的师生聚会，大家谈论之间激情飞扬，情谊浓厚，情怀依旧。仿佛历史并非历史，每一页里都写着美好。当年那个牙牙学语向我问好的孩子，早已长大，有了两个牙牙学语的孩子。我想，王老师回家团聚的时候，那两个孩子也一定会伸出小手，与他打招呼："How do you do？ How do you do？"

老魏

这些年来，每次遇见老魏，我都认真叫一声魏老师。他总是谦虚道："临时代课，不值一提，我们同事相称，朋友相处。"

循他所嘱，再次相见，喊声老魏，他便拉长腔调问："历史、地理不是课吗？代课不为师吗？"逗着我喊声魏老师，他坏笑着痛饮一杯。

当年，老魏还是小魏的时候，高考落榜。母亲劝道："农家孩子，晓得魏字怎么写就行，学个木匠、瓦匠也是一门好营生。"母亲拜托熟人找好了大师傅。就在这当口，乡里学校电话打到村里，说是校长很赏识小魏，争取到一个名额，让他赶紧去代课。村支书一路飞奔而来报喜讯，老母亲高兴得瘫坐在地上，老泪纵横地笑道："儿啊，老天开眼，贵人为你铺了一条路，你要稳稳地跑啊。"

于是，小魏开始了月薪 12 元的教书生涯。他从初一语文教起，顺带教几个年级的历史、地理，后来又教初三毕业班语文兼班主任。五六年下来，干得风生水起，小有名气。后来，学校恢复高中，学校火线提拔几个初中老师任教，于是，小魏成为救火老师，任教高一历史和地理，因此也就有了我们一学期的师生之缘。第一次站在高中课堂的讲台，小魏老师很是忐忑，认真备课，认真讲解。讲的什么内容，我们早已扔给了东海龙王。记忆犹新的是他时尚超前的打扮。有同学编了顺口溜儿：满头摩丝苍蝇难立，大黑皮鞋照见人影，鲜红领带飘荡胸前，格子西装风度翩翩。在那个年代，确实是十分时髦，相当显眼。我们至今调侃他上下两头光，中间一片红，放在今天，妥妥的"网红"。

后来，我回母校做了老师，与他又成为同事。这期间，他已经任教高中语文兼班主任，大红领带依旧迎风招展，是公认的学校三大帅哥之一，当然，我们私下里称他为甩哥。小魏听了也不恼，笑嘻嘻回四个字："为人师表。"

那时，学校准备配一个团支部书记，大小也是个官，我们都以为非小魏莫属，谁料调来一名科班老师占了岗位。小魏恍然大悟："二指宽的纸条，不如一个硬本本。"他捏住鼻子不吱声，暗地里用劲儿，悄悄完成了大专、本科的学历进修。他喊我们几个年轻人小聚一番，醉意蒙眬地说："你们有本子的不当回事，我们没本子的头等大事，没有这个本本做垫子，天上掉馅饼也接不住。"他在为转公办教师做准备。

学校民办老师多，每年"民转公"分配名额少，既要讲工作业绩，又要讲论资排辈，有位老师连续三年英语不过关，竟气血攻心，仰倒在课堂上。我们便拿他的姓劝解他："小魏啊，想开些，慢慢等，慢慢熬，千万不能委身于地变成鬼。"

他点点头，回道："那是那是，鸭子生蛋不怕晚，瞎子磨刀总见亮。"等到小魏快要熬成中魏时，"民转公"的风向变了，必须招考转正，而且是末班车。他只得再次捏住鼻子不吱声，把头埋在书堆里，以刚达截分线的成绩，摘掉了"民办"帽子。

几年后，小魏真正变成中魏，学校高中停止招生，已经任教高中语文七八年的他，又要面临下岗任教初中。恰巧此时县城一家单位招考工作人员，这对他来说，应当是最后的机会了。他和班上56个备战高考学生一起背水一搏。那一年，他的班级考取17个本科、19个大专，在全县农村中学放了个大炮仗，他也过关斩将，渡人渡己。

十年前，我们高中同学搞过一次聚会，老魏得知后悄悄问："怎么没有喊上我？"然后自我解嘲道："毕竟只是代课，毕竟只有一学期，毕竟……"言语间有些伤感失落，我一时无言以对，无法安慰。

六年前，老魏说，想在泰州为儿子置办一套婚房。正好朋友平君要置换房子。一个要补锅，一个要锅补，我当仁不让做了中间人。酒席之上，双方一见如故，相谈甚欢，大有把我这个媒人扔过东墙之势。我赶紧叫停，约法三章：第一，双方应通过此次活动增进感情，共同维护长远友谊和双赢大局；第二，相关事项本应口头协商友好解决，但亲兄弟明算账，象征性签订购房协议，只为备案留痕，纯属形式主义；第三，双方不得向中间人给付任何费用，但需口头表示谢意。老魏后来严格执行，邀请我们到姜堰答谢了几顿，将老房东平君喝得东倒西歪。

四年前，一名民政帮扶贫困学生想到姜堰一所学校复读，我将此事托付给老魏，他二话不说帮助联系好复读事宜。后来小孩没有去上学，我向他致歉，他说："这说什么话，为贫困学生搭把手天经地义，天地良心，当年我们哪个不是这样走过来的？"

前年一次相聚，老魏一瘸一拐地参加。原来是在单位楼梯踩空，伤了脚踝骨，买了双拐，硬撑着上班。席间，我们逗趣劝道："红领带代表你年轻心态，新拐杖提醒你老胳膊老腿。"他哈哈地笑："小呢，还是小魏。"我们的学生海俊当场套用流行歌曲《小薇》打趣道："小魏啊，你可知道我多爱你，我要带你飞到天上去，看那星星多美丽，摘下一颗亲手送给你。"

那次脚伤好了后，老魏对那副拐杖怎么看怎么不顺眼，

　　　　　　　　　　　　　　我的小村庄

便悄悄扔到楼下。哪知道，清洁阿姨发现后，好心好意捡了回来，倚放在他家门口，搞得老魏哭笑不得。后来，无巧不成书，老魏又被一出租车剐蹭伤那只脚，再次拄拐上班。那一刻，老魏知道，船到码头车到站了，于是主动要求内退让位。单位要为他留张办公桌，他说："退就裸退，人走茶凉，不搞拖泥带水那一套。"

今年春节前，老魏给我们几个老朋友打电话，告诉这个消息，一说就是半个小时，感觉他一身轻松，满心愉悦，依然是那个鲜红领带迎风招展的小魏。

好吧，魏老师，你换了新赛道继续奔跑，有青春可回首，有灯火可围坐，有朋友可倾诉，有山海可奔赴。下次见面，我是不是要改口喊你小魏？

肖哥的救赎

　　我与肖哥、江华三个人是 1989 年一起回母校做教师的。那时，学校陆续进了一批年轻教师，大家都是单身汉，没有弯弯肠子，除了拼命教学，就是玩儿在一块儿。肖哥为人豪爽，整天弥勒佛似的乐呵呵，自然而然成了带头大哥。大家经常三五成群地打场乒乓球，买些猪头肉，喝点小烧酒，打发自以为漫长遥远的青春。

　　老教师老员工也喜欢与我们这帮年轻人打交道。学校好似一个大家庭，充满人间烟火。哪家有事，大家掏上五块十块出个份子，热热闹闹庆贺一番。洪湖老师宿舍装个吊扇，花了一百二，肖哥带我们拎着鞭炮去祝贺，招待两桌人，花了三百多。校长家的电视机竖天线，毛竹杆子还没买来，我们的鞭炮就到了，当晚少不得两三桌。哪晓得夜里刮大风，将毛竹杆子吹倒，第二天重竖，当然重新祝贺，重新请客。校长笑骂我们一帮吃货，昨天故意出工不出力。肖哥回道："昨天贺电视，今天贺天线，这叫好事成双。"

无青春，不疯狂。大家撕心裂肺地吼课，掏心掏肺地相处，没心没肺地生活。

那时，电视连续剧《渴望》火得一塌糊涂，肖哥经常在敬酒时哼唱一句："谁能与我同醉，相知年年岁岁，咫尺天涯皆有缘，此情温暖人间。"外人都以为肖哥想做酒中仙，只有我们几个年轻人知道，肖哥是想他的女朋友了。肖哥心中的她分配在百里之外的如东，咫尺天涯，难以调动，多少相思泪化成了杯中酒。

后来发生一件事，对肖哥触动很大。一位同事突然被女朋友甩掉，肖哥带着孟哥、江华、旺叔我们几个陪他喝酒散心，说些天涯何处无芳草之类的安慰话，酒后我们不放心他一个人独处，又陪他打了一夜扑克牌。不知什么原因，校长知道了此事，以为我们聚众赌博，火冒三丈，一大早将我们堵在学校门口，拎到办公室，勒令停课反思。我实话实说："停课可以，但我今明两天都是全天八节课，外加活动课和晚自习，您赶紧找人代课。"校长大抵知道我出的这道题无解，便网开一面，要我边上课边反思，转身要将场地提供者江华发配到偏僻的楝树中学。肖哥赶紧将罪过一人独揽过去，反复解释，说明原委，校长恍然大悟，非但没有处罚，反而表扬这帮小子有情有义。

风波过后，肖哥心思上身，生怕夜长梦多，鸡飞蛋打，重蹈那位同事的覆辙，赶紧请校长出面帮忙，东跑西窜折腾了三年，终于得偿所愿，夫唱妇随，小日子过得有酒有菜，人生豪迈。

我女儿过周岁那年，在岳父家摆上几桌，特地准备了刚刚夺得"央视标王"的孔府家酒。中堂屋以学校领导和老同志为主，其中几位都是"酒精考验、斤酒不衰"的好酒量，肖哥带着一帮年轻人挤在西厢房，开席就是开战，高举高打，热闹得掀翻屋顶。

酒至酣处，肖哥说："我们山去敬敬酒吧，上次聚众赌博的事还要感谢校长的不杀之恩呢。"大胖子孟哥神似倒拔垂杨柳的鲁智深，大嗓门儿一吼："要得！拿酒来。"于是，肖哥带着孟哥、江华、雨平每人夹着一瓶酒来到堂屋。旺叔看热闹不嫌事大，追在后面扛旗打锣："四大天王来敬酒啦。"

说者无心，听者有意。校长佯装不满，将脸一板，喝问肖哥："你又想带头闹事？谁封你们四大天王的？胆大没魂！"其他人也假装愤愤不平，跟着附和叫板，假意训斥他们不知天高地厚，妄图抢班夺权。

我们的老师黄大佬年轻时三斤酒不在话下，为人爽快豁达，为师桃李芬芳，肖哥、江华、雨平都是他的得意门生，孟哥也一直尊他为师傅。黄大佬站起来打圆场道："今天小孩儿过生日，不应该站在人家船头上闹。但我们这一桌也不是好惹的，都是腰里揣副牌，谁狠跟谁来的老天王。这样

我的小村庄

吧，你们各自找到敬酒的理由，让我们心服口服，我们一小杯，你们一大瓶，当场就封四大天王。"

于是，肖哥说："我是小孩外婆庄上的，我是小舅爹，当尽地主之谊。"不由分说，酒瓶吹干。

到了孟哥，旺叔打趣道："学校有个孟运德，一口能喝五百克。"孟哥嘿嘿笑道："我老婆也姓朱，我是小姑爹。各位有请，先干为敬！"

江华更是大声说道："我与小孩爸妈都是同学，我是小叔爹。我敬老师一杯酒，老师不喝我不走。"

雨平刚入职，比较腼腆，抓耳挠腮想了半天，顿悟道："我是孩子她妈的学生，我是小学爹。我呢先喝掉，各位别计较。"

自此，以肖哥为首的四大天王一战成名，以前的误会烟消云散。那时，齐秦的《外面的世界》很流行，但肖哥似乎对学校围墙外面的世界不闻不问，不管不顾，在围墙内种桃育李，润物无声，继续着紧张但又松弛、清平但很安逸的教师生活。即便我与江华两家先后离开学校，肖哥也只是依依不舍摆酒送行，说些兄弟情不相忘的祝福话语，依旧自在逍遥，随遇而安。

直到撤销学校高中部的消息山雨般袭来，肖哥他们突然发现外面的世界很无奈，与世无争的桃花源没了，自得其乐的讲台没了，一眨眼变成了下岗职工。洪湖老师是高三班主任，他在家里摆下一桌酒，答谢与他搭班教学的肖哥几个同事。快活酒好喝，散伙饭难吃，大家再没有往昔的激情，埋头喝闷酒。

洪湖老师说："兄弟们，等着上面重新安排工作并非易事，且大多是双职工，拖家带口的，调到城里想都不用想，调到外地人生地不熟。总不能在学校与初中老师抢饭碗吧？大活人不能被尿憋死。学校不是与外人合办了一个美术班吗？现在人家正想退出，干脆我副校长也不干了，我们几个人接下来办下去。"

肖哥倒满酒杯，一饮而尽，说："天无绝人之路！就地再就业，潇洒走一回，我拿青春赌明天。"教数学的李老师，教语文的王老师也同意闯荡一番。

于是，他们放弃身份，放下身段，在学校的一角，在同事的同情和担心之中，在外人的猜疑和不解之中，开始了自我救赎和自主创业之路。

那年，洪湖老师的孩子考上县城省重点高中，但硬被他摁在自己的学校。他说："自己的孩子不在自己学校上，其他人怎么放心将孩子送给我们教？"肖哥也想这么办，洪湖老师没有答应，说："你不能跟我抢风头。"肖哥知道这是出于好心，便愈发用心做好学校办学的操盘手。

如今，26年光阴流水般逝去，肖哥他们竟将偏于一隅的美术班办到了县城，办到了泰州，办到了苏北。从当初稀稀拉拉招收十几个学生，到现在班级41个，学生3100多人，教职员工 300 多人，曾经名不见经传的初三补习班浴火涅槃，成为全省规模最大的民办美术特色高中，高考本科达线率一直超过 80%。这期间，有顺风顺水的高光时刻，有走投无路的落寞窘况，有饱受打压的外部竞争，千般遭遇，万般艰辛，不足为外人道。但 26 年来，数以万计的寒门子弟，当年没有考上高中，却在这里圆了大学梦想，这于肖哥他们来说，何止是传道授业解惑，何尝不是另一种救赎呢？

这边，美校越办越大，办到了县城，那边，原先的学校却因为乡镇合并撤销，教师面临分流。洪湖老师和肖哥一合计，达成共识："我们不能忘本，合伙养性命的老同事，能救一个算一个，能帮大家帮到底。不管是在职的，还是退休的，只要想来，随时欢迎。"于是，旺叔带着老婆孩子一起来了，孩子考上大学，被安徽一家高校招聘，并送往韩国留学深造，退休的黄大佬来了，甘当下手，甘做参谋，当年腼腆的雨平来了，现在已是学校副校长。

去年，原先的学校终于夷为平地，做了他用。我和牙医小丁、江华与肖哥说："学校真的倒掉了，我们到哪儿寻找当年的青春和乡愁呢？"肖哥豪爽地说："学校没有倒，美校就是你们的家。我们将学校的牌子扛回去撑起来，从今以后，你们的同学聚会、校友聚会我们来承办。"

小丁很是感动，仿佛找到了家，举起酒杯说："敬你四大天王，允我桃李春风，伴君山高水长！"

两个小老头

　　学校有两个小老头，一个姓戴，一个姓黄。我们叫他俩大师傅。

　　大家这样称呼，不是因为他俩掌管学校大权，是有头有面的人物，仅仅因为他俩上了岁数而已。他俩是学校打杂的，戴大师傅在食堂烧锅膛当下手，黄大师傅在教务处摇滚子印试卷。两个人住在食堂前面的小砖房里，做邻居。

　　戴大师傅胖乎乎，慈眉善目，慢言慢语，长年穿一件深灰色大袍子，胳膊肘打着补丁，像弥勒佛；黄大师傅瘦小精干，喜欢穿蓝色中山装，哪儿热潮往哪儿钻，一笑露出半颗门牙，猴精似的。两人都是小矮个儿，同事拿他俩开心，黄大师傅说："我们这一辈子是人在屋檐下，不向谁低头，对吗？"戴大师傅装模作样地踮起脚尖，把腰杆挺直，嘿嘿傻笑道："大哥不说二哥，两块短门板，撑起小门面。"

　　戴大师傅是东边海安一带的口音，黄大师傅笑他说起话来舌头像砧板，扳摇不动；黄大师傅是南边上河口音，带着卷舌，戴大师傅笑他说话像透锅里的薄粥，咕噜咕噜。他俩是哪里人，是怎么到我们这个学校来的，我曾经问过几次，不知为何，两人都绕开了话题。印象中戴大师傅是带过一个小女孩来上过学的，与他住一个宿舍，说是他的小孙女，但好像成绩不怎么样，不久就又回去了。

戴大师傅围着灶台转，日复一日。其他师傅都是本地人，烧早饭的活基本被他俩包干了。每天清晨鸡未打鸣，巷子里就传来戴大师傅轻轻的咳嗽声和拖着鞋子慢慢走路的吧嗒声。等到住宿生打早饭的时候，食堂大缸里升腾着浓浓的烟火气和粥香味。

有一次，我与戴大师傅开玩笑道："学生们说了一个顺口溜儿，早上薄稀稀，中午碾碾饥，晚上更加薄，被毯还没焐得暖，尿桶就要满。"戴大师傅沉下脸来，瓮声瓮气地说："怎么可能呢？我们都是把米拿得足足的，粥煮得透透的，不能做祸害孩子丧良心的事，那是要响雷打头的。"

夏天的锅膛口，冬天的挑码头，是戴大师傅最难挨的地方，不是忙得汗流浃背，就是冻得瑟瑟发抖。黄大师傅也是如此，整天咔咔咔地印卷子，忙得脸上都是蓝的或者黑的油墨。两人的手指骨节凸出，有些变形，经常缠着胶布。因此，他们从不与人握手，两手拱在袖子里摇一摇，算是尽到礼数。当然，想与他俩握手的人几乎没有。他俩从不出头露面，能遇上谁呢？有人取笑他俩，黄大师傅说："不是我出卷子，你们学生能够金榜题名？"戴大师傅也道："薛仁贵还是火头军，杨排凤还是烧火丫头呢。谁想到他们能统帅三军呢？"

众人哈哈大笑，他俩也乐不可支。

我的岳父那时有几畦菜园子，种些蔬菜卖给学校食堂。戴大师傅老远看到，一改慢步轻移的状态，颠颠地迎上去接过担子。趁着过秤之时，三个老头儿点上香烟，闲聊一些家常，然后挥挥手，各自忙去。我有时好奇地问岳父聊些什么，岳父总是说："我们老头儿的乐趣，你们不懂。"

我们几个年轻老师早上都是饭盆一夹，匆匆到食堂打些早饭。戴大师傅看见了就说："不能仗着年轻，饿肚子上课，肚子里没货不行啊。"递上一两饭票，收下，不给饭票，也行。下午时分，学校老师一个个将热水瓶送到食堂。戴大师傅赶在煮晚饭之前，烧上一大锅开水，将热水瓶一一灌满，整齐排在食堂门口。哪家需要杀鸡宰鱼，喊上一声，他俩处理得干干净净。哪家老师忙着上课，把小孩子丢给他俩照应，两个小老头抱不过，只得一边喊着"乖乖肉"，一边团着身子、踮着脚尖追着小孩子乱跑，笑声充盈了整个小巷。

学生晚饭之后，是他俩最清闲的时刻。一张课桌，半瓶烧酒，几碟小菜，两个小老头儿坐在宿舍门口，自斟自饮，酒也不多，话也不多，慢慢地饮，慢慢地聊，慢慢地看，慢慢地坐。我们几个年轻老师喜欢聚会，有时候在门口摆上一桌，喊他俩过来，他俩不来，送上一些卤菜，他俩不要。往往是这边热热闹闹，那边无声无息。我们喊上几句，大家远远地举起酒杯，两个小老头儿乐呵呵地咪上一口。什么沧桑岁月，什么过往恩怨，什么人情世故，于他俩来说，似乎不过是浊酒一杯，云淡风轻。

那年深秋，两个小老头儿坐在宿舍门口，有一句没一句地闲聊。那一刻，溶溶月色落了他俩一身。

黄大师傅："天气凉了。"

戴大师傅："凉了。"

黄大师傅："树叶儿落了。"

戴大师傅："落了。"

黄大师傅："该回了？"

戴大师傅："该回了。"

…………

第二天早晨，戴大师傅烧好早饭，挑着小担子，离开学校。担子的一头是一个小包裹，另一头用绳子捆着两块小红砖头，压着担子。戴大师傅与众人点头弯腰打着招呼："走了，走了。"

那个裹着深灰色大袍子的臃肿的身影，在我们的目光中，在黄大师傅一声声卷舌的照应话中，慢慢远去。那两块砖头在戴大师傅的身后晃荡着，也一直在我的脑海里晃动着。

30多年过去了，两个小老头儿仿佛一直坐在岁月的树荫下，坐在那条长长的板凳上。任时光流转，如尘埃落定，似秋水从容。

小拜与老拜

　　微雨清晨，老拜倒背双手，在屋前的山芋田间转悠，碧绿的藤叶托着雨珠，随风摇曳，他仿佛看见土垄里的金娃娃，迫不及待地舒展腰肢，等待他的收获。老拜很有成就感，掏出手机，打电话给小拜："儿子，山芋丰收在望，你给老子早点儿安排下家！"

　　小拜呢，天不怕地不怕，就怕老拜打电话。电话里，老拜念来叨去，都是一堆卖不出送不完的农村土特产。唉，谁让他是老子呢！小拜满口应承："好嘞！亲朋好友望眼欲穿，都急等着品尝你的劳动成果呢。"

　　老拜仿佛掉进蜜罐里，浑身甜蜜蜜的，扛着锄头，哼着小曲，侍弄他的宝贝疙瘩去了。这边，小拜哭笑不得："我的老子哎，你那山芋不是一点点，几千斤呢。你给了我这个姓氏，全用在求哥哥拜姐姐上了。"

　　那天聚会，小拜给我讲这段故事时，逗得我哈哈大笑。

小拜恳求般道："老师，今年特地给您留两袋，千里送鹅毛，礼轻情意重。拜托您帮帮忙，无论如何要收下这份大礼。"说句不厚道的话，我就是喜欢看小拜与老拜做了半世仇人，如今在老子面前低眉顺目，拿老子没有一点办法的样子。

小拜是我当年的初中学生。这小子矮胖身材，大脑袋，眼睛炯炯有神，闪着灵气，见人就笑，眼睛眯成一条缝。最显眼的还是皮肤，黝黑得很，好像抹了几层桐油，泛着油光。这种古铜色，农村话叫"黑皮"，他这个年龄的小孩子是不应该有的。一次，学校组织元旦联欢会，他出演独角戏《小鬼子下乡扫荡》，套上黄狗皮，不用化妆，瘪嘴哈腰，活脱脱本色出演，逗得台下哄堂大笑。应是得一等奖的，但学校考虑到他扮演的不是正面角色，降为第二名，他大眼眯笑，神气通天。

大致成绩好的孩子都特别皮，既讨人喜，又讨人嫌，小拜便是如此。他的成绩在班上是遥遥领先的，有时候我故意刁难他，他总能眨巴大眼睛，回答个子丑寅卯。当然，捣起蛋来也是带头大哥。一次，他带着一帮男生在教室里打水枪，将黑板打成了水帘洞，将女生打成了落汤鸡。我火冒三丈，收缴几十把水枪，并对这个带头的捣蛋鬼"痛下杀手"，不仅靠墙罚站，而且要他家长来学校。结果，我望穿秋水，没有等到他的家长，等来了我的同事江华。

江华告诉我，小拜是他的表弟，不是本乡人，因为他父亲老拜的原因，从小就在我们这个农村上学。

这事要从江华的爷爷丁爹说起。当年，丁爹与拜爹一起干地下党，扛着脑袋闹革命，是枪林弹雨中的生死之交。后来，两位老人做主，丁家三姑娘嫁给了老拜，结为秦晋之好。

老拜兄弟姐妹多，家里穷得叮当响，他上到小学二年级就辍学务农，后来好不容易进了社办厂做工人。老拜的师傅之前在上海修过自行车，他便跟在后面偷偷学成这门手艺，在家门口的桥边搭了个棚子，晚上下班帮人修车，赚些外快养家糊口。那时，自行车相当紧俏，凭票供应，没有条子是买不到的。老拜嗅到商机，骑三轮车过江，到江南无锡买些配件，回来组装销售，一辆自行车可以赚到三五块钱。小拜是在修车棚里长大的，三五岁时就学会了串钢丝。老拜夫妻俩没日没夜地干，很快挖掉穷根，小日子过得有滋有味。江华他们弟兄几个到老拜家去玩儿，老拜带他们下馆子，看电影，很是开了眼界。这也是小拜最幸福最快乐的童年。

老丁爹看在眼里，乐在心里，不由得佩服自己当年选婿的眼光。

那时，刚刚时兴下海经商，老拜热了发家致富心，怀揣辛苦赚得的"第一桶金"，又跟亲朋好友借了几千大洋，辞职下海办起了工厂。老拜做生意有一套，但为人豪爽、仗义疏财的毛病也暴露出来，谁家拖欠了款项他不在乎，哪个朋友借钱救急也不在乎，他的信条是有钱大家赚，有难大家帮。实诚的老拜不知商海凶险，被一个外地老板忽悠投资生产电热锅，结果财没发到，赔光了全部家当，还欠下一屁股外债，要债的大年三十堵在门口。

无可奈何，在县城上小学二年级的小拜来到丁爹家，与外公外婆一起生活，在我们乡下上学。外公苛刻得不近人情，从来不把小拜当小孩看，当外孙惯。第一天晚上，外公就命令小拜打来洗脚水，先为外婆洗脚，再为外公洗脚。这盆洗脚水一端就是整整十年，直到小拜读完高中，考上大学，离开丁爹家。年幼的小拜似乎没有享受到外公的"舐犊之情"，过的却是"寄人篱下"的生活，外公稍不如意，一个眼神扫过来，都能将他吓得瑟瑟发抖。无数次深夜，小拜躲在被窝里暗自流泪，心里恨透了丁爹，更恨透了那个败家的老拜。这成了他们三代人之间解不开的心结。

那天聚会，小拜讲述这段往事时，我不禁对他当年偶尔在学校的放纵撒野多了几分谅解。毕竟，他曾是一个缺失亲人关爱的懵懂少年。

小拜至今记忆犹新的是高一那年，他考了全班第一名。老拜得知后，快活得两只手拍不到一块，特地奖励小拜一辆崭新的自行车。于是，小拜也能偶尔骑车回家取些日用品。那个深秋的周末，天气已然寒冷，小拜骑车回到老拜的厂里。他远远地就喊老拜，却无人应答，小拜到处寻找，终

————————————我的小村庄

于发现老拜蜷缩在车床旁的地上睡着了，身体下面仅仅垫了一层稻草。小拜不觉鼻子发酸，心疼老拜的艰辛和不易。他望着熟悉又陌生的老拜，守了好长一段时间，直到他醒来。看到儿子忽然出现在眼前，老拜又惊，又喜，又愧疚，父子俩相对无言。那一刻，小拜的心结突然间解开。

小拜考上大学，第一次放假回来，还是要来看望外公外婆的。丁爹喜出望外，对小拜客气得不得了，买了一桌子好菜，拿出珍藏多年的老酒，搞得小拜诚惶诚恐。晚上，小拜像以前一样收拾了桌子，洗好了碗筷，坐在沙发上与外婆聊天。这时，八十岁的丁爹颤颤巍巍捧来一盆水，端放在小拜面前，笑眯眯地说："伢儿啊，外公今天为你洗个脚。小时候外公对你苛刻，你不要计较，吃得苦中苦，方为人上人啊。还有，你不要怪你爸，是我们舍不得你，怕你在家没人管教，学了坏，要你爸妈把你送到我们这里来养的。你爸爸不容易，吃了多少苦都是为这个家。"

一席话语，多少良苦用心。小拜如梦方醒，泪如雨下。

小拜大学毕业后，干起工程，做了小老板，他记着父亲的教训，生意做得稳稳当当，风生水起。只是整天在烈日下暴晒，皮肤比当年更黑更黝，饱经沧桑般。几年下来，小拜还是继承了老拜的老毛病，谁家拖欠了款项他不在乎，哪个朋友借钱救急也不在乎，好在不至于像父亲那样亏空。他深深体会到父亲赚钱的不易和为人处世的艰难。逢年过节回家，父亲禁不住打听他生意上的情况，他开玩笑道："好的没有学到你，坏的一学一个准。"老拜哈哈大笑，说："小子有种，果然是我老拜的好儿子。"

小拜舍不得父母日益老去，便将老家房子重新翻修，让他们安度晚年。谁知，老拜不歇神，将家前屋后的空闲荒地变成了良田。小拜取笑说："你该种田时不好好种田，瞎折腾，搞得倾家荡产，现在老了老了，本应过些安稳日子，倒当起老农民，把农活儿当成了正事。"老拜说："给你们种些粮食，备点蔬菜，吃不了就送送亲朋好友，这东西金贵得很。"

小拜只得顺着老拜的性子，大忙时还要赶回去帮忙，晒得像黑炭鬼子也就罢了，还要瞒着老拜，求哥哥拜姐姐，将一大堆劳动成果分享掉，却成了幸福的烦恼。这不，老拜最近又养了几头壮猪，等着过年给亲友送些土猪肉呢。

无冕之王

都说记者是"无冕之王"，偏偏分管我们广播电台这帮记者的副局长姓王，有好事者便叫他"王中王"。他不肯这么称呼，脸一板，犀利的目光穿过厚厚的眼镜片射过来，说："你这是麻子不叫麻子，叫坑人。"

台里有名的"三剑客"之一老姜，对此非常赞同。老姜与他一个庄子。老姜说："小时候，我叫他打狗，他不敢撵鸡。现在，他叫我上东，我不敢上西。这是方向，是原则，不能含糊。"

那会儿，还没有"隔壁老王"这个梗。我们都叫他老王。虽然他也才三十多岁，比我们大不了多少。当然，有外人在场，我们都是一口一个王局，叫得毕恭毕敬。

那时，我刚从农村一所学校考到局里，分配到广播电台，成了他手下的新兵蛋子。平常小心翼翼地采访、写稿、编辑，与他见面不算多。第一次到老王办公室，是送审新闻稿。我哆哆嗦嗦掏出准备好的香烟。他一见，笑着说："到我这儿，抽我的。"一支香烟飞过来，我差点没接住，他已经把打火机伸到我面前。我赶紧吸上一口，转身往外走。他说："你就在这儿等。"指着沙发示意我坐下。

老王把眼镜摘下来，放在一边，眼睛眯成一条缝，额上的皱纹五线谱似的在烟雾中紧急集合，头低得快贴到稿子上，两只眼睛滴溜溜儿跟着笔尖在稿子上快速移动。他笔尖稍作停顿，我便心头一紧；他翻过一页，我便轻松一些。很快，他全部审完，签上名字，抬起头来，猛吸一口烟，笑眯眯地说："不错，好好干！"

第二次送稿子，我自我感觉良好。头条新闻是我采写的一个重要会议，我是花了心思的，洋洋洒洒一千多字，一字一格写得工工整整。想不到，他看了两页就停了下来。老姜说过，放下笔头，掐灭烟头，皱起眉头，摸着额头，是老王对稿子不满意的四个标志动作。今天果然如此，我的心提到了嗓子眼儿。他笑眯眯地说："因为你是新来的，我今天就直接跳过批评环节。你要记住，新闻记者绝不是大小会场跑跑、领导讲话抄抄、领导名单报报，听众要的是新闻！"

他好像感觉说重了，扔一支香烟在我面前，安慰道："今天换个头条，你回去好好写，明天播。你还要记住，会场是富矿，新闻里面藏，一定要跳出来，挖进去！"

那时，电视发展势头正猛，广播日渐萎缩，老王带着老姜和我们几个人商量对策。时过多年，我依然记得他是这么讲的："巩固农村广播，发展城市广播，是局里的事情。你们要做的事情，是如何办好电台节目，如何搞好电台新闻，如何守好这块阵地！广播为什么响？电台的生命力在哪里？不接地线的广播不响，不接地气的记者不香。你们要往群众中扎堆，到广阔农村摸'活鱼'！"

老王说完这些话，很有些得意的模样，我们都被他的激情感染。

不久，电台新闻部先后策划了《走进小农场》《漫步宁盐路》等新闻专题，我们住农家院，吃农家饭，电台里天天讲着老百姓的鲜活故事。老姜带着我和大刘记者到溱潼采访，晚上住在一家工厂宿舍，我们在花斑蚊子的轮番轰炸中写好稿子，坐在蚊帐里聊了一夜。老王得知后笑称老姜是"大蚊豪"。那几年，我们电台连年成为全省广播电台新闻节目免检单位，老王把金灿灿的牌子捧回来，笑嘻嘻地说："功劳是大家的，再接再厉，再接再厉！"

老姜开玩笑道："再这么搞，门口牌子挂不下了。"

老王一本正经道："牌子可以挂满，心不能满啊。"

一天，老王经过电台门口，跳下车来，掏出一把钥匙递给老姜说："这是我办公室的钥匙，你们随时可以去发传真。"老王把眼镜往上一推，开玩笑道："你们这些无冕之王也可以坐在我的座位上过过瘾。"

那时，我们几个人偷偷对外发稿，都要花钱买信封邮寄，还经常因为过了时效，稿件凉成了黄花菜。这下子，我们可以名正言顺地打开老王的办公室，用全局唯一的传真机对外发稿了。有人反对说，这是鼓励不务正业，老王眼睛一瞪："我们就是要让电台记者广播里有声，报纸上有名。"

我调到电台的第二年初夏，老王将我叫到他办公室，告诉我局里腾出一间半宿舍给我。我惊讶地问："当初招聘时不是说五年内不要求解决住房吗？"

他笑道："你不要求是应该的，我们安排也是应该的，不能让你天天来回奔波三四十里路，影响工作呀。你可不要嫌弃房子又小又旧。"

就这样，我终于在那个叫作二号大院的地方有了落脚之所。

不久，老王又突然对我说："你爱人调动的事情我已经与教育局说好了，你到学校打个报告给我就行。"

老王竟然没有让我跑一步，就帮我解决了两地分居的难题。我问道："王局，怎么感谢你呢？"

他嘿嘿一笑，说："感什么谢？你们负责干好我干不了的事，我负责干好你们干不了的事。这叫守土有责！"

1998年初，我因为工作的缘故，要离开广播电台。那

我的小村庄

天，我编好稿件送他审。他掏出一包香烟扔给我说："你到了新单位，一定要好好干，我相信你不会丢我们广播电台的脸！"

我到新单位报到的那天晚上，他在电台对面的一家小酒馆为我送行。我们都喝得有点儿多，谈起三年来编辑部的事情，老王醉醺醺地说出一个秘密：有次我的稿件出了个大"苍蝇"（严重的错误），他写了三次检讨才过关，差点儿把乌纱帽丢掉，真的成了"无冕之王"。多少年来，老王眯着眼说这话的情形，一直印在我的脑海里，让我经常回想起那个位于西大街115号的地方，那个调频91.6兆赫的广播电台，那段激情燃烧的青春岁月。

漫步宁盐路

这件事儿还得从《无冕之王》说起。老王是分管电台的副局长，他总是提醒我们说："不接地线的广播不响，不接地气的记者不香，电台的生命力在农村。你们要往群众中扎堆，到广阔农村摸'活鱼'，讲老百姓身边的鲜活故事。"

那天，老王带着我们开"诸葛亮会"，厚厚的眼镜片里射出犀利的眼光。他微笑着问我们："现在姜堰最大的新闻是什么？宁盐公路马上就要建成通车啊！"

老王自问自答，很是有点儿得意。

"要得富，先修路！你们可以搞个新闻专题。"

老王从来都是与人商量似的一锤定音。

我们回应："马上拿方案。"

老王脸一沉："拿什么方案？方案千万条，干是头一条！明天就安排人下去，后天出稿子，上专题，题目都给你们想好了，就叫《漫步宁盐路》，怎么样？从北向南，一个村一个村地跑，看能不能跑出好新闻！"

宁盐一级公路是 1996 年全省基础设施建设的八大工程之一，也是姜堰公路建设史上规模最大、投入最多、标准最高、工期最紧的交通工程，更是贯通姜堰南北的第一条高等级公路。姜堰段全长 23 公里，规划设计双向四车道。但因地方财力所限，只能先修半幅路面。这条公路像一条黑色的丝带，将姜堰里下河地区的沿线五个乡镇几十个村像珍珠似的串联起来。

我和同事大刘记者采访的第一站是官庄镇永明村。那天，9 月 5 日，92 岁老人夏长福起了个大早，拄着拐杖沿建设中的宁盐一级公路向南走去，乡亲们打听老人是不是出去走亲戚，老人乐呵呵地说："看桥去。"

工人们正在安装大桥中孔桥梁，他悄悄找了个地方坐下来。看到每块桥梁长 30 米重达 46 吨，他又坐不住了："这么长、这么重的大家伙，可真难为这些小伙子了。"出乎他意料的是，桥梁是被河中的吊装船操纵安装的，不消几袋烟的工夫就安装到位。

这时，时任姜堰市常务副市长的王加祥来工地检查工作，得知 92 岁的夏长福老人特地来看桥，主动与老人打招呼。老人高兴地告诉王副市长："我这么大岁数，还是头一回看见这么大的桥梁，以前还以为这种大桥是吕洞宾、铁拐李这些神仙造的呢。"一席话说得大家都笑了。王加祥告诉老人："这是我市目前最大最长的桥梁，将于 11 月建成半幅通车。到时你再来看。"

在兴泰乡，一位乡领导听说我们是记者，很热情，但当得知我俩是电台记者时，有点失望："不是电视台的？"

我赶紧解释："我们是一家人，我们是电台，是广播。"

那位领导对乡通讯员海平说："那你带他们到村里转转吧。"

我们正想到村里去找找新鲜事呢。薛庄村党支部副书记李存银把我们带到一个仔猪场，神秘地说："这是一位新疆远来客创办的。"

我们很是好奇，就在猪舍旁采访了忙碌的场主刘友康。老人告诉我们说，他刚刚从新疆油田退休，吃不愁穿不愁，完全可以过清闲日子。后来，他到薛庄来探亲，发现这儿是鱼米之乡，群众有养猪的传统，再加上村里盛情相邀，政策优惠，他一个长途电话就把新疆的事托付给儿子，拿出十万元钱，和老伴办起了仔猪场。我们问他："仔猪愁销路吗？"

老人哈哈一笑："站在这儿，喊一嗓子，兴化、东台、姜堰三个市都听得到，市面大着呢。再说，宁盐公路一通车，我的仔猪还要远嫁他乡啰。"

在何庄，同样也有新鲜事。村党支部副书记徐友东问："村里有个小炕坊，你们想看不想看？"

我们有点犹豫，一个小炕坊有什么看头，何况早过了春孵季节。徐友东开玩笑道："你们坐过飞机吗？我们的小鸡可是飞上天了。"

　　不看不知道，一看吓一跳。主人叫陈春贵，是一个刚满30岁的精明小伙子，自筹40万元，购进5台全自动电脑孵化设备，平均5天一炕14000只苗鸡，保证客户10天内苗鸡成活率98%。陈春贵兴奋地说："别看炕坊小不起眼，我们的孵化设备在姜堰、兴化可是头一家，河南、山东、安徽、湖北的客户开着大卡车来拿货，已有8趟10多万只苗鸡从南京乘飞机飞到厦门了。"

　　两三天跑下来，我们又采访了何庄村特困户残疾人张龙官养鹌鹑圆了致富梦的故事，薛庄村党支部书记沈宏亮与一位贫困户立下"养殖致富保证书"的故事，花根寿为群众放映电影24年的故事。

　　走进姜堰"北大门"，水乡深处新事多，《漫步宁盐路》取得开门红。我们在前方采访写稿，用传真传回台里录音制作，保证当晚播出。老王审稿时突发灵感，要求袁玲记者背着录音机，到局门口的大街上录制一段音响。正巧一辆汽车鸣笛而过，与袁玲的声音配合得天衣无缝，宛如《漫步宁盐路》的现场报道。

　　那天晚上，海平带我们到住宿的粮管所食堂吃晚饭，忙饭的老奶奶对我们爱理不理，坐在门口的爬爬凳子上，静静地听广播。我们相视一笑，没有打扰这位热心的听众。这一场景，我至今记得。

整整 26 年过去了，当年半幅通车的宁盐路历经多次改造提升，早已经实现全幅通车，在它的身边，多条高速公路、国省级公路纵横交错，如同镶嵌在里下河大地上的五线谱。

老王现在长年居住在南京，老家在宁盐公路旁边的沈高夏朱村。每次回来，他都要在宁盐公路上走一走。

小钱、大刘和老姜

电台新闻部人手不够，主任老姜找分管领导老王商量，将小钱和大刘从乡镇广播站借用过来。

那时，小钱刚结婚，住在城郊，他家便成了我们这帮年轻人晚上加班加点的根据地。记得第一次去小钱家，我们到婚房看看，大刘仿佛他的老本家刘姥姥进了大观园，满屋里的东西都是耀眼争光，不禁羡慕不已，大屁股往床上一支，突然蹦跳起来，惊呼："这是什么东西，如此软和？"小钱笑嘻嘻告诉他："这是席梦思。"大刘这才小心翼翼团下身子，坐在席梦思上直晃荡，感慨道："哎呀，哪天我能睡到这个床就好了。"老姜惊讶地问大刘："你这话什么意思？"大刘重复了一遍，恍然大悟，大手直拍大脑袋，红着脸解释道："词不达意，说者无心。我的意思是这样的床，不是这个床。"

那年寒冬，我们到小钱家准备年度好新闻事宜。他的爱人办了一桌好酒好菜热情招待，老母亲也半夜三更爬起来给我们煮鸡蛋。大刘开玩笑道："大妈，我们把你家的种蛋一扫而光了。"凌晨时分，外面浓霜如雪，大家冻得瑟瑟发抖，小钱翻箱倒柜，将家里的冬衣全部拿给我们御寒，自己没有衣服可添，灵机一动，溜进房间穿上爱人的大红羽绒服，手扶楼梯，轻移碎步，款款而下。柔和的灯光映照着，他宛如港台女歌星般自带妩媚，别有风姿，逗得大伙儿乐不可支，困意全消，激情高涨。那一年，我们的稿子在全省获得大奖，老姜神秘地告诉老王，关键时刻，小钱为获奖增"色"不少。

1996 年夏天的一个深夜，姜堰小冯村遭受龙卷风袭击。老姜第一时间奔赴现场，抓紧采访，第一时间向省台发布了灾情新闻，引起社会各界对灾区的关注和救援。他带队在前方采访发稿，忙得像泥猴，在搞好新闻宣传的同时，还带着我们承担一个重要演讲稿的撰写任务，大家白天在办公室连轴转，晚上到小钱家继续干。天气特别炎热，胳膊沾到稿纸就会洇出大片汗渍，小钱主动承担执笔的重任，大刘怕热，一遍遍用井水冲得凉快，赤膊躺在大板凳上，海阔天高地发号施令，指挥着小钱写稿。老姜劝大刘到床上歇歇，大刘知道是拿他开心，幽幽地说："这个床，不能睡。"

连续作战一个星期，终于交了稿件。小钱一下子从疲惫不堪中解脱出来，竟在恍惚之间，跌倒在厕所，鲜血满地，

我的小村庄

我们赶紧将他送到医院，缝了五针，小钱的爱人又到医院伺候了一个星期。不久，单位组织抗灾救灾专题节目，需要一个伐木工人的同期声，大伙儿不约而同将目光聚焦到小钱身上。大刘逮住机会，苦口婆心劝道："天灾不由人，抗灾不由天。你是这次抗灾斗争涌现出来的无名英雄，应当亲自出场，本色出演。"老姜果断拍板，小钱无法回绝，只得说："不要猴急，让我定定神，找找感觉。"他点燃一支香烟，来回踱着方步，调动了所有的生活经历和情绪，然后清清嗓子，在电锯锯树的嘈杂音效中，抬高声调，一番开场白，配合得天衣无缝，演绎得浑然天成。老姜感慨道："为了抗灾斗争，小钱不仅英勇献身，还真情献'声'。"

于是，小钱有声有色的故事一时传为美谈。

经过多次考验，老姜动了将小钱和大刘两个人一起调进台里的心思。他找老王说："我们总不能天天用五块钱的饭票打发人家，又要马儿跑，又要马儿不吃草。"于是，老王找小钱谈话，小钱回道："如果台里调两个人，我就当仁不让，如果只调一个，我建议调大刘。"那时，调到台里就成了城里人，收入待遇也高些，是天上掉馅饼的好事。老王很是惊讶，问他缘由，小钱答道："大刘离城远，机会难得。再说，我的工作环境比大刘好些，以后还有机会，不应该跟他争抢。"老王也算识人无数，却是头一次遇到如此推让的下属。于是经局领导集体研究，将两人一起调进台里。再后来，局里要选一人到电视台工作，那时广播在走下坡路，而电视台是相当吃香的。据老王讲，小钱又以自己个头儿小、扛不动摄像机为由，再次推荐了人高马大的大刘，感动得大刘每次遇见小钱，都要敬酒一杯。老王至今都说，小钱不仅有声有色，而且有情有义。

小钱、大刘调进之后，老姜腰里挂个 BP 机，整天带着他俩到乡下跑新闻。大刘陪老姜到他的家乡蹲点采访，发现放牛村一方面加大村民种田补贴力度，一方面引导他们增强依法纳税意识，写出好新闻《放牛村不再为农民代缴农业税》，一举获得全省一等奖。老姜带小钱到家乡采访一个重要活动，为了抢录现场同期声，差点被保安误解，摁倒在棉花田里。那时，我们几个都是早出晚归，中午经常去老姜家蹭饭。一日，小钱中途外出，回来对老姜说："借你的身份证用一下。"老姜惊讶道："难不成上个厕所还要身份证？"小钱嘿嘿笑道："出去时遇到彩票销售，摸了个电视机。"于是，大刘也兴冲冲去买彩票，中得一袋洗衣粉。老姜笑劝道："这袋洗衣粉贵重呢，回去照应你老婆，要用针尖挑着用。"那时，大刘刚在城郊盘下一套房子，只简单装修了卫生间，他面对一桌子废票，苦笑道："身居陋室，奉献爱心。"

这些，都成为编辑部的故事，也成为我们的美好记忆。

如今，仿佛转眼之间，小钱变成了老钱，大刘临近退

—————————我的小村庄

休，老姜已经含饴弄孙，忙得不亦乐乎，当年我们经常去加班加点的那座房子也早已拆迁。但短短三年的青春情结，如同那瓶老酒存放在记忆之窗，在岁月的长河里慢慢发酵，每一滴回味都溢出甘甜的芬芳；亦如同单位附近那条斑驳的长满青苔的小巷，总会将尘世间的喧闹隔开，给我们留存一方宁静的天地。

小脚二婆

久红是他的小脚二婆带大的。

当年，久红的外公是小城里的大户人家，开了几爿粮店，人送外号"半条街"。外公宅心仁厚，买卖公平，不搞行大欺客，囤积居奇，大斗进小斗出那一套，遇到荒年灾月，少不得广搭粥棚，周济乡邻。后来，外公突遭劫难，幸亏乡邻联名力保，得以死里逃生，举家迁往乡下。因有以前的善举，乡下邻居不把他们一家老少当作外来户，时常帮忙接济，虽然日子过得跌跌撞撞，但能自食其力。后来，外公因为年少时落下病根，无药医治，二十九岁离世而去。那时，久红的母亲还是一个十几岁的小姑娘，母女相依为命，度日如年。

久红的外婆走投无路，只得找回城里，请她的妹妹——久红的小脚二婆想想办法，为小姑娘寻一条活路。二婆家也是一大家子人，日子过得像哑巴卖筛子——破破洞洞的货，说不出的苦，但二话不说，将孩子收留下来。不久，二婆听一个远房亲戚说上海一户人家需要女佣，赶紧拜托介绍过去，指望着姑娘有一条好活路，能够养活自己。哪晓得那户人家比较势利，根本不把姑娘当人看，动不动就拳打棒喝。二婆得悉后，后悔不堪，颠着小脚辗转赶到上海，指着鼻子将那户人家骂得狗血喷头，倒贴几块大洋，将姑娘赎回来，再也舍不得将孩子往外送，留在自己家里一起苦熬。

城河水落了又涨，流了又泛，浸泡了多少平常人家的酸甜苦辣。一些盐城人在坝口行船走码，肩挑担扛，凭力气讨生活。经人说媒撮合，二婆做主，将姑娘嫁给盐城船帮的一个吴姓后生。

后来就有了久红。

行船的营生是一船苦雨一船风，一个浪头万事空。二婆舍不得久红整天被拴在船桩上，晒得像个细猴子，便说："姑娘啊，就当二婆欠了你们吴家的债，把孩子交给我来养吧。"

俗话讲，宁种十亩地，不带一个娃，抚养小孩的苦楚自不必说。转眼间，到了上学的年龄，父母要把久红送回老家。二婆又说："一个小毛孩丢在家里，万一有个三长两短，怎么对得起姐姐的托付？何况是我一把屎一把尿，将他从草把子那么大团出来的，就当我这辈子还不清你们吴家的债吧。"可是，久红不是城里人，也不是本地人，户口和借读费就像趴在学堂门口的两条拦路虎。二婆天天晚上踮着小脚到处托人帮忙说情，接着又东拼西借，好不容易凑齐学费和借读费，让久红上了城里的学校。

二婆家虽是城里人，有些定量供应，但上有老下有小，两个姑娘五个孙子，再加上久红，六个小老虎天天咬着二婆的手，全靠她精打细算，甚至远到如皋贩卖酱油赚些零碎钱，才将日子过得紧紧巴巴。久红记得二婆有句口头禅，吃不穷，穿不穷，算计不到一世穷。她从来不去早市买"出水鲜"蔬菜，而是等到傍晚菜贩子收摊时，颠颠地去讨价还价，捡些三文不值二文的"落脚菜"，变着法子让几个孩子吃到几片绿蔬，喝上薄饭厚粥。

二婆家里乡下亲戚多。每次来人，她总是高兴得小脚直转，到处张罗，买些烧饼油条，或是杂烩荤菜，好好招待一番，张家长李家短地打听近况，少不得抹眼掉泪，长吁短叹，临走前还要翻箱倒柜，匀些钱粮衣物，接济他们救急渡难。那时，久红不太懂事，巴不得家里来人客去。二婆从来不让自己家的五个孙子上桌，要么想法支走，要么让他们在厨房里喝山芋糁儿粥，但总让久红上桌陪着亲戚吃上好饭好菜。

如此这般，家里经常缺钱少粮，几个孩子只能天天吃亲戚带来的瓜果蔬菜和萝卜山芋。一次，久红的小哥哥埋怨二婆是穷大方，死要面子活受罪，二婆坦然一笑，给他们讲了久红外公落难之时众人相助的故事，叮嘱道："亲要帮亲，天地良心；穷不帮穷，天理难容。"

久红是第一次得知家里的艰难往事，他把二婆的叮嘱记在了心里。

久红的小哥哥对久红也特别好，一直把他当亲弟弟看待。当年，久红从船上来到二婆家，就是小哥哥整天三斤勒二斤，帮着二婆将他带大的。小哥哥经常趁二婆不在家，变戏法地掏出一枚鸡蛋，放在煤球炉上烤熟，慢慢地剥给久红吃。有时候，二婆回家闻见鸡蛋味，会疑惑地大声问几句，小哥哥总是机智地找个理由搪塞过去。二婆嘿嘿地笑，小哥哥也嘿嘿地笑，好像有什么默契似的。久红至今后悔的是，他那时只顾着填饱肚子，竟不知道省些给小哥哥尝尝。

城河的水，映照着小脚二婆的佝偻身影，城河的风，吹拂着奔跑的青春少年。二婆一直让久红上到高中毕业，又左右托人，将他留在城里做了电工，吃上技术饭。等久红成家立业的时候，二婆已经不能再颠着小脚走路了。那年腊月二十四小年夜，吃完团圆饭，二婆取出珍藏的铜板，分给六个孩子，久红分得了八枚。二婆轻轻地对他说："燕子大了要离巢，伢子大了要离家。孩子，这是当年赎你母亲多下来的铜板，你带着做个念想，回到你的父母身边去吧。"

风儿旋着雪花，簌簌地下，一只喜鹊飞过天际，二婆眼里落满了雪。

卖菜小哥华仔

　　小区地处城郊，较为偏僻。门口有一景观广场，欧式风格，但少有游人停歇，周边便荒芜出些许杂草，伴着一池荷花落寞了几多光阴。渐渐地，小区住户多了，人气旺了，周边百姓陆续过来，摆出长长的两排摊位，卖些自家园子里的时鲜菜蔬。渐渐地，卖鱼的、卖肉的、卖鸡的来了，卖水果的、卖鸡蛋灌饼的也来了，原先冷冷清清的空旷之地，变成热闹的卖菜场所。小区的早晨，氤氤暖暖的人间烟火。

　　广场西南角，有一爿长长的防晒防雨棚，里面是开口的"回"字形货架，商品可谓琳琅满目，大筐小筐摆着百姓家常日用，这是广场上最大的摊位。

　　摊主唤作华仔，瘦小身材，头发蓬松，作三七开，见人嘿嘿地笑，憨厚实诚全写在脸上。他应是这里最早的摊主。印象中，当初就他一个人卖蔬菜，摊位没有这么讲究，没搭防晒防雨棚，菜品也较少，大筐小筐摆在地上。华仔总是

————————————————　我的小村庄

笑眯眯地看大伙儿挑选，笑眯眯地结账找钱。电子秤上一称，嘴里念念有词，一项一项地算，一笔一笔地加，最后把零钱尾子抹掉，收个整数。有次，我对他说："怎么不用计算器，免得算错了。"他笑道："小本生意，错了算我的。"我问他："怎么在这儿卖菜，不到城里租个摊位？"他直起腰，往小区一指手，说："我就住在这个小区，每天清晨骑电动三轮车，到蔬菜批发市场贩些菜来，赚个辛苦钱，养家糊口罢了。"

渐渐地，我与华仔混熟了，趁着卖菜的间隙，与他有一句没一句地闲聊，陆续知晓华仔是一个有故事的人。是的，哪个中年人没有或喜或悲的故事呢。我说："什么时候讲给我听听？"他爽快回答："好呢。"

那时，微信刚兴，我与他说："现在流行微信支付，你怎么不用微信？"他笑而不答，脸色绯红，似乎有些害羞，恰似身后池塘里欲开还掩的新荷。几个大妈起哄道："再不用微信，我们就与你拜拜了。"大概是提这种建议的客户多了，再后来，他便拿出手机说："扫一扫，加微信，买菜有优惠。"大爷、大妈、小伙儿、小媳妇们"滴"的一声，与他成了微信好友。"拢共十块钱，只收九块五，怎么样？"华仔笑嘻嘻地问。

那次去买菜，他也如此操作，我看了微信名，有些惊讶不已，问道："华飞音乐工作室？怎么叫这个名字？是你的吗？"他依旧嘿嘿地笑，依旧有些害羞，依旧如欲开还掩的新荷，片刻之后方说："业余爱好，弄着玩玩儿的。"

那一天，是 2021 年 1 月 16 日，一个明媚的冬日。

买菜回家之后，我忍不住好奇，悄悄回看他的微信，便遇见了一个不一样的华仔。

2017 年 5 月 7 日，华仔开通微信，他发了这样一段话，为自己加油鼓劲："社会就两种职业，给自己干，帮别人干。业精于勤，种瓜得瓜、种豆得豆。艰苦创业、努力拼搏的我们，相信豆和瓜定会有成熟的那一天！"

之后，他经常或图片或视频推送他演唱的歌曲。他多唱流行歌曲，或轻松明快，或低缓深沉，音调节奏拿捏到位，是从心底流淌出来的。华仔出镜是梳妆打扮一番的，或许加之手机美颜功能，断然看不出是那个卖菜小哥，瘦削的脸庞，挺直的鼻梁，精致的发型，倒有几分香港天王刘德华的模样。难怪大家都唤他华仔。几年下来，我在菜场遇见一个在生活中忙碌打拼的华仔，在朋友圈里遇见另一个在音乐里自我放飞的华仔，竟有了左手烟火，右手清歌，左肩风霜，右肩风华的意味了。

如此且歌且行，到了 2021 年 10 月 27 日，华仔发了一个手写歌单视频，按语说："兑现自己的承诺，我最喜欢的200 首歌终于全了。我会放下手中的一切，抖音直播间华飞音乐 10 月 28 日和你不见不散！"

我悄悄为他点了赞。第二天早上，我遇到他，与他开玩笑道："天王华仔，你有几个粉丝呀？"他笑道："三个粉丝，发发嗨呗。"当天晚上，我默默围观华仔在抖音实现了他的梦想。

去年1月21日，华仔在微信里说："今天是我人生中最最特别的一天，也是我一生中最最重要的一天！我就把今天当成我人生的转折点，重新规划人生的方向，毫不犹豫地放弃本不应该属于我的，努力去追求我想拥有的。为梦想继续奋斗！今天这个特别的日子，工作过后的我，辛苦过后的我，就只想着开一场直播，痛痛快快地唱遍我最喜欢唱的歌，自己祝自己生日快乐！"

原来，华仔迎来了五十岁的生日。我祝他生日快乐，生活平安，梦想开花。

去年3月30日，小区加强了管理措施，人员出入不便。华仔竟在晚上8点和10点的时候，两次给我发微信，邀请我加入他的一个朋友群。原来，华仔做了小区志愿者，将小区里的微信好友拉进一个群，帮助大家解决菜蔬供应和基本生活问题。考虑到家里储存充足，不忍心增加他的工作量，分散他有限的资源，我便婉拒了他。但他的善良，他的微光，让我是心存感激的。

我曾经多次想请华仔讲讲他的故事，现在，我放弃了这样的想法。虽然他自己说有好多故事，甚至经历过三次创业失败，但我不能因为出于好奇，有意去揭他心中的伤疤。每个人的心底都有一个暗室，存放着他的过往，他的艰辛，甚至他的不幸，他的喜怒哀乐，他的爱恨情仇，别人有什么理由去随意推开那扇暗室之门呢？都说，生活不止眼前的苟且，还有诗和远方。其实，所谓的诗与远方，或许就在自己身边，就在自己内心。生活吻我以痛，我愿报之以歌。譬如那一池从淤泥和漩涡中拔节而起的荷花，纵是雨打飘零，抑或孤芳自赏，何尝不是生活的从容，生命的绽放，生长的力量？

那年那月

花儿与少年

天上的云飘过来了，像花；

地上的花开了，像云。

花与云之间，是无忧的少年。

少年的早晨，是被大队支书叫醒的。迷迷糊糊的，听见大队支书在喇叭里喊，趁着早凉，赶紧下田服侍棉花。服侍得好，棉花满仓；服侍不好，泪眼汪汪。少年还是第一次听说棉花也要"服侍"。少年闻到一阵香味，母亲一定是把藏在柜子里的最后一小块咸肉拿了出来，炖了黄花草咸菜。那块咸肉还是父母过年时买的，少年惦记着已经快半年了。虽然闻得出咸肉走油的腊味，但肚子里的馋虫痒痒地爬呢。少年想起母亲昨晚的照应，一骨碌起了床。

天还麻麻亮，母亲带着少年出了庄台，顺着大圩拐了三个弯，过了四座桥，来到七十五。那是队上早年开荒的地块，大概有七十五亩，庄上人就起了个七十五的地名。少年翻过大圩，大片碧绿跳跃过来，铺陈眼前，初夏的晨雾朦朦胧胧，纱巾似的，整个田野是一幅无边无垠的图画。少年心里充盈着明亮的生机。基肥好，雨水丰，光照足，棉花生长旺盛，叶子嫩嫩的，肥肥的，像娃娃的小手掌，小露珠倏忽之间滚动着，滑落着。有的棉花已经长出了花骨朵，雪白的，粉红的，偶尔从枝叶间露出笑脸，与少年捉迷藏。

母亲说过，稻、麦、棉是农家三件宝，一样不能少。里下河人家的日子全靠这些宝贝。早上露水最旺，虫子最活跃。什么棉蚜虫、棉铃虫，要么爬上叶子吃嫩叶，要么躲在小花蕾里面咬花蕊，要么钻到棉花桃中啃桃心，对棉花的祸害大着呢，趁着早凉一捉一个稳。这叫虫口保棉、虫口夺棉。母亲指望着这一年的光景，为少年添做新衣，为外婆家的表姐置办嫁妆呢。

少年是第一次以小劳力的身份捉虫子赚工分，掩不住高兴劲儿和新鲜感，从篮子里拿出瓶子就要往田里跑，母亲一把拉住。母亲知道少年身子骨娇弱，每年都要疰夏（疰夏，中医指夏季长期发热的病，患者多为小儿），露水打湿衣服，进了寒气，容易发热打摆子（打摆子，疟疾的俗称），大意不得。另外，棉花田里花斑蚊子凶得很，一咬一个大疙瘩，又疼又痒，要肿上好几天。万一抓破皮，指甲里的毒气进去了，弄不好还要感染化脓，害鬼疖子，那是要到医疗站吃一刀的。母亲舍不得少年受这样的苦，从篮子里拿出一张薄膜，在少年身上一绕，从胸口一直裹到脚，像透明的旗袍。那张薄膜，还是母亲春上跟队长要的。队上一年总得买上几十袋化肥，碳铵、钾肥、磷肥什么的。最好的是日本尿素，有两层包装，尿素用完了，袋子大家都抢着要。外面的一层尼龙袋可以作为面料，缝做棉衣棉裤，庄上人称为"尿素服"。少年的同学顺子穿过，棉衣前面是"日本"，后面是"尿素"，大伙儿还笑话顺子呢。少年想不到，今天也穿上了薄膜旗袍。

母亲从少年手中拿过瓶子，将系在瓶口的布条理顺，挂在少年胸前。这是个麦乳精瓶子，少年每次去外婆家玩耍，外婆都要泡麦乳精，后来连瓶子带麦乳精拿了回来。细心的母亲知道少年害怕虫子，特地用小竹片做了个小镊子。母亲叮嘱少年，在棉花田里要轻走慢移，不能折了枝叶，碰了花朵，落了棉桃，那是庄户人家的命根子。少年懵懵懂懂点着头。

少年走进棉花田，淹没在绿海之中，只剩下小脑袋若隐若现。少年一手轻轻将叶子翻开，一手用小镊子将虫子镊住，毛茸茸的虫子扭动挣扎，眼睛鼓得胀胀的，小齿牙呼呼张合，少年吓得要叫出声来，把头扭向一边，慌慌张张地将虫子放进瓶子。等到捉了十几个虫子，少年的心才稍微平静，不再紧张害怕，动作也熟练起来。少年很快发现，用镊子捉虫子速度太慢，干脆把瓶口对着虫子，轻轻一抖叶子，瓶口往前一刮，虫子就掉到瓶子里。再过了一会儿，少年也学着母亲，尝试着用手捉虫子。虫子捏在手指间，肉乎乎的，扭动着要用牙齿咬少年的手，稍微带点儿劲，虫子的肚子就被捏破，墨绿色的虫液流了一手，黏糊糊的，赶紧将虫子放进瓶里，用叶子上的露水将手抹干净。身上的薄膜密不透风，连吓带捂，少年已经一身汗了，头发湿湿的，贴在脸庞上。

夏天的太阳装了弹簧似的，一下子蹦到半空，棉花田成了大火炉，翻滚着阵阵热浪，偶尔飘来一丝微风，火燎燎地烤着脸庞。湿透的衣服已被烤干，露出点点圈圈的盐斑，像绣上了一幅地图。远处传来农技员红树收虫子的声音。母亲告诉少年，日升三丈高，虫躲三里远。捉虫子的时辰已经结束。她将自己的瓶子递给少年，吩咐少年去把虫子交了，然后到田埂上歇歇，把薄膜脱下来凉快凉快，顺便吃点儿"接晌"（接晌，两餐之间的饮食）。

红树摊开小薄膜，倒出虫子，提着一支小竹签，一双双地数起来。数到十双时用竹签往旁边一推，再从头开始数。数完了，拿出小本子记上数目，拎起薄膜的两只角，将虫子倒进蛇皮袋。少年看出，红树临走之时好像要说点什么，但只是摇摇头叹了口气，把蛇皮袋往肩膀上一搭，转身走了。

望着红树的背影，少年想起母亲前几天说的事，红树定亲了，是他妹妹红花做的交门亲。少年有点儿怅然若失。少年与红花在一个班上，一直是同桌。少年胳膊经常超过"三八线"，红花就用钢笔尖在少年胳膊上轻轻一刺，少年本能地缩回去，留下特别显眼的小墨点。少年没有墨水时，伸手就从红花手中抢过钢笔，不是借上三滴五滴，都是要把墨水挤干净了才收手，搞得她好几次没有墨水用。少年有一支上海中华牌红蓝彩笔，是从来舍不得借给其他同学的，但少年会摆在"三八线"上，用手轻轻一拨滚到红花这边，红花用好之后，也用同样的方法，悄悄把彩笔还过去。做作业时，少年也是等红花做好了，抢过去就抄。有几次红花故意将答案写错，待少年抄好交了作业本，她再到组长那儿将本子拿回来改答案，急得少年来回跑几趟，气得直瞪眼睛。多年来，两人很少说话，但眼神之间好像有一种默契，那浅浅萌发的情愫，像初春蜿蜒的河水静静流淌，像深秋淡雅的晨光悠悠弥漫。

　　前几天，红花突然退了学。少年的课桌膛板里，多了大半瓶墨水，是红花前几天用锅底灰做的，留给了少年。想到这些，少年的眼里闪烁着一分空灵，一分落寞。此刻，母亲盛放在篮子里的米饭和炖咸肉已然没有了吸引力。少年回到田埂上，脱下薄膜旗袍，铺在地面，躺了下来，身子像散了架，胳膊也有点晒得生疼。少年把空瓶子置放在旁边，发呆似的盯着，仿佛要从瓶中看到什么……

　　雪白雪白的棉花盛开了，绿色的田野变成美丽的花海，蝴蝶轻快地飞舞。母亲带着少年拾棉花，一袋袋小山似的堆在田埂上。挂桨船突突地响着，将棉花送往公社的收花站。

　　大年三十晚上来到了，母亲给少年和哥哥换上新衣裳，父亲拿出珍藏在抽屉里的五角星戴在小军帽上，可神气了。上次顺子还向少年借了衣服走亲戚，以后借还是不借呢？

　　迎亲的轿船驶来了，表姐穿着大红嫁衣，轻轻把少年挽在怀里。母亲准备的两床棉花被，做了嫁妆，高高叠放在船舱。鞭炮一声声地响，表姐挥着手，走出外婆的泪眼，划过满河的春色。

　　　天上的云飘过来了，像花；
　　　地上的花开了，像云。
　　　花与云之间，是微微浅梦的少年。

南风草木香

大集体那会儿，庄户人家凭力气赚工分。四夏大忙一过，秧苗栽进水田，我们那儿最大的农活就是扒泥取渣，窨草塘了。河泥戽进泥污塘，需要拌上黄花草，或者旱草，沤上几个月，待到种稻种麦，或者移栽棉花营养钵，挑到田里放渣做基肥。于是，割旱草的任务就落到大姑娘、小媳妇和我们这些小屁孩的身上。家里也指望我们整个暑假能够帮着赚上一些工分。那一年，队长特地涨了工分，一百斤旱草能记八分工，还让副业队奖励三斤菜瓜，多劳多得。我和哥哥怎能不去割旱草呢？

母亲都是前天晚上，为我们磨好五六个小锹儿和钩刀儿。她从家神柜底下拿出磨刀石，坐在门口慢慢磨。磨上十多个来回，大拇指在刀锋上轻轻划拉，试试刀口，然后往磨刀石洒些水，继续磨。最后，母亲在小锹儿和钩刀儿手柄上一层层缠好棉布，让我们握在手里正好抵住虎口，不会磨出血泡。母亲将小锹儿和钩刀儿摆放在竹篮里，淡淡月光照耀之下，泛着寒光，锃亮闪眼，如同母亲头上隐隐的白发。

第二天清晨，母亲会摊上几锅浆饼，或者煮一大锅糯米饭，甚至还会将一直舍不得吃的咸肉拿出来，切上几片炖在咸菜里，喊我们起床吃饱喝足，剩下的全部盛到钢精锅里，让我们当中饭。母亲小心翼翼拎着钢精锅，把我们送到船上，与开船带队的本家大叔寿余打招呼，拜托他多照应。

寿余摇响挂桨船，犁开平静的河面，穿过青纱般缥缈的晨雾，穿过扒泥取渣的船只，穿过庄头的七一桥，载我们去远方。男男女女、大大小小将近二十人，猫在船舱里。有的打毛衣，有的钉鞋底，有的闲聊，有的看着天空发呆，有的懒散地打盹补觉。我们这些细小伙儿平时团在锅膛门口过日子，没有见过外面的世界，显得特别兴奋，头伸得像呆鹅，四下里张望，眼睛里闪亮着渴望和新奇。兴奋劲一过，一个个耷拉着脑袋，歪歪扭扭地睡去。寿余似乎不忍心惊醒我们，他会将船儿开慢一些，将机器声调低一些，船舱就像一个摇晃的襁褓，船儿贴着水面划过波浪的吱吱声，和着挂桨船单调的突突的轰鸣声，如同一支温柔的摇篮曲，带给我们难得的安逸和慵懒。寿余也许知道我们只有在梦里，才能摆脱眼下的无奈与无助，遇见课本里的那个美丽的世界。哪怕只是一丝春风，一缕阳光，也足以让我们梦想飞翔，像那只打伞的蒲公英，追寻自己的世界和自己的风。

约莫半个时辰，挂桨声停了，船头靠上岸。寿余大声喊道："大家醒醒噢，不要再做白日梦，赶快上岸割旱草。"他一边搭跳板，一边照应道："今儿到了莫家庄，大家心里不要慌。小锹儿不能铲到手，钩刀儿不能割到腿，慢慢来。"

莫家庄是邻县的一个大庄子。弯弯长长的圩堤，高高低低的野树，近处是棉花田，远处是水稻田，一望无际的碧绿，夹杂着三三两两的村庄人家，像劳作之后趴地休息的老水牛，静卧老树底下、白云深处。大伙儿一下子来了精神，有的拎着大竹篮，有的背着草夹子，有的卷着大蒲包，呼啦啦跳上岸，四散开来。寿余还不放心，远远地喊："一不能铲到人家的棉花苗，二不能偷人家的香瓜，三不能和人家大声吵架。遇到有人追，赶紧往回跑。"

这里的旱草多呢。河圩上，知名的不知名的野草寂寞而自由地舒展腰肢，铺成郁郁葱葱的绿地毯，白的红的黄的小花朵轻轻摇曳，狗尾巴草蓬蓬地点头哈腰，茅针草亭亭傲立，节节草一节比一节肥；沟渠里，水花生肆无忌惮地爬上钻下；田岸上，巴灰草大碗似的一个紧挨着一个；棉田里，扁扁草和牛筋草吸足了养分，长得尺把高，悠闲地将一个个香瓜、水瓜或者菜瓜隐藏在自己的怀抱里。眼前的一切，如同一幅水彩画，远处的村落，近处的田野，飘忽的白云，飞掠的小鸟，甚至随风而至的渺茫的歌声，都那么自然美妙地融合在这个世界里，宁静，空旷，悠远。我们这些孩子就像轻盈的水墨，蠕动着，点缀着，给这幅图画增添了些许生机。

哥哥带着我往最远处跑，发现一条大水渠，长满杂草，赶紧占领地盘。哥哥卷起裤腿，跳进水渠，半弯着腰，挥舞钩刀儿，割下杂草，甩手扔到渠边，顾不得脸上满是污泥浊水，水猴子似的。哥哥不让我下水，关照我铲渠道上的巴灰草。我铲了一会儿，就感到力气不够，腰酸腿疼，迈不开脚步了，哥哥咬牙坚持着，草堆子越来越高。我们塞满竹篮，一篮一篮地扛到船上过秤。

寿余坐在船棚里吸上几口旱烟，沿着船帮走到船头，一个个地过秤。寿余厚道，不为难人，把秤砣抹到秤尾，压得低低的，随口开玩笑道："草里有没有藏土疙瘩？"

我们将旱草扯进中舱，把竹篮举给他看："哪个敢？干干净净的。"寿余表扬一声，拿出账本蹲下来摊在膝盖上，歪歪扭扭地记账。我们生怕他记错，好奇地伸长脖子，瞟上几眼，寿余笑骂道："少不了斤两，滚。"我们蹲在河边喝上几捧水，像渴疯了的小水牛，然后一溜烟儿回到我们的地盘。

寿余看见一只草夹子几乎贴着地面，倾斜着移动过来，草夹子遮掩着身子，两只腿子细木棍似的戳着，稍不留神就要跌倒。寿余赶紧迎上去接过草夹子，一个枯黄的小脑袋露了出来，湿漉漉的头发散落几根草茎，原来是刚刚上学的小俊。寿余道："原来是你这个细拿宝儿，长得巴灰草似的，还没有离地呢，就要背草夹子，哪里吃得消？真是瘫子掉到井里，穷人的孩子早当家。"他吩咐小俊不要再去割草，帮他记账，照样给他记工分。从那以后，队上舍不得我们这些细家伙吃苦受累，安排我们每天轮流记账，还能得十多个工分。

几个女将笑嘻嘻过来，寿余过秤时，对这个说，"土块太大，扣掉三斤"，跟那个讲，"水草水淋淋的，减掉五斤"。女将们一个个求饶："不能扣，不能扣啊，一斤汗水一斤草。"寿余说："秤杆子称的不是草，称的是世道人心。土疙瘩充斤两的事做不得啊。"他记账时不扣斤两，关照她们下不为例。

女将们嘻嘻哈哈地上岸，回头打趣道："寿余爹，你人真好，啥时候我帮你家顺珍做个媒人，我娘家庄上的小伙儿不错。"顺珍害羞，脸上红彤彤的，低头不语，悄悄拎着篮子跑开。

寿余笑骂道："你们光打雷不下雨，把我的颈项都瞭长了。"

转眼到了中午，太阳烤着大地。大家三五一群，坐到圩堤的树荫下吃中饭，都是家里起早煮的，用瓷缸子或者钢精锅装好，带到船上。无非是糁儿粥，掺着面疙瘩，或者涨浆饼，也有籼子饭，搭着苋菜馅，或者黄花草咸菜，几乎是见不到半点油腥子的。大家吃得有滋有味，交换着简单的饭菜，打着饱嗝，浑身舒坦躺在地上，听树上的蝉鸣和远处稻田里隔断鸟断断续续的叫声，阳光穿过婆娑的树叶，金片似的在脸上跳跃。

对面河边，大风车吱吱呀呀转动，车水棚里传出几声小调，顺着河风飘来：

巴灰草儿枯，

巴灰草儿黄，

三岁的伢儿没了娘。

河里的田鸡产蝌蚪，

树上的喜鹊搭窝房。

可怜我的伢儿啊，

吃不尽黄连心里苦，

想不尽娘亲泪汪汪……

大家静静地听着，静静地睡去。

那天下午，我们正在割草，寿余突然一声喊叫，炸雷似的远远传来："快跑啊，人家追过来啦！"我们像躲藏在稻田里的野鸡和隔断鸟受到惊吓一样，一个个冒出头来，左顾右盼，只见远处的大圩上，飞奔过来一个大汉，穿着红背心，像一团烈火滚滚而来："哪儿来的野种，胆大没魂，天天来扫荡，我们不要过日子啊！"大家背起竹篮，撒丫子逃。

哥哥舍不得扔下割好的旱草，匆匆塞满竹篮，半歪着身子扛在肩上往回奔。他看见稻田中有一块空地，积着浅浅的水，不知道是水泥板预制场，抄近路斜刺地冲了过去，偏偏一只脚踩到洞里，洞里裸露的钢筋刺到小腿迎面骨上，他"哎呀"一声跌坐在水里，浑浊的水面漫出猩红血色。哥哥扔下竹篮，照护着我，一瘸一拐逃到船上。只见小腿面上割开一道口子，有一寸多长，皮肉外翻，鲜血直流。他盘着腿子，伸手要过我手中的小锹儿，解开小锹儿柄上的灰布条，绑在受伤的小腿上，狠狠地收紧，打上死结，然后两腿伸直，双手往后撑着船板，无力地望着天空。

寿余早已摇响挂桨船，打篙转向，手忙脚乱之间将船开到大河中间。河水打着漩涡，柴油机冒出浓烈的黑烟，在船上，在水面上，在大家惊吓焦虑的面孔间，弥漫开来。寿余反复清点人头，生怕有谁没有赶上船，那是要被人家狠狠收拾一顿的，幸好一个也不少，才放下心来。

收工回家了，大家有的坐在船头，有的躺在船尾，有的倚在中舱的旱草堆上，像霜打的茄子，无精打采。顺珍趁着空闲打起毛衣，扯线时，线团突然飞出船帮掉到河里，随着波浪翻滚跳跃，她赶紧往回拉，一定是想起了过年前队上拉网捕鱼的情形，边拉边笑："收鱼，收鱼……"我们这些小伙伴们一下子被逗乐了，跟着她一起做拉渔网的动作，齐声喊："收鱼收鱼，年年有余，收鱼收鱼，年年有余……"

正在开船的寿余从后舱探出身子，疑惑地问："乖乖肉，喊我干吗？"

大家哄堂大笑。那轻快的笑声，和着那浅浅的青草清香，在微微南风中荡漾，天边灰暗的云层里，依稀闪着一丝希望的光亮。

　　　　　　　　　　　　　　　　　　我的小村庄

十字汉港

　　村庄中心，是一个十字汉港，与四周的大圩大路围合成一个的巨大"田"字；大圩大路的外围，又是四条大河，组成一个更大的"口"字。曾有方家术士说，庄子风水好呢，有口有田，有水生财，有土变金，当是一块福地了。庄户人家沿河而居，一排排，一片片，一簇簇，或散或聚。炊烟袅袅，白云悠悠，庄子便在水云间。

　　十字汉港的水清呢。小鱼儿游来，贴着绿油油的水草说悄悄话，尾巴静静摇曳。浅蓝的天空，火红的云霞，古朴的杨柳，还有那和煦的晨风，倒映水里，小鱼儿像一面小旗在水天中飘逸。柳树叶儿落下，小鱼儿钻到叶儿底下捉迷藏。水蚊子轻轻飞来，将水面压成小凹镜，搔首弄姿，顾影自怜，小鱼儿猛地偷袭美食，打个水花，倏忽游走。偶尔，几只水鸟从芦竹丛中嗖地飞出，盘旋，鸣唱，急切地唤醒里下河的清晨。

透过朦胧晨雾，便有七八条水泥船出现在十字汊港，庄户人家趁着早凉，扒泥取渣了。一般都是夫妻船，男将扒泥取渣，女将撑船听篙。或者是父子船、弟兄船，两人轮流扒泥，有个歇歇的档口。一条五吨或七吨船，扒满船舱，戽进泥塘，记上三分五分工，累散了骨架。年底队上结算，凭工分分红分粮，全家是欠账还是得账，大人是哭还是笑，孩子是吵还是闹，全指望这些大工分呢。

扒泥取渣是苦活累活，家里没有大劳力壮劳力是拿不到这样的大工分的。队上的玉发，身材高大，血气方刚，是扒泥高手。我们那儿，扒泥的工具叫扒口，他家的扒口是队上人家最大的，毛竹竿子又粗又长，平常一遍遍桐油抹好，架搁在堂屋的屋梁柱子上，轻易是舍不得借给别人用的。一到扒泥时节，玉发将扒口从屋梁上取出，收拾妥当，悄悄在家神柜前和船头上敬几炷香，祷告一番，图个顺风顺水。

玉发将扒口口子朝下，丢进水里，扑通一声，串串水泡升腾上来，嘟嘟地响，如同朵朵荷花含苞开放。他往掌心吐口唾沫，顺手将毛竹竿子稍稍旋转，扒口在下沉过程中，口子朝下贴着河底了。玉发不急不忙，将竿子卡在船帮外面的拐子上，玉发女将赶紧打篙撑船前行，扒口慢慢地扒满渣泥。玉发咬紧牙关，全身发力，将竿子往后扳，往上提。此刻，竿子如弓，人亦如弓，相互角力，相互支撑，俨然

————————————————— 我的小村庄

一个"人"字立于天地间。扒口将要出水时刻，稍微停顿，但等污水溢出，借着河水浮力，一提一转，一甩一抖，满扒口的渣泥倒进船舱。玉发长吁口气，已是大汗淋漓。泥里有鱼儿呢，鳊鲅儿、黄昂刺，甚至是小鲫鱼、大刺花、长毛鱼，在泥水中活蹦乱跳。运气好的时候，还会有只大王八从淤泥中伸长脖子。玉发女将扔下船篙，抄起捞网子，将小水鲜捞到夹舱，全然不顾烂泥脏了脸庞，船篙掉进河里。玉发笑骂一声馋嘴婆娘，趴下身来捧上河水猛喝几口。夏阳已然升起，阳光穿过树荫，在水面上跳跃，满河铺陈黄金叶儿，捧到手里却碎了，没了。

玉发扒泥的时候，是不允许我们这些小孩子上船的，他怕我们掉到河里。我们在河坎上割旱草，听他在船上唱"洪湖水浪打浪"。那时，我们学校宣传队演出，有一个描绘农业现代化的快板书，其他内容已经忘了，有句词至今记得："扒泥取渣用吸泥机，咕嘟咕嘟，河里的乌金直往那船舱冒。"我看着玉发扒泥，幻想着吸泥机的模样，甚至天真地担心如果用上吸泥机，玉发他们拿什么赚工分呢？

玉发不带我们上船玩儿，我和哥哥便喊家宝叔到十字汊港里踩河蚌。家宝叔让我们在浅处游玩儿，自己踩到深处，沿着河床慢慢滑行，用脚将河蚌从淤泥里抠出来，盘到脚面上，顺腿一提，伸手一拿，远远地扔给我们。偶尔扎个猛子下去，不是一只大三角蚌，就是一条大刺花鱼。时间不长就会收获一长桶的战利品。

家宝叔让我们将巴掌大小的三角蚌分拣出来，一起骑车赶好远的路，到东边邻县的莫家庄镇上卖。那里有养殖户专门收购这种三角蚌，用来挂珍珠，一只能卖三五角。这些钱，他一分都不要，全留给我们作为学费和零花钱。傍晚时分，两家人聚在一起，父亲与家宝叔老兄弟俩倒上几杯老酒，慢慢地喝，慢慢地聊。我们就着河蚌吃得打饱嗝，家宝叔却不动一下筷子。他从不吃河蚌，哪怕喝一点点汤，都泻三天肚子。我曾经问他是什么娇弱富贵病，他叹息道："小时候一个人在十字汊港外面看荒田，吃不上一口米，整个夏天都摸河蚌当饭吃，吃多了反了胃，再也享受不起这个口福。"即便如此，只要我们扛着大长桶，到他门口喊上一声，他很是乐意被我们拖下水，屁颠屁颠跟着走。蛮子麻儿经常取笑他不像长辈叔台，像是我们的保镖和跟班。他细眼一眯，嘿嘿地笑："有什么办法呢，摊上这两位侄少了。"

玉发扒泥，或者家宝叔带着我们摸河蚌的时候，传兵会率领他的千军万马席卷而至。传兵的父亲是鸭司令，在副业队上放鸭子，传兵跟着父亲当了小鸭倌。宽阔的十字汊港上，鸭群一片彩云似的飘来，他的父亲撑着小划子，"吁娇娇，吁娇娇……"，竹篙轻轻拍打水面，鸭子有的钻进水葫芦中，有的扑楞楞地踩着水面飞。传兵也撑一条小划子，"吁娇娇，吁娇娇"，跟在后面追逐那片彩云。大家是要起哄一阵的。玉发会把扒口在水面上乱甩乱扑，家宝叔更是悄悄潜到鸭群之中，突然冒出头来，大吼一声，滚雷似的炸飞鸭群。大家少不得斗起嘴来，传兵会笑骂家宝叔几句："你个促狭鬼，莫要被水猴子拖了去。"然后将鸭群吆喝进稻田寻食去了。

传兵开玩笑的一番话，会说得我们毛骨悚然。那时，十字汉港每年夏天都要淹死人，说是被水猴子拖走了，这几乎成了我们那个庄台的诅咒。隔壁队上有个小伙子，中午在棉花田治虫，下河兜水的时候没有上来。他谈的对象是我奶奶的娘家侄女，按辈分我叫她姑姑。我曾经听奶奶说过，盖棺下葬的时候，我那姑姑哭得天昏地暗，不顾家人反对，剪了一缕头发陪了小伙子。奶奶把姑姑搂在怀里，几乎哭瞎了眼。我一个同学的母亲也在下河提水时，把生命留在这个汉港里，他只得远走他乡，外出打工去了。至今，庄上人谈及十字汉港的种种怪事，仍然唏嘘不已。

十字汉港，是庄户人家的生命之河，希望之河，俨然也是苦难之河，永恒之河。里下河的河流有千万条，这样的十字汉港就有千万个，这样的日子就有千万种笑与痛。家宝叔和他的蛮子媳妇早已走了二十多年。传兵前几年查出毛病动了大刀，歇上一段日子，重新操起取鱼摸虾的老本行，家里人要他歇歇神，他回道："该在河里死，不在岸上亡，你们不让我做，我半夜三更爬下河。"我没有再遇到过那位姑姑，不知她后来嫁到哪里去了，但愿她能够走出心中的十字汉港。前几天，我回家遇见玉发，他还是那副好身板，还是那种精气神。我想起他当年扒泥取渣时唱"清早船儿去呀去撒网，晚上回来鱼满舱"的模样，想起他为庄上人家砌屋抬夯时喊"同志们来抓夯啊，嗨呀的夯噢"的模样，仿佛听到那熟悉的歌声和抬夯号子，穿越时空，在这片土地上回荡。

当我们谈论故土乡愁和精神家园的时候，我们不能忘记，我们的父辈是最后一批集体社员，也是第一批土地承包户，第一批外出打工者，他们的人生经历了更多的十字汉港，拼尽全力将子女后代送离家乡，自己却成为这片土地的守望者，甚至是空巢者。天边的云散了，汉港的水流了，他们的身影老了远了，但这片土地的悲伤与痛楚，艰辛与坚强，抑或迷惘与向往，已经在他们的艰难跋涉中，沉淀成一种深沉与执着。

融为血脉，纵然卑微，亦是风骨。

我家就在岸上住

庄户人家沿河而居。庄子没有名字，因为袁姓人家较多，便唤作袁家舍。河也没有名字，从东到西有四里路长，两头连接着两条大河，如同慈祥的老奶奶，把小庄子挽在怀里。

河流在老庄台前荡开一个大河湾，冒出一个大塥垛，好似上天掉下的金元宝一般，把河流分成内河外河两部分。外河行船，一年四季，送粮的、卖猪的、娶亲的、运氨水的、割旱草的，挂桨船突突地来，突突地去，柴油烟飘到庄子上，闻起来很香。有时还有船队，一条连着一条，蜈蚣似的在水上爬。我们小孩子坐在河边，一条一条地数，经常对不上数字，再一遍遍回头数，"蜈蚣"却摆个尾巴，消失在大塥垛之外。大塥垛上，芦苇哗哗地响，一两只野鸟嘎嘎地叫，扑楞楞地飞。

内河养鱼，生产队到年底打坝、抽水、取鱼，分给各家各户，我们的春节便多了鞭炮声和鱼香味。夏天，水葫芦绿滴滴，地毯似的铺在水面上。偶尔，一条小鱼从空隙处跃出，落在水葫芦上，蹦跳身子，旋即钻入水下。袁三奶奶在队上养猪子，天天划小木船来翻水葫芦。我站在庄台上看，洁白的小花在水上摇曳，袁三奶奶的白发在风中摇曳。

那一年夏天，袁三奶奶又在翻水葫芦。我非常好奇，恳求三奶奶带我上船玩儿。三奶奶被我叫软了心，将我带上船，叮嘱我坐在船舱里，不能乱动。一个小屁孩，一下子接近舒爽的河风，清澈的河水，美丽的水葫芦花，还有游荡的小鱼，怎么可能老老实实坐在那里一动不动呢？我趁着三奶奶不注意，趴在船帮边，想采摘那朵水葫芦花。够不着，身子往前挪，还差一点点，再往前挪，一只腿搁在船帮上，终于够着了……扑通一声，我掉进河里，秤砣似的直往河底坠，浑黄的河水如同铜墙铁壁堵着我，泛起一串串气泡，在眼前翻滚、跳跃……我竟然直直地冒了上来，三奶奶一把薅住我的头发，一手拎住我的胳膊，将我拖进船舱。她边救我，边大声呼喊："伢儿掉下河了，赶快来人救命啊！"

于是，惊魂未定的我坐在船舱里，看着几个大人从庄台上飞奔而来，扑通扑通扎进河里。从那以后，每次遇到袁三奶奶，我都要好好地叫一声救命恩人，她笑骂道："乖乖肉，细犯嫌，你把三奶奶吓死呢，万一你淹死了，我拿老命也

我的小村庄

赔不起啊。"

我的父母总是宽慰她说："哪家伢儿不在河里呛几口水呢？"

我那两位喜欢说"古当先"的叔叔家宝和家富，经常在我们小孩子面前谈古说今，吹牛显摆，无非是祖上曾经阔过。

"当年啊，"他俩总是这样开讲，"我们家祖上从苏州阊门搬到姜堰东边的白米镇，大户人家，钱财如山。有个风水先生仙眼一瞥，发现我们家祖上院子大门是外八字，半夜三更都有金猪往门里奔。风水先生偷偷做佛事，哄骗祖上说，大门朝外，关不住财气。祖上信了他的鬼话，将大门改成内八字，外面的金猪进不来门，家里的金猪全奔了出去，从此败落了家，只得迁到袁家舍。"

两个叔叔吹得活灵活现，我们听得神神秘秘。最后，家宝一板一眼照应家富说："今儿夜里，你家大门不能关啊，有金猪拱门。"

家富把屁股一拍，笑道："做你的大头梦，回家'上苏州'困尿（方言，睡觉的意思）。"

大概是家宝家富经常这样吹牛，庄上人经常倒背双手，假铳打猎，帮着我们朱家看风水，一个个指着门口的大河湾和大塌埭说："像不像一个猪食槽，像不像一个猪食槽？风水宝地，该派你们朱家发财！"

大人们哈哈一笑，我们小孩子倒有点儿信以为真了。

家宝回道："有这么好的猪食槽，我何苦还要'上江西'逃荒讨饭吃？"

袁三奶奶双手一拢，慢言慢语笑家宝："你不'上江西'，怎么会拐个蛮子做老婆？"

蛮子婶婶听不懂这些土话，站在一旁傻傻地笑，或许她会想起她那遥远的家乡，弯弯的小河。

分田到户之后，家宝和蛮子在门口干起脱砖坯的活儿，这是他们"上江西"带回的手艺。好多人家便跟着学起来，门前屋后腾出一点荒地，与土疙瘩打起交道。先是脱砖坯，但用土多，价格低，后来改成脱旺砖坯子，虽然对土质要求高一些，工艺复杂一点，但能多赚钱，哪有舍不得的苦呢。

母亲和哥哥也在家门口做了作场，扒泥取渣，造泥脱砖，没日没夜地忙活，汗珠子摔八瓣，赚点辛苦钱。经常因为一厘二厘钱的差价，与买家谈不拢价格，结果半夜遭遇暴风雨，成垒的砖坯塌成一堆烂泥，母亲急得哭倒在风雨中。甚至有一次，母亲责怪家宝故意"捣"了砖坯价格，上门兴师问罪，与他大吵一场，搞得家宝哭笑不得，发誓说："大嫂子，我怎么能干大水冲了龙王庙的缺德事呢？以后你来谈价钱，谈高了你先卖，谈低了我来抬。"

两家别扭了好长时间，才和好如初。

有大劳力的人家是不脱砖坯的，他们到处挖泥卖到窑厂。挖来挖去，有人眼红了大塌垛。渐渐地，大塌垛成了断垛，成了矮垛，有孤坟野墓隐隐地露了出来，掩映在稀疏荒凉的芦苇丛中。我们小孩子晚上从老庄台走过，仿佛望见零星般的鬼火在水上漂荡，芦苇丛里隐约传来老人或小孩的哭声，或是野猪般的嚎叫声，吓得毛骨悚然。多少次，驼爹劝道："不能再挖了，那是谁家的祖坟啊，要遭报应的。"

但是，大塌垛还是在某一个夏天沉没到水下，只有在枯水期才会挣扎着露出三五处棺材板子，如同骨瘦如柴的老人，无力地打量这个世界，任凭河水洗刷最后的沉默。某一个风雨之时，驼爹带着袁三奶奶和我的奶奶，几个老人划小船上了塌垛，归拢了那些遗物，择高掩埋，烧些毛丧纸，天地间祷告一番。

袁三奶奶叹口气说："袁家舍的金元宝没了。"

我的奶奶也叹口气说："朱家的猪食槽没了。"

那一年发大水，河水铺天盖地翻滚而来，打着漩涡仿佛从屋脊上漫过，晒场旁的大坝成了庄户人家的战场。大坝一塌，河水倒灌到十字汊港，全村的农田都要变成一片汪洋。大伙儿日夜守在坝头，砍树打桩，填土垫石，扎进了谁家的大门板，埋入了谁家的水泥船，终于守住了大坝。

一条大河波浪宽，我家就在岸上住。这条没有名字的河流，萦绕着我的小村庄。我曾经掉进河里被袁三奶奶救了上来，但驼爹的小外孙女，家宝叔和蛮子婶婶的第一个孩子，还有我那蛮子婶婶，却在这条河里终结了短暂的生命。甚至，没有人知道他们的名字，如同这条没有名字的小河。

我的父亲去世之前，悄悄选好墓地，在老庄台的对面，在大河湾旁。十几年后，我的母亲也去了那里。他们守着小河，小河守着他们。清明时节，父母坟前，油菜花香，麦苗青青。不远处曾经的新庄台，也已经老去，一起老去的，还有父母当年砌的老屋。坝头旁，那些树桩依然坚守在水中，我像小时候数蜈蚣船那样，数了又数，18 个。

那是一排战士，那是庄子的灵魂。

那些年，我们一起追电影

1

"同志们，电影马上就要开始放映了，今晚的电影有两部……"

这是公社电影放映员老刘的开场白。很长的铺垫，很慢的语调。

发电机在大队部后面啪啪响起，人们一阵欢呼。老刘出现在大家渴望的眼神中，红光满面，嘴角叼着一根牙签，耳朵夹着一支香烟。相熟的跟他打招呼："老刘忙啊。"

老刘知道是与他开玩笑，也不恼，把香烟取下来扔过去："你才老流氓呢！弄支烟把嘴堵上。"

放映机上面的灯泡亮起来。老刘装机、倒片、装片、调试、聚焦，一切准备妥当，慢条斯理又点一支香烟，与旁边的熟人聊起家长里短。大伙儿个个脖子伸得长长的，像一群等着喂食的鸭子。

猴急的小伙子起哄，趁着夜色，将稻草把子从电影幕后扔在人群中，引得哄堂大笑，夹带几句骂声。有的打趣道："难不成大队没有大鱼大肉、好饭好酒招待，人家在耍我们呢。"

老刘在等劳作晚归的人，他知道大家看一场电影不容易。一支烟后广播："好饭不怕晚，再等等。"三次广播之后，老刘啪嗒一声，打开放映机。一柱灯光射向银幕：八一电影制片厂的五角星光芒四射。

2

"娘啊，儿死后，你要把儿埋在那大路旁，将儿的坟墓向东方……"

顺子刚看过《洪湖赤卫队》，韩英的这段演唱刀刻似的，印在他的脑海里。

昨天晚上，母亲反复照应顺子："明天小孩子不能早起，要等大人敬过天地、放好鞭炮才能起床。"

顺子实在无聊，浑身难受。于是，把自己摁在被窝里，扯开了嗓子。和着外面的鞭炮声，如泣如诉，声情并茂。

顺子的母亲以为广播里唱呢，刚想骂广播站几句，话到嘴边又咽了下去，一把将广播的地线拔了，图个耳根清净。这才发现歌声依旧，是从儿子房间传来的。她一步跨

————————————————我的小村庄

进房间，将手上的扫帚狠狠地甩向顺子："大年初一，号什么丧！"

这个春节，顺子哪儿也没有去拜年，乖猫般躲在家里，少收了四五口袋瓜子糖果，少得了两三块压岁钱。

这一年，顺子母亲提心吊胆，生怕哪儿不顺遂。

3

看了《平原游击队》之后，李小二快乐地告诉我们："李向阳是我爸爸演的。"

我们与他争辩："不可能，你爸爸不在家。"

李小二说："昨天晚上回来的，演好后又走了。"

"谁说的？"

"我妈说的。我爸是英雄，该派他演！"

"他怎么到电影上去的？"

"从幕子后面上去的，我妈搭的梯子。"

大家你一嘴我一嘴，争得不可开交，最后去找驼爹评理。驼爹在庄上最有文才，经常给我们讲故事，混得很熟。驼爹捻着花白胡须，盯着李小二沉思半天，点点头。李小二小鸟似的飞回家。驼爹把我们拢过来叮嘱："小二想爸爸呢，不要坏了他的念想。"

我们长大后才知道，李小二家是烈属。公社每年都给他家送匾。小二母亲不让挂，偷偷用红布裹好藏起来。

4

队上包场放电影，借了徐三家的方桌。放到一半，放映机后盘不转，老刘让徐三趴在桌边，用手转动后盘，把那场电影放了下来。老刘将好长一段烧片奖给他。

到了班上，徐三波斯献宝，神气通了天。他只舍得剪了一两帧给了同桌，目的是处好关系，可以抄到作业。其他同学，能看上一眼就是天大的人情。那段时间，徐三的眼睛长到额角上。

这天下课，班主任黄老师把紫砂茶壶忘在教桌上。徐三猛然想起那场电影里的故事情节，冲上讲台，双手直直地捧着茶壶，向着教室门口奔去，嘴里大喊："铜壶里面有炸弹，铜壶里面有炸弹。"

咚，与门外回身的黄老师撞了个满怀。砰，啪叽，茶壶摔了个四分五裂。

时间顿时凝固，教室鸦雀无声，徐三呆若木鸡。

黄老师攒紧手指，照着徐三的脑袋一顿算盘珠儿："炸弹呢，炸弹呢？你才是班上的炸弹呢。"

"考到班上前十名，不但不要你赔茶壶，我这身黄大衣也白送给你。"黄老师把狠话撂给了徐三。

徐三的父亲与黄老师是同学，曾经拜托："上等人不教自成人，中等人一教就成人，就当是你儿子，不顺眼就

我的小村庄

敲他。"

徐三因此享受了整整一周的"闻墙"（靠墙罚站）待遇。

期末，黄老师把黄大衣折得方方正正，奖励给徐三，徐三死活不敢上前领奖。徐三这只铜壶一下子炸开了窍，后来考出了"农门"。

5

不知从哪儿传来消息，莫家庄今晚放《天仙配》。

英子带着我们七八个小伙伴儿向莫家庄进发。

莫家庄在隔壁邻县，远着呢。从太阳未落，到月亮东升，我们终于摸到了莫家庄的地盘。莫家庄不是一个庄子，是一个镇，在哪儿放电影呢，我们傻眼了，像泄气的皮球。

英子毕竟比我们大七八岁，关键时刻拿定主意："哪儿有亮光，哪儿有声音，就往哪儿跑。"

我们绕过长满芦竹的河坎，爬过没有栏杆的小木桥，走过窄窄的田间小路，像无头的苍蝇，奔着天边的亮光逡巡而去。幸好遇到一位过路人指点，大伙儿撒丫子奔去。

第一部电影已经放完。《天仙配》也过了一半，董永和七仙女正树上的鸟儿成双对，夫妻双双把家还呢。我们似懂非懂，图个热闹，英子看得直掉眼泪。回家路上，漫天星光，大家兴奋着呢，你一句我一句地学唱："树上的鸟儿把家还。"

这年底，英子出嫁了。不是家里定的那个亲。娶她的，是给她打陪嫁家具的小木匠。

6

这年春节，乡里组织文化活动，放电影《追鱼》和《红楼梦》，还发了电影票，每户两张，免费。

广播里天天喊，两个文明一起抓，动员大家看电影，可把大伙儿乐坏了。哪家哪户不去看电影，显得很落后，赶不上时髦。

到放映场地一看，哇，七八间高大的厂房，一字排开，屋顶倾斜，锯齿似的刺向天空。不知情的纷纷打听究竟，消息灵通的透露道："布厂，乡里要办布厂了。"

"乖乖咚滴咚，怪不得乡里要我们看电影，原来是要我们来看布厂啊，能到这儿找个工作，睡着都要笑醒了。"

大伙儿哪有心思看电影，一个个盘算着怎样把子女往厂里送。

春节一过，广播里发布招工启事："农民进布厂，离土不离乡，工资月月拿，胜似吃皇粮。"

我们的哥哥姐姐、一起上学的小伙伴儿、左邻右舍的大姑娘小媳妇，个个溜得脚后跟打到后脑勺儿，厂里的门槛都被踏破了，爆满。许多人求张三拜李四，托关系走门子，才能争取到一个名额。

中学校长着急了，找到乡里说："班上学生都快跑光了，哪有心思学习呀。"

乡里反问道："上学图什么，不就是找个工作吗？"

校长摇摇头，无言以对。

我们的政治老师曾经说过一个顺口溜儿："布厂姑娘真漂亮，就是脸上黄又黄，顿顿都是白菜汤，上班跑得腿打晃。"

后来我到学校做老师，厂里还请去出过招工考试试卷。

面朝黄土背朝天的庄户人家，就这样与工业文明不期而遇。这片土地，人来人往，潮落潮起，演绎着比电影故事还精彩的活剧。这何尝不是乡村发展的印记呢？

哎哟，我们把冬夜烫了个洞

乡下的冬夜是寂静的。寂静得只听见屋后的苦楝树与凛冽的西北风搏击的声音。它们用尽最后气力，将西北风撕裂，如绸缎般缠绕在树梢，呜呜——，嗷嗷——，忽高忽低，忽长忽短，好似一阵紧似一阵的哭泣声裹挟而来，直直地揪住我们的耳朵，拼命地往里倒灌。我们蜷缩在棉花被窝里面，身子瑟瑟发抖。半是因为被窝冰窟似的寒冷，半是因为这般鬼哭狼嚎的寂静。

煤油灯下，母亲在为我们纳鞋底，缝新衣，一针一线，将我们的少年记忆拉扯得悠远漫长。母亲为我们掖好被窝，轻轻拍两下，温暖地说："赶紧睡吧，明早还要上学堂呢。"

我们惦记着明早的上学，迷迷糊糊地睡去。

乡下的冬夜是漫长的。河水冻结起来了，水缸冻结起来了，菜园子的矮脚青冻结起来了，我们所能接触和感受的一切似乎都冻结起来了，寒风冻结在了苦楝树的树杈上，漫漫长夜冻结在了我们的心头上。夜深沉，梦缭乱，不知几许。我们会突然惊醒，囫囵地问母亲："妈，几点了？"母亲总是说："早呢，睡吧。"更多时候，疲惫的母亲倚床打了瞌睡，没有作答。我们便抬头望向窗外，想从天色中猜出时辰，月牙儿总是隐隐地躲进云层，透出半点星光，却是黑漆漆窗影中渗出的些许惨淡。

　　如果父亲在家，我们会把他的夜光表要来，放在枕头底下，听着滴滴答答的声音，踏实地睡。一觉醒来，偷偷拿出手表，那盈盈蓝光会告诉我们时点，转个身，放心地睡。但父亲在外面工作，不经常回家。

　　左邻右舍，马头钟是有几个的。据说，嘎嘎地拧紧发条，能转动半个月，吊锤悠悠地晃荡，到点的时候当当地响，远远传来，我们会竖起耳朵，仔细地听，仔细地数。点数多，说明还是上半夜，等默念到十二响之后，我们就有些心神不定了。这不，十二点半，一点，一点半，连续地都是敲一下，两点的时候，敲两下，但有时候听不真清，以为也是一下，两点半还是一下。这好长一段时间，都是一下一下地响，慢悠悠虽有几分空灵，却让人多了几分纠结和焦虑，究竟是几更几时啊？

　　更让人捉摸不透的是，东家的马头钟似乎有些匆忙，总是抢着先地敲，西家的马头钟有些慢性子，总是拖拖拉拉地响，要是前屋邻居驼爹再踩着点儿送来几声咳嗽，更是乱了套，哪晓得子丑寅卯？何况这两家马头钟本来就走不准点，万籁俱寂的时候都听不全清，万一再被咆哮的西北风拐走一两声，岂不更是误了时辰？这样的夜半钟声，有些混搭，有些杂弹，听又听不清，数又数不全，猜又猜不准，要么偏巧地遗漏，要么混乱地叠加，于是，两点数成四点，三点听成五点，却是常有的事，我们的脑瓜中竟是一片糨糊了。

我们只能靠半夜鸡叫了。老人们说，鸡叫三遍天大亮，但周扒皮的故事告诉我们，半夜鸡叫也不靠谱。你听，依稀之间，传来几声清脆的鸡鸣，"咯咯咯——"，或许还夹杂几声狗叫，"汪汪汪"。这下热闹开了，几声鸡鸣狗叫，引来一片鸡鸣狗叫，引来满庄子的鸡鸣狗叫，引来四周庄子的鸡鸣狗叫，"咯咯咯——"，"汪汪汪"……重唱，混唱，大合唱，高音，低音，拖长音，远远近近，此起彼伏，如海潮般退去，如海潮般袭来。小动物的生物钟乱了，我们的心更是慌乱。

管它几点，上学要紧。我们再也睡不住了，艰难地将自己从被窝里面拔出来，哆哆嗦嗦，穿上棉袄棉裤。我要是有点儿迟疑，还想在赖被窝里磨磨蹭蹭，就会被哥哥顺势蹬上几脚，甚至掀翻被窝。母亲也会趁机教育道："万事抢个早，事事都顺巧。"

早饭来得快。大多是母亲起来为我们热好昨天晚上留下

————————————————我的小村庄

的青菜山芋粥，或者是哥哥昨天晚上在热水瓶里放进一把米，焐出来的渣米粥，连咸菜都不要，滋溜溜儿地喝两碗，暖和到脚后跟。这会儿，春林和顺子也收拾妥当，来叫我们了，大家书包里再塞上两块烀熟的山芋，吱吱喳喳地走出庄台，融进一阵阵的鸡鸣狗叫和黑漆漆的冬夜之中。

农村有句土话，夏走十里不黑，冬走十里不明。我们起得实在太早了，正是驼爹说书讲古时吓唬我们说是鬼神出没的时辰，春林会拎一只小马灯，用癯癯火在前面引路，我是不敢走在最后的，哥哥总是在后面压阵，大家把毛窝鞋子踩出威猛凛然的步伐，其实更多是壮胆。毕竟，我们那时还处于怕鬼的年岁。

我们怯生生地走过长长的深一脚浅一脚的圩堤，穿过藏着几座野坟的窸窸窣窣的芦竹坡，甚至望见远处黑茫茫麦田间忽隐忽现的鬼火，我们来到东庄台桥口的生勤家。

生勤的父亲是做香的，我们秋天经常到野圩上剥些榆树皮卖去。他父亲关紧门闩偷偷做香，左邻右舍偷偷请些细香把子回去，逢年过节敬敬神仙菩萨和祖宗先人，庄子在香烟缭绕间似乎便会平安无事。他父亲不苟言笑，平时望见我们，眼珠子瞪得像牛眼，既像防备我们告他搞封建迷信的黑状，又像担心我们的邋遢土气坏了他家香火的灵光宝气。我们在他家门头喊两声，生勤吱呀呀打开半扇门溜出来。木门开合之间，射出一道灯光，我远远瞄见生勤父亲站在大门口台阶上，狐疑地张望着。生勤学着电影里游击队长的手势，说声："同志们，前进！"带着我们冲向了大路。

夜色苍茫，寒气袭人。生勤喊声："等一下。"我们围拢过来，生勤会从书包里掏出几把细香，叫春林将马灯灯罩打开，一手护着灯火，一手将细香点着，然后波斯献宝般发给我们。于是，我们将手靠拢香头，冻僵的手心被香头映照得红彤彤的，仿佛是透明的胡萝卜，手头有了丝丝热气，我们将香贴近脸庞，脸上的冻疮烘得发烫，热痒痒的。因为一丝意外的温暖，大家你看着我，我看着你，哈哈地笑，然后举着细香，向黑暗中奔去。

奔跑着，奔跑着，香头燃出了火星，腾起了火焰，我们停下来，站成一排，一齐挥舞着火焰，一圈一圈地，火焰在跳跃，我们在跳跃。

"哎哟，我们把冬夜烫了个洞。"不知是谁，说了这句话。于是，几个偷香的少年拉长声调，疯狂地喊：

"哎——，我们把冬夜烫了个洞。"

"噢——，我们把冬夜烫了个洞。"

风儿似乎停了，天色似乎明了。影影绰绰地，我们望见寂寞的田野里寥落的几户人家，朦朦胧胧地，我们望见大路落满白霜，直直地伸向了远方的一些明亮。直到香头快烧到手指，我们才依依不舍地扔掉，继续向着路的尽头奔。

我们从教室门边的砖头缝里掏出钥匙，打开木门，拿起

————— 我的小村庄

粉笔头，踮着脚尖，把名字写在黑板的左上角最高处。陆续有些同学来了，将名字顺着往下写。这是班主任发明的点名办法，先来后到，一目了然。在课桌旁点上小小蜡烛头，大家有的嘻嘻哈哈地打闹，有的静悄悄地补作业，有的拿出课本开始早读。

教室窗户冻出了霜花，如年画般好看。我们用手指在窗户上划拉，大多写同学的名字或者外号取笑逗乐，顺子站上课桌，歪歪扭扭地写下"一对夫妇只生一袋孩子"。生勤惊讶地问："没得命，生一袋孩子啊？是布袋，还是麻袋？"顺子坦然道："我也不知道什么袋子，反正广播里就是这样说的。"

大家哄笑一番，聚到教室后面挤癞子取暖去了。此时的我们却不知道，几年之后，我们的小伙伴，那个偷香少年生勤，在我们庄子上第一个考上城里的重点中学，但后来因突发疾病，短暂的年华冻结在了一个寒冷的冬夜……

爱一本书好难

　　我的书橱里珍藏着两本书，一本是《中国古代名句辞典》，还有一本也是《中国古代名句辞典》。

　　与这两本书的结缘，已是 36 年前的事儿了。那时，我住在父亲的供销社宿舍，中午去学校上学的时候，经常拐到供销社文具图书柜台前转悠一番，看看有些什么新书。我只是看看而已，没有钱，买不起，但求看一眼过过瘾。而且，怕人家营业员认出我是谁家的穷孩子，每次都离得远远的，假装不经意地路过那里，偷偷瞄上几眼，就悄悄离开。

　　高二暑期补课的一天，我瞄见柜台最底层的角落里，摆放着一本厚厚的书。趁着营业员不注意，我低下头，弯下腰，半蹲着身子，慢慢移近柜台，一不留神，额头砰地顶到柜台玻璃，我顾不着疼痛，眼睛瞪得像铜铃。封面是古朴淡雅的传统山水诗意图，顶端是书名《中国古代名句辞典》，

　　　　　　　　　　　　　————————————　我的小村庄

苍劲飘逸的书法题写。这正是我想拥有的一本书啊。我蹲在那里，目不转睛地盯着。可是我身无分文！我捏着空空的口袋，手心都攥出汗来了。万般无奈之下，我只得多看两眼，将书名记在心里，然后贼似的逃离。那个窘状，唉，不知道那位营业员有没有听见我撞击玻璃的声音，有没有看到我慌张逃离的背影。

我和哥哥上高中那会儿，家里负担很重。母亲除了种责任田，还起早贪黑脱砖坯，忙得直不起腰来，一块砖坯才卖几厘钱。多少次遇上暴雨天气，十几层的砖坯堆子往往一下子垮塌，母亲眼看着一堆泥巴，跌坐在风雨中号啕大哭。父亲虽然拿些工资，但只能管我们兄弟俩的学费和温饱，钱到手不过宿，就长翅膀飞走了。跟我们差不多大的小伙伴们都学了木匠瓦匠赚钱，父母能够让我们俩齐刷刷地读高中，已经是格外开明了。我成绩又不算好，哪里还有底气，还有理由，向父母开口要买书的钱呢？

我多少次试图说服自己把这本书忘掉，但空旷的心里长满了野草，它就像一匹野马一样，总是肆无忌惮地从这片草原奔腾而过，留给我缭乱的愁思和无尽的落寞。我好像得了相思病，隔三岔五就到那个柜台前远远地一瞥。每次去，心都提到嗓子眼儿，生怕书被别人买走了，直到瞄见它还在那个角落里，我才猫爪子挠心似的离开。一次，我实在忍不住了，假装买圆珠笔芯，请营业员顺便将书拿给我看看。

我小心翼翼地翻开书页，清新的油墨香扑面而来，一行行、一段段古诗名句珍珠般闪烁着迷人的光彩。我从内页看到书名题写者叫周谷城，不认识，管他是谁呢，我关注的是价格。我悄悄翻到最后一页，上海辞书出版社，1986 年 7 月第 1 版，定价 8.45 元。我的心咯噔一下，赶紧将书还给了营业员，拿着圆珠笔芯，怅然若失地离开那个柜台。我知道，这是我第一次与这本书的亲密接触，也是一次无可奈何的别离，我不知道我能不能拥有它，我不知道又将如何拥有它？这本书，不，确切地说，是这本书的价格，如同一块巨石压在我的心头，我的小小的愿望尚未盛开便将枯萎凋零。转身的一刹那，仿佛初恋的情愫萌生，又仿佛失恋的痛楚降临，纠缠成一张无法逃脱的网⋯⋯

父亲每个月都为我买好供销社食堂的饭菜票，我壮着胆子与食堂师傅商量，能否用菜票换些钱。食堂师傅说："开什么玩笑，你想让我丢饭碗？"一个星期天，我在家撑船挑粪，一条大白鱼跳到粪舱里，家宝叔带到县城街上卖了 6 块钱，我以为总要分几块给我，偏偏家里急等着用钱。有一次我与父亲说好，干农活换报酬，哪晓得刀砍了右手，到医院缝了 9 针，父亲倒贴了几十块，至今我还有 3 个手指不能弯曲，写字时像翘兰花指，老被同事取笑。

转眼已是 10 月份，一天，班主任徐老师将同学们订阅的报纸分发下来，我从同桌小忠的报纸上看到，这家上海

我的小村庄

的报纸刊发了一则中学生作文竞赛征文启事，我想起高一写的一篇作文符合征文要求，当时心里就有了小九九：我要用稿费将这本书买回来！当天晚上，我找来方格纸誊写得工工整整，悄悄溜到邮电所投寄过去。从那以后，我就挑着一副相思的担子，一头是担心，生怕书被人捷足先登，一头是期望，盼着作文能够刊登出来。11月的一天，我终于看到我的作文变成了铅字，还配有一幅插图。等待稿费的日子，同样充满了煎熬。这期间，我多少次逡巡到那个柜台前，还好，它在。终于，稿费汇款单在那个冬日，和着漫天的雪花飘然而至，天啊，10元，整整10元！

当我从营业员手里捧回这本《中国古代名句辞典》时，初冬的阳光那么温馨柔和。我在这本梦寐以求的书页上，认认真真地盖上印章，放在桌头，一有空就翻翻，我的枯燥贫寒的高三生涯因此多了一分欣喜，一分充实，一分向往。我惊讶地发现，这本书的书名和那份报纸的刊名竟然都是周谷城先生题写的。半年以后，我坐在高考考场，有一道语文考题是选出"梨花院落溶溶月"的下句，刚好前几天翻书查找景物描写时看到，我其他选项看都没看，就选择了"柳絮池塘淡淡风"，3分，小小的3分，于我来说却是救命的3分。这3分让我能带着这本书到扬州上学。不久，我辗转收到报社寄来的征文奖品，打开包裹，我惊呆了，真是无巧不成书，竟然还是一本《中国古代名句辞典》。

这段美妙的书缘，让我经常回想、感恩那段囊中羞涩但至真至纯的青春岁月。我还记得那天我与同学大刘、小忠一起去买书，余下 1.55 元，全部买了水果糖，两个家伙拎着袋子，天女散花似的在教室里撒，前排几个女同学正在聊天，我抓一把糖远远地扔去，有个小女生嫣然地笑……

夜寻浒墅关

1988 年 5 月 28 日，我第一次走在江南大地。

出了苏州火车站，眼前一片热闹景象，人来车往，自在从容，吴侬软语，清柔婉丽。我辗转寻到去往浒墅关的站牌，发现已经没有班车，顿时心里凉了半截，再没有兴致欣赏这座传说中的江南城市的美景。此刻，是下午四点半，太阳挂在天上，明晃晃的有些刺眼，而我却像一片斑驳的树叶，刚从苏北兴冲冲地飘过江来，便跌进孤独的深夜。

嗖的一声，有辆摩托车停在我身边，一位中年汉子骑跨在车子上，大声问："去哪里？"

我犹豫一下，轻轻说："浒墅关。"

我记得高中老师曾经讲过，《水浒传》的浒字，在苏州的浒墅关，应读许字，据说源于乾隆皇帝下江南时的错读。但我怕闹笑话，还是说的浒墅关。

"许墅关？"中年汉子一愣，说："上车，送你去。"随即发动车子，催促我坐上后座。

那时，我们家乡都是用自行车或者三轮车载客，这是第一次见到摩的。我支支吾吾问："多少钱？"

"不多，一张半！"中年汉子边开车边爽快地回道。

我以为一张半就是一块五毛钱，不贵。但转念一想，还得问清楚。谁知那位汉子回道："十五块哦，这么远的路，我要一个来回的。"

十五块？我赶紧让他停车，跳下车来。因为，我身上只有三十块钱，其中十块钱还是与同学借的。我不能坐趟车就花掉半个月的生活费，何况还要预留回程车费，实在是坐不起。我无奈地谢绝了中年汉子。他摇摇头，驾着摩托车在我身边画了一个优美的弧线，突突地走了。

现在，我一个人踟蹰在苏州的某个街头，前不巴村，后不着店。怎么办？我决定走到浒墅关！

我是从扬州来看高中同学小忠的，他考到了苏州。我知道他的学校在浒墅关，也知道浒墅关在苏州西北方向，但到底有多远，究竟怎么走，只能靠自己瞎摸瞎闯了。母亲以前常说，鼻子底下就是路。我好几次想问问路，但又害羞得不敢开口，怕人家苏南人笑话。左顾右盼之际，我突然想到，沿着那位中年汉子带我骑行的这条路往前走肯定不会错，遇到岔路就选大路肯定不会错，走一段就看看公交车站牌肯定不会错。我不禁为自己的机智而高兴，心中的石头

　　　　　　　　　　　　　　　　　我的小村庄

落了地，匆匆走在江南大地上。

我无心观赏街头美景，更无心寻觅唐诗宋词里的姑苏，我得加紧往前走。渐渐地，我把苏州城甩在身后，天地变得辽阔悠远，我突然想起母亲，她此刻是在田里收麦呢，还是在门前脱砖坯呢，她是否知道她的儿子像渺小的蚂蚁在孤独地行走。渐渐地，太阳落在路尽头的山坳里，把行色匆匆的我扔给了黑夜。渐渐地，月亮升到半空，远山近水，影影绰绰，偶尔一两辆卡车呼啸而来，呼啸而去，打破旷野沉寂，我的心也明亮起来。我发现路边有条火车道，铁轨泛着银光，蜿蜒在夜色中。我想起曾经读过的小说《哦，香雪》，兴奋地跳下路基，像香雪那样，在铁轨上肆无忌惮地迈开大步。直到轨道与公路渐行渐远，才重新爬上公路，继续我的夜行。

不知走了多长时间，一个岔路口横亘在面前，我呆立在那儿五六分钟。犹豫之间，只得选择一条路走上一段，但没有发现一个公交站牌，赶紧折回头，再换那条路，依然如此。我不得不在路口徘徊，真是叫天天不应，叫地地不灵。狼狈不堪之时，我依稀发现不远处亮着一盏灯火，赶紧奔过去，原来是家小商店，店主坐在那儿静静地听着收音机。我向他打听路线，但我说的话他不懂，他说的话我也不懂，情急之下，我拿出小忠写给我的信，他接了过去，在灯光下仔细观看信封上的学校名称，终于明白意思，热情地给我指路，并劝慰我还有一个多小时的路程，学校就在路边，很好找。店主站在门口目送着我，月光笼罩在这位陌生的苏南人身上，让我感到特别温暖。

夜里十点多的时候，我终于摸到了浒墅关，终于寻到了同学的学校。在校门口，遇见一位女生拎着热水瓶，我迫不及待地上前打听，她一听说我同学的班级和名字，突然笑了起来，说："这么巧啊，我们是老乡。"我像迷路的孩子找到家一样，长舒口气，心里别提多高兴了。谁知，这位女生接着说："小忠生病了，住在苏州医院里呢。"我刚刚放松的心情一下子又紧张起来。女生安慰道："不要急，我带你去找他的同学，他们会安排你住宿的。"

这位女生将我带到一个男生宿舍，找到两位同学，说明情况，大家高兴地聊了许久，真是他乡遇故知一般。一位忙着用小电炉为我下面条，一位忙着收拾床铺，甚至给我打好洗脚水。姑苏城外浒墅关，夜半钟声不速客。那一夜，我睡在上铺，才感到腿子像灌满铅水一样酸疼。月亮照在初夏的江南，我似乎梦回故乡。

第二天早晨，两位同学带我吃过早饭，陪我去往苏州城里看望小忠。公交车摇摇晃晃，走走停停，我傻傻地看着窗外。这是我昨夜寻找的浒墅关吗？这是我昨夜走过的那条路吗？那个小店、那位店主和长夜里的一点灯火呢，那条留下我的脚印的长长铁轨呢，还有那位带过我一段路的摩

我的小村庄

的汉子呢？我好像看见了，又好像没有看见，但那些身影，那些景象，那些境遇，一遍遍在我的脑海里闪现。

我们出现在小忠面前时，他非常惊讶，也非常开心，仿佛病情一下子好了许多。聊了一段时间，他挣扎着要陪我到苏州城里转转，两位同学把他摁住，说："这件事我们来，你放心。"他们带我游玩儿了拙政园，把我送到火车站，大家就此分别，各自回程。我买到的火车票是三点半左右开往镇江的，估计赶不上轮渡回扬州，很是焦急，售票员耐心查询，帮我改为一点半左右的车次。我发现时间尚早，又乘公交车到虎丘游玩儿一番。我在虎丘塔下拍了一张照片，纪念第一次的江南之行。

是的，35 年前的今天，我曾经背着简单行囊，兜着懵懂青春，揣着浅浅愿望，奔赴烟雨江南，邂逅一场美好。流转的光阴如同纷飞的大雪，淹没了许多过往，即便我没有再次遇见那三位同学，即便我们每个人都会经历更多的人在囧途，但总有一些不期而遇的情谊，如香雪海般，依然纯粹，依然温馨。

1994 年，我的世界杯

1994 年夏天，我在家乡中学教初三数学，赶巧了，美国世界杯开打之日正是中考之时。学生送进考场，老师提前放假，剩下大把的自由，我与世界杯无缝对接。

过去，我也曾追过世界杯，追过球星。特别是 1990 年意大利之夏，马特乌斯、克林斯曼率领德国战车所向披靡，捧起大力神杯。但那些赛事，于我来说，都是蹭别人家电视，多多少少留下不能尽兴的遗憾。这次，1994 年美国世界杯，我的时间我做主，我的电视我做主，我必须稳妥把控世界杯，好好疯狂一回。

但是，老婆认真地对我说："看世界杯可以，不能误了复习迎考的事！"

怎么又要复习迎考？这里有个小秘密。那时，学校好几个老师悄悄调往县城，我们也热了心，偷偷往县城跑过几次，但都碰壁而回。记得在县城一所新办学校的走廊上，遇

———————————————— 我的小村庄

到一位曾经一起搞过教研活动的老师，我便硬着头皮向他打听情况，他委婉地劝道："人满为患了，回去歇歇吧。"

想不到的是，世界杯开赛之前，县城一家单位发布招聘启事，而且是第一次对农村教师开口子。老婆说："机会难得，再试一次，错过这个村就没有这个店。"我把学生送进考场，就去悄悄报了名。但我知道，就像世界杯一样，冠军只有一个，其他张三李四，都是陪太子读书。宝塔倒到井里、雨点落到香头的巧事，怎么可能发生在我身上呢？

老婆一板一眼地说："一颗红心，两种准备。既然报了名，就要对得起几十块大洋，千万不能捧个大鹅蛋回家。"

老婆如同总教练，为我定下世界杯攻防策略，表面上若无其事，白天与同事们该玩儿就玩儿，晚上利用世界杯打掩护，悄悄复习备考。于是，我找老同学大刘拿来业务书籍，向同事老魏借来《唐诗宋词鉴赏辞典》，与教高中政治的肖哥找来时政资料，老婆甚至提供了一本女儿的智力测试读本。我的复习在偷偷摸摸中进行。

复习主场当然在宿舍。一个小小房间，中间隔一块布帘，老婆孩子睡在里面，我在外面看书复习，悬挂的吊扇呼啦啦地响，大家相安无事。等到半夜三更世界杯开赛，悄悄打开电视，将音量调到最低，美美地看个一场半场，一是满足一下自己的爱好，二是积攒一些吹牛的资本，特别是能在搞体育的黄大佬、江华面前吹几下，免得让同事怀疑我宿舍的神秘灯光。

但是，布帘隔不住灯光和偶尔的声响，三岁的女儿经常被惊醒，哭起来没完没了。我别无选择，只得把主场换到厨房。厨房离宿舍三五十米远，一间背靠小河的旧房子，门窗简陋，阴暗潮湿，闷热难耐。这哪里是我的主场？分明是蚊子的主场。花斑蚊子密麻麻、乌泱泱、黑压压，如同球场上吹着喇叭、鸣着口哨的铁杆儿球迷，肆无忌惮地欢迎我的加盟。几个晚上与花斑蚊子打成一片，我浑身都是红疙瘩。

老婆把这些蚊子唤作"金色轰炸机"。亲，那可是德国队球星克林斯曼，正在赛场上光芒四射呢，你跟德国队多大的仇多大的怨？老婆才不管这些呢，对"金色轰炸机"痛下杀手。她找来两蛇皮袋稻草屑子，每天到下午四五点钟就点着一堆，关紧门窗，全面熏杀，彻底围剿，狠狠地消灭花斑蚊子的有生力量。内部环境得到大清洗，但门缝里、窗户缝里仍然有"轰炸机"鱼贯而入。怎么办？兵来将挡，水来土掩。我只得穿上高帮套鞋，披上薄膜雨披，一身怪异打扮，全副武装到牙齿，绝不给漏网之蚊一点可乘之机。那可是炎热的夏天，我又捂出了一身红疙瘩。老婆笑道："舍不得孩子套不到狼。"

熬到下半夜，回到宿舍，老婆早已将凉席铺放在外间，美名其曰让我舒舒服服地看一场比赛。善解人意的她，其实是怕我的一身疙瘩、一身烟味、一身臭气。我再想看个世界

———————————————— 我的小村庄

杯，已经毫无兴致，常常是电视看我，囫囵一觉。至于第二天，黄大佬、江华他们问我，比赛情况怎么样？我还得兴致勃勃地打哈哈："没意思，踢得太闷，比不上国足。"想套我的话，呵呵，没门儿。

复习和球赛一样，在跌宕起伏中进行，但如此鬼鬼祟祟，神出鬼没，终究要露馅儿。就像那些球队，一个意外接着一个意外，解说员总是云淡风轻五个字：这就是足球。那天晚上，我复习得入迷，突然传来急促的敲门声。我赶紧脱下雨披藏好，打开门，是我们的于校长。他惊讶地问："半夜三更，钻在这里干什么？"

好在我早就防着有人偷袭，在桌子上摆放了课本和教案，我一本正经地说："这会儿没有比赛，安安静静备个课，为暑假补课做准备呢。"嘿，他老人家还真把教案拿过去，举到 25 瓦的电灯泡下，将酒瓶底厚的眼镜推上额角，认认真真审看许久，点点头说："不错不错。"

我谦虚道："笨鸟先飞。"

后来，于校长经常拿这件事说笑："我们有的老师，晚上备个课，还想着世界杯；你看看人家，等着世界杯，还要备个课。"搞得同事们一个个朝我瞪眼睛。

还有一次，同事旺叔突然敲门。他以前与我一起住在这里，后来让给我做了厨房，不知怎么心血来潮摸过来了。他嘿嘿笑道："校长竟然表扬了你，我来看看你究竟在搞什么鬼。"我吓唬他说："嘘，出初二统考卷子呢，你还不抓紧给学生复习？"

老徐一下子愣住，赶紧对我说："我走我走，不能泄密。"

我就这样过着偷偷复习的日子，过着看世界杯的日子。终于，决赛来临了，我早早告别厨房，回到宿舍，坐在凉席上，等待着意大利决战巴西队的伟大时刻。点球决胜负。巴乔，巴乔！意大利的巴乔走向罚球点。我的天啊，巴乔竟然罚飞点球。这个世界从此记住了一个忧郁的发型，忧郁的身影，忧郁的眼神，忧郁的王子。

我的世界杯也悄然登场。谢天谢地，竟然宝塔倒到井里，雨点落到我这个香头了。去新单位前，肖哥、江华为我送行，酒过三巡，他们取笑道："你还假装看世界杯，真当我们是傻子啊。"

　　　　　　　　　　　————————————————　我的小村庄

老婆，请指示

1

上班之前，老婆对着镜子，往脸上抹粉，补点妆。我好心好意提醒："老黄瓜上刷绿漆，吓着学生没得命。"

老婆一脸不屑："嘻，人不爱每天住地面。"

"什么意思？不住地面住哪儿？"

老婆冲我一句："问蔡依林去。"

"蔡依林？我没她微信。"

"没有微信？看我72变。今天，新鲜，改变，再见。"老婆趾高气扬，飘然而去。

几个月后，中央电视台的晚会上，蔡依林蹦蹦跳跳演唱《看我72变》，谜底揭开，人家唱的是："人不爱美天诛地灭！"

2

老婆新办手机卡，顺带为我办一张副卡，互相打电话，免费。为有别于她的其他号码，我保存为"家里电话"，简称"家电"，又灵机一动，改为"美的家电"。这是对爱臭美的老婆的最大马屁。现成的马屁，不拍白不拍！你懂的。

一天，老婆在家里追剧，追来追去，把电视鼓捣坏了，很是着急。她一拍榆木脑袋，手一伸："手机给我！"

"干吗？"

"找个电话。"

她翻到"美的家电"，小手一按，大头一甩，手机支到右耳边。

老婆的手机响了。她顺手一抹滑，拿起来支到左耳边，二郎腿一跷："喂，师傅，请问我家电视不是美的牌，你们也维修吗？"

连问三遍，越问越急。我憋着，不敢笑。

3

晚上回家，发现门锁打不开。我们开着电动车出去找开锁师傅。老婆说："好长时间没有坐在你的电动车后面了，就当兜兜风吧。"

一路骑到暮春桥那儿，找着一家修锁门店，没人。门口

我的小村庄

贴着联系号码，老婆电话打过去，与修锁师傅说好。

我龙头一拐，电门一加，走啰。夫妻双双把家还。咦，我说话怎么无人应答？时时刻刻都要叽叽歪歪的老婆今天玩儿深沉？我回头一看，大事不妙，后座没人，赶紧回头找。

老婆站在暮春桥口傻笑呢："丢人了吧，丢人了吧？别以为骑了个雅马哈，就不是马大哈！"

"咋不喊我一声？怕不怕？"

"怕啥？我一没有钱财二没有色，我是平安社会的铺路石。我就是想测试测试，你回不回来找我。要不然，哼哼，不是换锁，就是换人！"

4

老婆说，她一闺蜜忙家务忙累了，就把存折拿出来，坐在床上数存折。

我懂，这是启发式教学。我问："要不，我明天也一元一元地存上几张，让你数数？"

老婆叹道："长江东逝水，都付笑谈中。"

"境界！钱财乃身外之物，劳动是创造之源。"我不禁为她点赞。

老婆举起拖把，杏眼圆睁："我说的是前面两个字，滚，滚！再不滚，我不要存折，打你个骨折！"

5

某年春节之前，写完明信片，多出一份，便给老婆寄去。手书"新年好"三个大字，向付出辛勤劳动的老婆致以新春问候和崇高敬意！耍了个小聪明，没有落款。

次日晚上，我回到家中，瞥见桌子上放着那张明信片，心中窃喜，假装惊讶："哎哟喂，有人给你寄明信片啦？"

老婆立马晴转多云："人家都晓得寄明信片给我，就你铁公鸡一个！"

"谁寄的？"

"还能是谁？我们办公室的周老师！"

"何以见得？"

"他的字，龙飞凤舞。哪像你，鬼画符。我还不认得？！"

"是不是问候你新年好啊？"

"是啊，你怎么知道的？懒得理你！"老婆收拾好洗漱用品，带着女儿走出家门，回头扔下一句："新年好，去洗澡。搓衣板，找一找！"

6

某年夏天，晚上 8 点多钟，外地发生地震。泰州有震感，客厅的吊灯摇摇晃晃，我赶紧溜出家门。

正在外地旅游的老婆第一时间打来电话，关切询问："你在哪儿？"

"人民公园。"

"地震了，知道吗？"

"知道啊，公园里都是人呢。感谢老婆！感谢你亲切的关怀，巨大的鼓，还有个舞。"我激动得语无伦次。

老婆临危不惧，一锤定音："注意安全啊，人多的地方不能去！赶紧回家睡觉！"

我真的热泪盈眶了。这是老婆吗？幸好生活在祥泰之州。

7

我睡到半夜，被一只蚊子吵醒。老婆打开房灯，扑通扑通，一顿折腾。我以为她在捉蚊子呢，非常感动。

闻到花露水香味。我眯眼偷看，她正大把大把地往身上抹呢。边抹边说："小女子当年我花枝招展，谁承想到如今花枝招蚊。"

抹好，关灯，躺下，空调被盖得严严实实。老婆自言自语道："小宠物，去与他亲密接触吧，那是小鲜肉，香着呢！"

我只得见义勇为，爬起来捉蚊子。

她在那嘻嘻直乐："你若躺平，我便内卷。"

8

从来不钓鱼的老婆，被牙医小丁一顿忽悠，屁颠屁颠跟着去钓鱼。

三分钟热度一过，她不是嫌位置不好，就是怪鱼竿太沉。小丁劝她："钓的不是鱼，钓的是耐心定力，钓的是宁静致远。"

坚持半个小时，依旧波澜不兴。她把鱼竿扔在岸上，转身去给小丁当顾问，劝他宁静致远。

扑通扑通，有鱼咬钩。大家一看，正是她的钩。原来她无意之中把鱼钩甩到渔家的种鱼塘里。小丁冲到塘边，把鱼捞起。用秤一称，13斤6两。出道就是巅峰。老婆笑得人面桃花，问小丁："老渔夫，你的纪录是多少？"

正好我们学生海俊的岳母六十大寿。小丁拎着这条大鱼和他钓的三条小昂刺，做了祝寿大礼。酒桌之上，众亲友一个个夸小丁是钓鱼高手，我们几个也跟着抬轿子。

小丁有口难辩，很是低调："偶尔，偶尔，瞎猫儿碰到死耗子，呆雄鸡冲到糯稻田。"

我老婆提醒道："小丁，吃鱼。"

小丁道："不吃，喝酒！"

"为啥？"

"牙疼！"

————————————————— 我的小村庄

前不久，老婆问我："小丁什么时候再请我钓鱼呢？海俊岳母今年要七十岁了。"

9

老婆从泰州麻油厂打回两桶菜油，关照我："这油省着用。"

我问："怎么回事？难不成要用滴管计量？"

老婆答道："今天去买油，人家卖油的竟然认得我，说她的孩子在我班上上过。人家让我等等，跑到厂长那儿批了个条子，一斤优惠两块钱。礼轻情意重啊！"

晚上，老婆说："明天是教师节，学校要举行一个光荣从教30年的尊崇仪式，每人要写一句话，我写什么呢？"

我心头一惊，根本没有想到她已经从教30年。她想了想，写了一句话：低调做人，努力做事；教书育人，无愧于心。

第二天，我看到他们学校的活动图片。老婆捧着鲜花，静静地站在队伍的边上。30年，无论是工作，还是生活，她从来都是默默无闻，当好配角。

修锁小记

门厅装有一扇推拉门，开开关关，时间长了，出了问题。

过去，只需随手一带，听得舌簧"哒"的清脆之声，门便关上。现在倒好，拉一下不行，拉两下还不行，需得用力猛拽几下，砰砰作响，地动山摇，或可带上。好多次，以为关上了门，回头一望，它又吱吱地开了，只得再回首，再发力。好不烦恼。

赶紧查看问题，解决问题吧。原来是门锁舌簧卡不进锁槽，因为时常用力关门，舌簧顶端已经磨损不少。我找来螺丝刀，把螺丝松开，将锁槽最大限度地往前调移，用手死死摁住，再将螺丝旋紧。试关了几下，投缝合榫。自以为大功告成，谁知不几日，推拉门老毛病复发，怎么调试都无动于衷，还得砰砰地来回拉拽，砰砰地惊扰邻居。

既然锁槽有些错位，磨到舌簧，那就把锁槽边缘扩展

————————————我的小村庄

一下吧。锁槽是不锈钢的，得有专业工具。吩咐老婆屁颠屁颠买来锉子，无奈锁槽很小很浅，根本没有大显身手的空间。土法上马，吩咐老婆取来菜刀，刀尖支在锁槽边缘，用锤子对着刀背敲打，指望发挥力的传递作用，将锁槽削掉一些。如此硬碰硬，锁槽完好无损，菜刀却锛了刃口，几成钢锯。老婆一顿臭骂在此不表，还得劳驾她上街去找磨刀师傅。

程咬金使尽三板斧，没招。我在门口好好巡视一番，怕是塑钢门框质量不高，使用时间较长，禁不住风吹雨打，日晒夜露，歪曲变形了。问题出在门锁，根子却在门框。把菜刀拿来！利用杠杆原理，这里扳扳弯弯，那里敲敲打打，一番操作猛如虎，哪里不平哪有我。结果呢，劳而无功，门却不能严丝合缝了，而且外框多了许多划痕，掉了油漆，有碍观瞻。

我无可奈何地说："换锁吧，旧的不去，新的不来。"

老婆问道："换锁就有用吗？万一时间长了，还是外甥打灯笼——照旧（舅）呢？"

"那就换门，重整门面，斩草除根！"

"换，换，换，你就知道换！"老婆斥骂道。她缓过神来，说："要不，问问家平吧。"

家平是我的初中学生，也是为我家装修的，情况熟。电话打过去，把门锁问题给他一说，请他抽空来看看，实在不行就给我量尺寸，换新门。

家平听我啰唆了半天，说道："老师，不急，到厨房把油壶拿来，往舌簧上滴几滴油。"

我想起小时候，家里门锁难扭难开时，也经常往锁眼里灌几滴油，或者倒点铅笔灰，但那是对付老式锁的老办法。我心有疑惑地问："这是老办法，管用吗？"

家平急吼吼地说："老师，听我的，这是门道。你忘啦，那时不是经常给我们鼓劲加油吗？"

"你小子，竟然训责起老师来了。"我一边笑骂他，一边依计而行，三四滴油滴在舌簧上，轻轻一拉，"哒"的一声，大功告成。

"老师，好多事情哪有那么复杂，哪用这么折腾，经常给它加加油就行！"家平在电话里淡淡地说。

门道，门道，修个门锁，却让人悟出一些门道。

我的小村庄

念兹在兹

一碗粥饮汤

有一碗粥饮汤，盛放在我的少年。

我小时候嘴刁，糁儿粥、粞子饭是咽不下喉咙的。母亲每次煮粥，都先捞上一碗带浆米，然后放糁儿。煮饭掺粞子时，留着一小块白米饭。这是我的特贡，哥哥都没有的待遇。母亲怕饭粥不够吃，悄悄盛上一碗粥饮汤，背着我们喝下去。

那时的我，爱吃肉是出了名的。有一年夏天，我和哥哥从外婆家回来，走到桥口。爷爷领着一帮人，为人家砌屋钉椽子，看到我们神气碌谷的模样，一个个逗问："去外婆家有没有兜到肉饭？"

我把肚子扑得鼓响，满脸骄傲："吃的猪头肉！整整一个大猪头！"

"爷爷，你知不知道我们在哪里吃的呀？"我故弄玄虚，等大家乱猜一通之后，骄傲地说："在猪圈里吃的。"

这一说不要紧，屋梁上一阵大笑，爷爷乐得身子一歪，差点掉下来。一个木匠大师傅当场唱起合子："东板桥，西板桥，朱家养了两个大馋猫，猪圈里面吃猪头，不兜饱肉饭不肯跑。"

我们一路喊着顺口溜儿，满庄子欢声笑语。

母亲听说这事，只是一丝苦笑。

本家五奶奶踩着小脚来到我家，对母亲说："这孩子的嘴是个无底洞，金山银山也抵不住他嚼，你们怎么吃得消啊？要治治他。"

母亲笑问："怎么治？"

五奶奶小眼睛瞪着我，在母亲耳边说起悄悄话。

母亲将信将疑："行吗？"

五奶奶瘪着嘴，点着头："行，肯定行。"

我才不管她们讲什么呢，最盼着家里来客人。不仅能兜上大肥肉，还能落个肉汤泡饭，可解馋呢。我很快发现，只要家里买了肉，母亲煮饭时都会盛上一大碗粥饮汤，支在汤罐子上。我不解地问母亲，她犹豫半天，告诉我："胃子疼，吃不得硬饭。"

一个星期天，母亲让父亲买回四只猪蹄，说要好好犒劳我们。

我花了大半天时间打理。蹲在挑水码头上拔毛，小手冻得红红的，不冷。坐在灶膛口烧火，用膝盖将一根根棉花秆

　　　　　　　　　　　　　　　　　我的小村庄

儿折断，不疼。心里美滋滋地想：最大最肥的那只猪蹄即将成为我的美食，我该如何下口，是细嚼慢咽，还是狼吞虎咽？还是多嚼两口吧，好好地解解馋虫。最后，再喝上一大碗猪蹄汤，那个肥呀，一定黏得我张不开嘴。灶火旺旺的，猪蹄在锅里唱歌跳舞。

母亲照例盛上一大碗粥饮汤，支在汤罐子上。我知道，她胃疼。

猪蹄上桌，偏偏家里来了一个亲戚，父亲陪着亲戚喝烧酒吃猪蹄。我躲在厨房，耳朵长到堂屋里，我的猪蹄啊，变成一堆骨头，小山似的，压在我的心头。直到亲戚酒足肉饱地走了，我才敢上桌子，喝了一点点猪蹄汤。母亲坐在一旁，长叹一口气，悄悄把那碗粥饮汤喝了。

那年春上，家里砌房，我终于逮住机会，天天吃肉。一天，母亲把我叫到厨房，对我说："今天不要上桌跟师傅抢肉吃了，我管你吃饱。"她打开饭锅，端出一大碗红烧肉。哎哟，我的妈呀，那个肥膘，那个金黄，那个诱人，我站在锅沿旁风卷残云。母亲照应我："慢慢吃，慢慢吃，不要噎着。"

看着我把肉吃光，看着我把汤喝尽，看着我打起饱嗝，母亲轻轻问："饱吗？"

我将沾着肉汤的手指放在嘴里啜着："饱了。"一抹嘴，转身要跑。

母亲一把拉住我，说："等等，把这碗粥饮汤喝掉。"

我争辩道："肚子太饱了，喝不下。"

母亲一反常态，说："不行！不喝下去，下次不给你肉吃！"从来没有过的严厉。

我是个听话的好孩子，更为了下次还能吃上肉，接过碗，试着喝了一小口，停了下来："咦，这碗粥饮汤不是留着给你养胃的吗？我喝了，你吃什么？"

母亲一愣，回道："我的胃好了，你喝。"

我大吸口气，埋下头来，刚喝一口，母亲突然大声叫道："停！不能喝！"

母亲从我手中夺过大碗，咕咚咕咚，全部倒进了自己嘴里。她喘着气，对我说："儿呀，妈胃疼，还是让妈喝吧。"

那一刻，我看见母亲眼角噙着泪花。

母亲对我说："你上学去吧，不要喝生水。"

我带着疑惑离开厨房。

后来，我结婚了。有一回，我爱人去买肉，回来告诉母亲："肉摊上都是精瘦肉，没有好肥肉。"

母亲笑了起来，讲起往事："当年五奶奶告诉我，等你兜饱肉饭后，灌一大碗粥饮汤，反了胃，就能治了爱吃肉的毛病。我试了好几次，一直没忍心。有一回粥饮汤都到嘴边了，还被抢了下来。"

窗外小雨，如泣如诉，湿了清明，润了思念。

母亲，我多想能再站在你的身边，接过一碗粥饮汤。

那一年的疼

那一年的麦场真大，晒场晒不下，旁边的大坝上铺得满满的。太阳照耀，金光闪闪，一派丰收景象。

庄上人在晒场上滚碌碡（碌碡，用石头做成的用来碾谷脱粒或平整场地的圆筒形农具），赶牛碾场人"脚跨、脚跨"的吆喝声响得震天。我和春林，还有春林家的小黄狗，在大坝上玩儿得起劲。春林说："我们也来滚碌碡压麦子吧。"于是，我们头抵着麦秸，屁股一撅，双手一撑，两脚一蹬，比赛翻跟头，一个，两个，三个……春林家的小黄狗是"人来疯"，在我们身边跳跃着，追赶着，狂吠着，一会儿要咬我的脚后跟，一会儿想往我身上扑。

一通翻滚猛如虎，浑然不知方向错。我在春林的尖叫声和小黄狗的狂吠声中，做出一个不亚于十米跳台的高难度自由落体动作，扑通一声，坠落河中。大坝旁停靠着一条水泥船，我从水里冒出时，后脑勺儿与船底来了个亲密接触。

晒场上的人飞奔过来，把我从船边捞起。我一摸后脑勺儿，冒出一个大肉包，足足有麻雀蛋大小，疼得要命。小黄狗在旁边汪汪地叫，露出一嘴狗牙，像在嘲笑我是落水狗。

母亲赶紧把我带到大队医疗站。赤脚医生小周用剪子将肉包周围的头发剪掉，抹上一些紫汞，告诉我母亲："这个头有点复杂了，怕难消肿，要等脓头长熟了开上一刀。回家慢慢等吧。"

母亲责怪我太顽皮，恨不得当场收拾我一顿，但又实在可怜我，手举在空中又收了回去。

母亲每天查看我的脓包，抹些紫汞。紫汞顺着脖子淌下来，凉飕飕的，而那个脓包，则是硬梆梆，火燎火燎的，有时还能感觉到里面好像有颗小心脏，一阵紧似一阵地跳动，一阵紧似一阵的疼。

那年夏天，母亲照应我不能下河洗澡摸歪儿（河蚌），防止碰到生水。有一次，我哥哥和春林偷偷带着我下河，他们不让我游到深处，找着一个浅滩，让我蹲在水里玩儿。我发现脚下不是河床淤泥，有坚硬的东西硌脚。扒出来一看，竟然是一些砖头瓦块，再往里面扒去，摸到好几个硬疙瘩，有土墼大小，黑咕隆咚，皱皱巴巴，像老榆树根。

岸边，站着一个老太太，记不清是谁了，好像是我们家的五奶奶，也好像是春林家的四奶奶，或者是我们庄上驼爹的老母亲，慢言慢语道："这儿古先是个老庄台，往年遭了洪

　　　　　　　　　　　　　　　　我的小村庄

水灭潮，陷没到河里了。摸到歪儿精，兆头讲不清……"

没等老太太说完，驼爹大声喝道："七聋八哑的，别瞎说！"

我们吓得头皮发麻，赶紧将怪歪儿扔掉，逃回家。

头上的脓包一天天鼓胀起来，变得有鸡蛋大小，我很是紧张。但我发现大人们的脸色不对劲，好像更紧张。不久，学校要我们每人上缴一捆芦竹，操场上冒出三四排芦竹棚，我们被安排到里面上课，清香的芦竹味特别好闻。接着，队上也在晒场搭起好多芦竹棚。我们这才悄悄听说是防震棚。家家户户把一些自认为值钱的破旧家当收拾进来，吃住在里面，陈队长天天晚上点名巡查。驼爹的老母亲死活不肯搬家，被一顿臭骂，抬了进来。

父亲不知从哪儿用自行车驮回两大箩梨子，放在防震棚的床头，不让我们偷吃，说是等着救急。母亲心疼父亲瞎花钱，气得骂了半天。

那一年的夏天，大家是在忐忑不安中度过的。不知谁传来小道消息："17号，18号，姜堰到如皋，一个都溜不掉。"陈队长关照大家不要听信谣言，安排大伙儿值班守夜。那两个传说中的日子越来越近，大人们心事重重，天天晚上坐在河边，看着天色，烧着香烟，有一句没一句地聊。驼爹也没有兴致像以往那样给大家讲古说书。我们几个小孩子在防震棚之间穿梭打闹，被大人们训斥不知轻重。

一天晚上，明亮的天空突然变得灰蒙蒙，如同一件破破烂烂的黄大衣，严严实实地遮压在大家头顶。河沟里咕噜咕噜冒气泡，远处不时传来几声鸡鸣鸭叫，晒场边不时有一两只老鼠嗖嗖溜窜。春林家的小黄狗躲在我的后面，夹着尾巴，呜呜哀鸣。大家神色紧张，大气不敢出，偶尔发出一两声叹息。我偷偷瞄上一眼不远处摸到歪儿精的地方，汗毛直竖。母亲摸索进防震棚，将父亲买回的梨捧出一筐，我记得母亲是这样对大家说的："吃个苹果，平平安安。"

大家不言语，每人拿一个，嘎巴咬上几口。我那时不解，明明是梨，母亲怎么说是苹果呢？

好不容易熬过那几天。突然传来消息说，唐山发生大地震，刚松一口气的大人们又紧张起来，悄悄打听唐山在哪儿，离得远不远。父亲对母亲说："有几个部队战友是唐山的，不知道怎么样。"

母亲叹口气："隔着千山万水，你能怎样呢，但愿都能好好的。"

又过一段时间，警报解除，大家陆续离开防震棚，回家过日子。一天，母亲仔细查看我头上的脓包，高兴地说："长出来了，长出来了。"带我去医疗站。赤脚医生小周给我打上麻药，手术刀划进头皮时一点都不疼，但吱吱的声音特别清晰，仿佛从耳朵里传到心尖上，挤出脓血，用纱布裹上一层又一层。隔上两三天，母亲带我去换一次药。她怕纱布绷带掉下来，找出父亲的旧军帽给我戴上。春林说我像电影里受伤包扎的英雄。

开学了，我们在防震棚里上课。还没上几天，突然传来毛主席逝世的消息，全庄人都很悲伤。大队是在学校操场上开追悼会的，哀乐低缓，哭声一片。喇叭里提醒说，戴帽的脱帽致哀。我刚要摘下军帽，站在后面的春林跳起来，抢下帽子，扔了出去。头上的纱布绷带一下子散落开来，我顺手摸摸后脑勺儿，好大的一块疤。

那一年的疼，刻骨铭心。母亲后来经常取笑我说，榆木脑袋开了窍。又经常提醒我说，不能好了伤疤忘了疼。

岳父的担子

岳父二十多岁时，被社员推举当了生产队长。他是种田的好把式，只使力气活儿，不动坏心眼儿，老实巴交，为人厚道，左邻右舍有好口碑。大家伙儿看得起，他推却不过，挑起这副担子。但他越挑越吃劲，感觉自己不是干队长的料，多次向大队请辞。他说，肚子里没有几滴墨水，斗大的字，装不上一箩，王八大的字，爬不满一屋，怕误了形势，坏了大伙儿的生活。可就是辞不掉。只得癞宝支床脚——硬撑，一干就是十八年。他带着大家土疙瘩里刨食吃，风里雨里往前奔，赢得好队长的名声。

有一天，大队支书通知他，队上分配了一个什么批斗名额，他很是为难。多少年之后，岳父与我谈起这件事，依然一脸迷茫。这天晚上，他躺在床上翻来覆去，滚了一夜的钉板。斗谁呢？乡里乡亲的，低头不见抬头见。斗张三，张三还没找上婆娘，不能毁了人家名声；斗李四，一家老小穷得叮当响，万一有个三长两短，顶梁柱就塌了；斗王五，三棒打不出个闷屁，欺负老实人要招响雷打头。

岳父掰着手指，把队上的人头盘了又盘。从庄东数到庄西，从男将数到女将，全是黄连树上结的苦瓜儿，好像与地富反坏右都搭不上边。岳父告诉我，一直愁到广播里放《东方红》，突然开了窍，一定是自己思想出了问题，跟不上趟了。于是心一横，不管三七二十一，把自己交上去吧。那一刻，我仿佛看见岳父走村串巷被批斗的情形，跌跌绊绊被人牵着，戴着纸糊的高帽儿。

清晨，岳父来到大队支书门上。支书正就着半碗苋菜馇，咕咚咕咚喝糁儿粥。看到他这么早就来了，有点惊讶，听到他报的批斗对象是他自己，更是惊讶。岳父九头牛拉不回，支书不好再劝，哧溜哧溜将碗舔干净，蒲扇般的右手顺嘴一抹："你！太老实！明天等着批斗！"

巧的是，当天晚上，公社通知：停止批斗。岳父侥幸逃过一劫。后来，岳父铁了心辞掉生产队长。支书指着鼻子骂："是不是没有批斗到你，闹上情绪，撂了担子？你，不仅老实过头，而且偏得过分。上次，照顾你儿子一个五金厂的招工名额，你白让给别人，这次，一年八九百个工分又甩手不要，你就等着喝西北风吧。"

放下队长的担子，岳父在队上当起养猪倌。四个子女逐渐长大，急着要砌房。麻团大的庄子，前家屋檐顶着后家门楣，哪有地方搭个窝棚？队上对他讲，庄后有个大水塘。水塘再大，也大不过肩膀，岳父撂下狠话。两口子白天忙完队上农活儿，起早贪黑，罱泥扒渣，挑土运泥，花了大半年的时间，把大水塘填平夯实，算是有了安身之地。岳父仗着年轻，有的是力气，挑着担子走起路来，刮起一阵风。愣是这样，肩膀还是磨掉几层皮，落下了小驼背的毛病。

岳父就像寻食的鸭子，在庄上供销社的茶水炉上找得一个挑水工的差事，赚点零钱贴补家用。供销社主任十分纳闷："老队长，你放着好好的队长不当，何苦来做挑水工呢，这不是米箩里跳到糠箩里嘛。"岳父嘿嘿一笑："凭力气吃饭，心里安逸。"

岳父开始了挑水工的营生。每天早上鸡叫时刻，就出现在茶水炉上。从挑水码头到茶水炉，有一百多米长，两头还有二三十级台阶，他一级一级地爬，一步一步地迈，一担一担地挑。岳父在挑水码头上站定，扁担搁在肩头，弯下身来，两手抓住水桶丝绳轻轻一甩，水桶没入水面，丹田一口气，腰杆一使劲儿，双手顺势拎起桶绳，嘿，一担水挑将起来。嘿呀号的号呀，号子轻快，步伐稳健。他还特地在两个水桶口绑上稻草把子，不让水桶晃动时泼洒一点水出来。

庄上就这么一个茶水炉，供销社的、公社的、医院的、学校的，家家拎着茶瓶来冲水。还有个浴室，除了夏天不开

　　　　　　　　　　　　　　　　　　　我的小村庄

张，其余时间人满为患。岳父天天不离茶水炉，扁担不离肩膀头，早上挑满，下午补缸，寒来暑往，没有歇时。寒冬腊月，滴水成冰，大雪封路，岳父挑得只穿着一件衬衫，雪人似的，胡须上结满了冰碴子。雪地之上，一条泥泞小道，深深浅浅，从挑水码头一直延伸到茶水炉。那时，我上高中，住在父亲供销社的宿舍里。上学的时候，经常看见芦竹间的台阶上突然冒出一个挑水的老头儿，佝偻着矮瘦的身躯，满头白发散着热气，如同刚从蒸笼里捧出的包子。

时间一长，岳父与供销社的职工都熟了，这个一喊："老队长，帮我水缸里加担水。"岳父随叫随到："好呢。"

给钱，岳父是绝对不要的，他说："不就一担水吗，肩膀上一过的活儿。"给烟，点上一支，顺便聊聊家长里短。我父亲也经常这样蹭水。他们后来做了亲家，谈起这段往事，两个老头儿哈哈一笑。

几年之后，茶水炉子关掉了，岳父又在庄上一家工厂做了门卫。这个时候，岳父的负担已经不重，子女们不让他多劳作，但岳父说他是劳碌命，闲下来浑身骨头疼。他把厂里的一大块空地盘成菜园子，打理得有红有绿。他经常到学校和医院买粪，挑上大船，运进菜园，头发更白了，腰也更弯了，但走起路来依然劲头十足。

后来，我成了他家小女婿，夫妻两人都回到母校工作，岳父就再也不到学校买粪了。我们问他："是不是担心我们丢面子？"

他说："不是，挑粪不丢人。老师应当有点书香味，我担心你帮我挑粪后，站在学生面前一身臭气，学生会看不到读书的前程。"

二十年前的一个晚上，岳父忙好一天的活儿，照例喝了三杯小酒，把酒杯倒扣在酒瓶上，吃上一大碗米饭，与岳母聊了一会儿家常，到厂里去值班。半路上突然跌倒，再也没有起来。去年十月，我们几个做子女的一起回家，敬奉岳父九十岁。那个曾经挑着担子，走在风雨中的老人，端坐在镜框里。烛光摇曳，微笑如初，露着缺了半颗齿的门牙。陪伴他一生的扁担、水桶等工具，落些灰尘，依然泛着油光。

庄上人见了我们都说："我们喝过老队长挑的水呢。"

大舅

大舅是我爱人的舅舅。

第一次遇见大舅，算来已是三十多年前的事了。那时，我还是丈母娘家的毛脚女婿。那年除夕，我到丈母娘家帮着收拾过年。周边人家已经贴好对联、喜符、福字，放鞭炮烧香敬先了，丈母娘家还没有贴刮，毫无辞旧迎新的模样。我正狐疑间，咳嗽声闷雷似的从巷子里传来，一顶破旧黑棉帽从台阶下面一层一层地冒上来，一双粗糙皲裂的大手抠住院门框，帽子下面的老者艰难地将两条短腿挪进门槛，活像农村腌咸菜用的大肚坛子，黑魃魃地邋遢地立在院子里，嗡嗡地喘着粗气。歇上片刻之后，嘴里冒出一句："大姐啊，我来得晚了。"丈母娘赶紧从厨房里奔过来："哎哟，大兄弟，你怎么才来啊？"我这才知道，这位老者就是传说中的大舅。

丈母娘接过大舅手上的一沓红纸，把我介绍给他，让我叫大舅。大舅扭转颈项抬起头来，翻着大白眼盯住我，大嘴里唔唔着，听不清说些什么。我敬他一支香烟，弯下腰来为他点火，大舅有些慌张地说，"得罪得罪"，身子前倾，双手遮护火苗，待点着香烟后，手指在我手背上敲了两三下，表示谢意。我内心很是惊讶大舅的这一套礼节，为刚才对他唐突不敬的印象感到愧疚。丈母娘赶紧请大舅进屋吃饭，他咳嗽两声，摇摇大手，转身要走，说："我还有几家要送呢。"丈母娘挽留不住，掏出十元钱递给大舅，他谦让再三，方才接了过去，将钱展开，哆哆嗦嗦放在眼前看了又看，然后紧紧地攥在手心，说："给得太多了，太多了。"他随即抱拳作揖道："大姐啊，小弟我给您拜年了，恭喜发财，恭喜发财。"丈母娘抹着眼睛，看他缓缓消失于院子门口。

我陆续知道了大舅的一些事。大舅兄弟姐妹六人，算得上是穷苦之家。即便如此，他的父母当年仍舍得花本钱，让他读了私塾，这在那时是很不容易的，大概是指望着他将来有个好的出路。大舅于是肚子里有点儿才学，能够识文断字，说起话来总是文绉绉的，偶尔夹带一些之乎者也。但是，他没有能够出人头地，依旧面朝黄土背朝天，土疙瘩里讨生活，于是在其他人眼里，大舅便有些格格不入，甚至迂腐了。加上他身材矮小，相貌粗糙，干起农活拖拖拉拉，跟不上趟，经常被人挖苦取笑，或者嫌弃欺负，便是在所难免的了。

———————————— 我的小村庄

在别人看来，大舅做得最不可思议的一件事，是不可救药地和一个大他三岁的没了男人的女子好上了。九头牛也拉不回。大舅与父母争斗的结果是，搬出家门，断了来往，在荒地上搭了个丁头府单过。坏锅子遇到破锅盖，两个人的日子过得跌跌绊绊，烟着火不着。后来有了两个儿子，更是紧巴不堪。好在那时父母已经认了他们，加上兄弟姐妹有限的接济，日子也就硬撑了下来。

据说，大舅是会掐生辰八字的，似乎还很灵光，但常言道：仙家算不出自己的命，何况大舅这个半瓶醋呢。不知道是他没有算到自己的命，还是算到自己逃不出自己的命，大舅的人生好像就是一条下坡路，一条一个低谷接着一个低谷的下坡路，一条没有最低只有更低的下坡路。先是活蹦乱跳的大儿子总是鼻子流血，东无良药西无医，熬到二十岁左右还是死了。破船偏遇顶头风，那个女子也成了病秧子药罐子，瘦得皮包骨头，不几年就走了，留下大舅和小儿子。大舅没有向命运低头。他艰难地砌了房，准备着为小儿子结婚成家，但左邻右舍没有一家不知道他家状况的，连媒婆都避之不及，哪有姑娘愿意往火坑里跳呢。大舅的小儿子，也就是我们的小哥哥平儿，外出打工谋生，终于谈了一个外地姑娘成了家。大舅几年后又抱上了孙子，高兴得嘿嘿地笑，大嘴咧到耳朵根。他给孙儿取名圆圆，不求大富大贵，但求团团圆圆。大舅好多次开心地对他的大姐我的丈母娘说："苦黄连的日子熬到头了，瞎子磨刀看见亮了。"

然而谁能想到呢，几年后，平儿好好的一个小伙子，却在睡觉时猝死，大舅家的顶梁柱一下子垮塌了。儿媳受不了打击，离家出走，留下一老一小在生活的泥潭里挣扎。

大舅只得重新挺起身来，做了孙子圆圆的顶梁柱。此时他已经几乎干不动农活儿了。大舅只能发挥舞文弄墨的特长，逢年过节买红纸，写对联，刻喜符，到集镇上摆摊，或者托给亲戚熟人赚点小钱。亲戚早已形成习惯，每年都等着大舅过来送春联送福字，顺便多给一点钱，算是接济。这样的默契持续了十多年，等到后来大家手头宽裕一点，能够给上一二百的时候，大舅却不再来送了，说是老了，写不动了，刻不动了，走不动了。丈母娘心里知道他的大兄弟老实巴交，怕给大家添麻烦，多给了大钱。其实那几年，大舅还在集镇上摆过摊头，驼着腰，吆喝着。

大舅将圆圆拉扯到初中毕业，便再也没有气力了。圆圆身有小疾，做事不怎么爽快，但很是舍得吃苦，先在本地打工一段时间，后来经《泰州晚报》介绍，辗转到泰州一家爱心企业打工，收入稍稍多了一点，早出晚归，陪伴着爷爷。队里要给大舅办五保，大舅不肯，说："我有孙子照应，不是绝后户。"众人劝他："你拉倒吧，孙子还是一个没娘老子的孤儿呢。"大舅进了五保，虽然能够拿些养老钱，但舍不得多用，能省一分是一分，说是给孙子留着。

两年前，我丈母娘过生日，大舅他们兄妹六人大团圆。大舅已88岁了，我敬酒时，他仍坚持颤巍巍地站起来，嘴里含混不清地说着"得罪得罪"，手指轻扣桌面，算是礼节到了。

饭后，二舅带着他们到庄上照相馆合影留念。兄妹几个心里都知道，这应该是他们的最后一次大团圆了，但谁都没有说出来。人生的酸甜苦辣和风霜雨雪，终究是过眼云烟，抵不过兄妹间的开心一刻。

不久，大舅便卧床不起，圆圆照应不了他，与村上一起把他送到一家养老机构。一个多月后，圆圆舍不得爷爷，又悄悄把他接了回来，说是吃再多的苦，也要陪爷爷最后一程。二舅三舅和村里人再劝都没有用，大舅发狠道："再把我往外送，我就半夜三更爬下河。"众人不好再说什么，只得有空多帮着照应些。大舅对圆圆说："我在家里，一天还得三十多块钱呢，用不掉的。"众人这才理解，大舅是舍不得每月近一千块的五保金。圆圆早出晚归，先从泰州乘公交车到姜堰，再骑上电动车赶上二十多里路到家。每天早上都是三四点钟起床，把爷爷的饭菜弄好，收拾妥当，再骑车换车到泰州打工。两年多来，日复一日，风雨无阻。

有次雨雪天，圆圆被人家车子刮蹭，电动车摔坏，胳膊流了血，含泪回了家。那一刻，圆圆想起了离家出走的妈妈。据说，那个女子曾经悄悄回来过一次，把家里收拾得妥妥当当，衣服洗得干干净净。那时圆圆还小，但他已经猜到，一定是妈妈，那个把他丢下的妈妈！圆圆稍大一点后，竟然想方设法找到了妈妈的号码，电话打了过去，那头久久不语，只有抽泣和叹息。圆圆没有告诉我他和妈妈说了些什么，只是说："她有她的难处，我以后再也不打这个电话了。"那天晚上，圆圆把那个珍藏着的电话号码看了又看，终究还是忍住了，没有打过去。任凭风雪淹没了孤独。

今年春节初五，大舅要圆圆把他搬到轮椅上，推着他去给离家最近的二妹妹拜了年。阳光照在爷孙俩身上，那么的柔和，那么的温馨，他们相伴着走在春天里。这是大舅的最后一个春天。不久，这个曾经倔强地抠住命运之门，拼尽全力攀爬人生的台阶，很有礼数地说着"得罪得罪"的大舅，走完了他的一生。

我的小村庄

庆桂舅舅

俗话说，外婆庄上舅舅多。

小时候，我和哥哥去外婆家，母亲总要关照说，叫人不折本，舌头打个滚。不管认识不认识，遇到男将叫舅舅，遇到女将叫舅母。

于是，过了拖船口，进了外婆庄，我们哥儿俩就仰着脖子，扯开嗓子，放炮仗似的一个个叫起来。这时候，庆桂舅舅和麻子舅母会像接亲一样，喜气腾腾地从丁头府里奔出来，故意拉长声调，答应得轰轰烈烈。

庆桂舅舅和麻子舅母会查点道："带了什么好东西给婆爹啊？"我将两袋旱烟举得高高的。哪次赤手空拳地来，庆桂舅舅便从口袋里掏出几角皱巴巴的票子，塞给我们说："哪能只带两爪子螃蟹给婆爹？赶紧去买些旱烟，剩下的买糖吃。"我们不要，麻子舅母大声劝道："娘舅的牛，外甥的头，客气啥呢，拿去拿去。"偶尔，他们还会将我们拖到家里吃顿早茶。小小丁头府连床带灶，狭窄得转不开身，麻子舅母忙得团团转，高兴得连脸上的麻坑都旋开笑盈盈的花朵。

只是我们那时不怎么懂事，一点不把自己当外人。

庆桂不是我们的亲舅舅。他从小没爹没娘，我的外婆将他拉扯大，他待我的外婆如亲娘，我们也一直把他当作亲舅舅。庆桂舅舅早前是娶过一个老婆的，但没几年就得病走了，连一子半女都没给他留下。好在庆桂舅舅从小过惯苦瓜日子，撑得住事，依旧一个人乐呵呵地生活。庆桂舅舅身板细小，肩挑担扛的活儿干起来吃劲，但他脾气乖巧，见人一脸笑，大伙儿不嫌弃，愿意和他一起搭伴出工。他说，我个头儿小一点，那就嘴头甜一点，手头勤一点，脚头快一点，把当下手的活儿做得妥当。于是，稻田管水、喂小老虎脱粒、看晒场棚子、副业队养猪、上河工当火头军等活儿他都干得飞飞的。

后来，有人牵线搭桥，将麻子舅母介绍给他。庆桂舅舅拿不定桩主，找我外婆商量。我的小舅至今都记得这件事，他告诉我，庆桂舅舅支支吾吾想对外婆说什么，但囫囵地开个话头就又吞回喉咙，坐在板凳上一根接一根地烧香烟。外婆问急了，他把香烟屁股扔到地上，狠狠踩上一脚，说："有人给我介绍了一个女的……"

外婆说："这是好事呀，有什么开不了口的，总不能打一辈子光棍儿呀。"

庆桂舅舅盯着外婆的脸，看了又看，欲言又止道："我说了，婶娘你不能计较侄子啊。"

外婆笑道："计较你个鬼啊。"

庆桂舅舅这才壮着胆子说："姑娘是个好姑娘，就是跟婶娘一样，脸上有点儿……，有点儿……"

外婆明白过来了，哈哈一笑，说："跟我一样，有点儿麻子？"

外婆小时候得过天花，留下一些麻点子。现在庆桂舅舅说到外婆脸上，外婆根本不恼，笑骂道："你个细麻雀儿，说什么麻木话，有几个麻子算什么，娶不到老婆才叫麻了爪子呢。"

外婆连珠炮似的说出一连串带"麻"字的话，逗得大家哄堂大笑。我的婆爹跟着起哄道："麻子不能当饭吃，也不能当门面，不是一家人，不进一个门。"

于是，庆桂舅舅娶回了老婆，我也有了一个麻子舅母。外婆家有个大事小情，少不了庆桂舅舅和麻子舅母的身影，每到大忙时节，他们总是先帮着外婆家收拾妥当，才去忙自己的田地。逢年过节，他们都要拎着几袋糖果旱烟来拜年走亲戚，酒到酣处，大家少不得拿外婆骂庆桂舅舅的话开玩笑，麻子舅母会给大家添满酒杯，边打招呼边起哄："家里就一个丁头府，请不得你们到我家府上去玩儿，等我们砌了新房子，请大家去喝麻酒，吃麻团，打麻将，说麻话。"

有一年，庆桂舅舅和河工队伍一起到我们大队挑河。河道正好经过我们家族的祖坟，祖坟迁走后，公社提高了奖励，也没有哪个队伍敢接那段河道的活儿。庆桂舅舅不知哪里来的勇气，竟鼓动队长把活儿接了下来，他说："我家妹子嫁到他们门上，他们祖上怎么会跟我们计较？"据说，庆桂舅舅悄悄到那儿点了些草纸，祷告了一番，也为大伙儿多挣了奖励。

有一天，我到河工队伍去蹭饭，庆桂舅舅为我盛了满满一瓷缸大鲢鱼，但忘记给我拿筷子，我只得坐在那里干瞪眼，看一帮舅舅们狼吞虎咽吃得高兴。庆桂舅舅恍然大悟道："哎哟，外甥差个手疾眼。"我不懂"手疾眼"的意思，见我发愣，他笑着说："手疾眼快啊，差双筷子，不是手疾眼吗？"庆桂舅舅将手上的筷子递过来，我刚要伸手去接，他却半途缩回手，将筷子裹在衣襟上擦了又擦，又放进鱼锅里烫了又烫，方才重新递给我。他抬手从芦柴棚子上扳断两根细芦柴当了筷子。

后来，庆桂舅舅一家砌了小五架新瓦房，果真有约有请，将外婆这边所有的亲戚请去贺新，大家少不得酒席上又是一番"麻"字玩笑，一个个祝他们芝麻开花节节高。

庆桂舅舅将大女儿留在家里，招了女婿，一家人生活得平平安安。我们后来去外婆家次数少了，遇见庆桂舅舅和麻子舅母的次数也不多，但每次遇见，依旧外甥长外甥短地大声叫着，热情得了不得。

几年之前，庆桂舅舅得了重病，他知道自己不行了，舍不得白花钱，简单地做些治疗就回了家。那天下午，庆桂舅舅要麻子舅母过来喊我的小舅。他撇开众人，对小舅说："兄弟，你不嫌弃哥哥的话，就麻烦给哥哥洗个澡。"小舅将庆桂舅舅抱进澡盆，慢慢为他擦洗身子，庆桂舅舅开心地说："兄弟，哥哥今晚可以睡个安稳觉了，哥哥我干干净净地来，也要干干净净地去。来世我们还做亲兄弟啊。"

那夜，桂花开得正香的时候，庆桂舅舅安然地走了。

吴宝来

　　我的姑姑是本家五奶奶的女儿。五爹去世得早，五奶奶带着三个孩子硬撑苦熬过来。到了女大当嫁，虽然我的姑姑长得有模有样，一双大眼睛不逊赵姓大明星，但漂亮不能当饭吃，更别想攀高枝，于是光棍儿一条的吴宝来就门当户对地成了我的姑父。

　　吴宝来年轻时是逃荒"上江西"的，在大山里砍木放排谋生，吃的什么苦，过得怎么样，用脚后跟都能猜得出来。他经常在我们小一辈面前吹嘘说，顿顿大鱼大肉，天天山珍海味，讲得六角铮铮，说得天花乱坠，那不过是酒后的牛皮话，我们从不当真。姑姑会坐在一旁笑骂他："胡言乱语，怎么长得矮冬瓜似的？怎么住了吴家大院？"

　　这时候，吴宝来红得发紫的脸庞就像泄气的皮球，张扬澎湃的皱纹一下子憋回沟沟坎坎，填满苦笑。他旋即两手滋啦滋啦乱抹一通，三五不着调地咕噜道："痛快，痛快！"

我们都知道姑姑说的吴家大院是什么意思。吴宝来"上江西"回来后，上无片瓦遮身，下无立锥之地。队长实在没有办法，指着晒场河边的一间破牛棚说："那儿有个丁头府，可是一等一的风水宝地。"于是，吴宝来沿着门前的牛汪塘巡视三圈，站在丁头府里仰望了半天星光，河坎边砍些芦竹茅草，晒场上寻些稻稳子（稻草屑子），和上稀泥，盘成锅腔，披实房顶，支好床铺，在这间自称为"吴（无）家大院"的丁头府里，将我那大眼睛的姑姑娶了回去成了家。

那会儿是大集体，凭力气赚工分，吴宝来矮个子的弱项就暴露出来了。遇到挑把挑粪等用担子的重活儿，他就把担绳收短一些，跌跌撞撞跟上趟，不误半分工。冬天上河工，他白天挑不过别人，晚上也要把落下的活儿单独补回来。好在他为人厚道勤快，大伙儿从不嫌弃他，最多是嘴上拿他开心，他也跟着自嘲一番，顺便吹吹"上江西"的稀奇事，为大伙儿贫穷枯燥的日子增添一些乐趣。

吴宝来毕竟是闯荡江湖、见过世面的人，他不知从哪儿鼓捣了一套理发家什，趁着空闲偷偷为大伙儿剃头理发。人家给个二分五分的，他总要推让半天，甚至拉下脸来说："能到我府上来，是看得起我，我能图你个仨瓜俩枣吗？"庄户人家厚道，急得把铅角子往破桌子上一拍，拔腿走人。时间长了，大伙儿知道他不是装腔假客气，便会带上一两个鸡蛋来剃头："嘿，鸡屁股里抠下来的东西，三文不值二文，留着给孩子做个蛋花，加些营养吧，养得跟瘦猴子似的！"吴宝来每次都要拿着鸡蛋追人家，急得直跺脚："天大的人情，怎么还呢，怎么还呢？"

那时候，我那大眼睛的姑姑为吴宝来生下了两个儿子，而且继承了我姑姑的优点，大眼睛像天上的星星一样清澈明亮，水灵灵的会说话。吴宝来开心得手舞足蹈："乖乖隆地咚，终于不像我这样歪瓜裂枣的了，祖上积德，祖上积德！"

吴宝来高兴不到三分钟，看着蹒跚学步的老大，瞧着嗷嗷待哺的老二，脸上愁云密布："三个伢子怎么养呢，三个伢子怎么养呢？"

怎么多了个孩子？我的姑姑生下老二坐月子的时候，我的婶婶也生养了我的堂弟，但她得了急症，落下病根儿，一点奶水都没有，叔叔又在外地工作，照应不到家里，一大家子人急得叫天天不应，哭地地不灵。吴宝来二话不说，抱起孩子就走，他对我的叔叔拍胸脯保证："二哥不要怕，就是天塌下来，我这矮个子姑爹也能顶一顶！你妹子一个羊子是放，两个羊子也是放，侄大少就是我们的儿子。三年后，还你一个白白胖胖的小子！"

于是，姑姑一边吊着一个，喂养着两个宝贝疙瘩，加上左邻右舍的鸡蛋和吴宝来的取鱼摸虾，愣是三年后向我的叔叔兑现了诺言。

　　　　　　　　　　　　　　　　我的小村庄

吴宝来白手起家，后来砌了三间草房，告别了他的"吴家大院"。那时，我和哥哥上小学，经常借着剃头的理由，趁着中午放学，往他们家奔。他们总会蒸上一大碗油汪汪的鸡蛋，让我们吃个饱饱的白米饭。然后，吴宝来给我们理好发，欣欣然送我们上学。那时，我们不知道去了他们家多少趟，只记得我们的头发都是吴宝来理的，他们家的蒸鸡蛋特别香甜，特别好吃。

　　但不久，我们发现一个秘密，他们家的老二不见了。在学校里遇到的只有老大，去他们家里遇到的还是老大，只是逢年过节时才能偶尔遇见老二，他再也不像以前那样与我们一起玩耍打闹，而是离我们远远的，那双大眼睛里多了些许陌生和怯生。我们很是纳闷，不知道发生了什么，好几次悄悄问姑姑，姑姑总是一丝苦笑，抹着眼睛走开。后来，我们从母亲那儿得知，吴宝来和姑姑早就偷偷将老二过继给了一个表亲，我们都有点伤悲落寞。我至今都记得，在吴宝来为大儿子做十岁生日的酒桌上，我的叔叔既愧疚又着急，一连声追问吴宝来是不是在帮他养儿子期间，将老二送了人，甚至要与那位表亲打起来，搞得双方很是难堪。吴宝来端起酒杯一饮而尽，涨红着脸辩解道："家鸡打得团团转，野鸡打得满天飞，他到哪儿都是吴家的种！"

　　等到两个孩子结婚成家，在上海打工立业的时候，吴宝来也成了一个小老头。这些年来，他先是到上海帮着老二带了几年孩子，他说这是欠老二的债，一定要还上。接着又回来，与三个兄妹一起轮流照应 90 多岁的五奶奶。再有点儿空闲，就扛着毛竹耙子，站在齐腰深的水里，扒些河蚌卖些钱。邻居开玩笑劝他歇歇，不要太劳神，不能做个"河落鬼"，他乐呵呵地说："该在河里死，不在岸上亡。不用力扒，哪晓得哪个河蚌里有珍珠呢？"

每年春节之前，吴宝来都要掐算着我回家的日子，专门送上半蛇皮袋河蚌到我哥哥家里，说是让两个侄大少尝尝鲜。

今年春节，我的姑父吴宝来不会再给我们送河蚌了。前不久，他突然离开了我们。我也只能在记忆里找寻他们家丁头府的味道，他们家理发布的味道，他们家蒸鸡蛋的味道，还有那个矮矮的倔强的身影……

我的奶奶史桂英

我对奶奶的最初记忆，是她拉我的手，做游戏唱儿歌："牵满堂，拉满堂，送我家伢儿上学堂。一包果子一包糖，送把老师尝一尝。"

我跟着奶奶一遍遍学，唱："牵满堂，拉满堂，送我家伢儿上学堂。一包果子一包糖，送把奶奶尝一尝。"

奶奶很开心，额头上的皱纹栀子花一样绽开。

奶奶长年穿蓝色府绸斜襟褂，小脚裤，圆口布鞋。奶奶似乎是裹过脚的，走起路来不急不缓。奶奶的脾气也是如此，对谁都慢言慢语，和气得很。庄上人都叫她大奶奶。母亲也经常这么喊，少年的我，根本不知什么缘故。

奶奶住在东庄。叔叔当兵转业到上海工作，婶婶身体不好，带着两个孩子，非常不容易。奶奶与他们住在一起，随时有个照应。她几乎每天上午都慢慢地走到西庄，到我家来看看，帮着照应我和哥哥。那时，母亲到农业社上工，奶奶为我们煮好中饭，便慢慢走回去，很少在我家吃饭。我和哥哥有时拉住她双手，不让她走，她拗不过，笑嘻嘻留下。每到过年，奶奶会给我们一个压岁钱红包，几角钱的崭新钞票，是她特意到小商店换的。更让我们惊喜的是，奶奶会像魔术师一样，从兜子里掏出一两块铜板作为新年礼物。我们几个小伙伴儿用铜板打钱墩子，她在一旁看热闹。

上学的时候，我经常从庄子后面的路上绕到奶奶那儿，奶奶会从兜子里掏出一两块糖果，或者到婶婶家锅门口的草堆里掏出一两块冬山芋，再把我送到路口。有时，奶奶会对我说："明天你的大爷烧周，你来吃中饭啊。"或者说："明天你的爷爷烧周，你来吃中饭啊。"

那时，我不懂烧周的意思（指在逝者忌日敬供），也分不清什么大爷、爷爷，反正是到奶奶那儿吃顿好的。奶奶早早的在路口等着我放学。我与哥哥一起放学，但奶奶很少将我们俩一起喊去，一般只喊一个，我们兄弟俩轮流去，大都是我去。如果婶婶家的两个孩子在家，奶奶一般也只喊一个。奶奶在小方凳上摆好饭菜，让我点纸磕头，她在一旁祷告："大爷啊，你的孙子给你烧钱了，你要保佑全家老少平平安安啊。"或者说："二爷啊，你的孙子给你烧钱了，你要保佑全家老少平平安安啊。"敬供好后，奶奶把饭菜捧到灶台上过个热气，再摆到小方凳上，看着我吃，也就是一两块煎豆腐，半碗炒青菜，偶尔有一点肉片，我吃得津津有

我的小村庄

味，奶奶很少动筷子。

奶奶住一间小披屋，东南角一个小灶台，西北角是她的床，床边摆着奶奶的寿材，黑漆漆的，顶住半扇常掩着的门，屋很小很暗，但我一点都不怕。奶奶唯一一次主动开口向父亲和叔叔要的，就是这口寿材。父亲和叔叔没有犹豫，请奶奶的大哥我们的老舅爷来做的，我跟在后面混了好几顿饭。

冬天，母亲会吩咐我去跟奶奶睡，帮奶奶焐脚。奶奶烧晚饭的时候，将一块大红砖头放进灶膛烧热，用旧布包裹一层又一层，放在我的脚头。奶奶怕我睡觉时把砖头蹬掉，就在床垫上破一个洞，正好将砖头放进去。睡到黎明醒来，砖头已经没有热量，我的双脚在奶奶的怀抱里。就这样，我和奶奶一起度过一个又一个寒夜，一个又一个冬天。后来我离开家，到镇上上学，就没有再帮奶奶焐过脚。

我考上大学那一年，哥哥有了儿子，奶奶每天都要慢慢走到我家，看看她的小重孙，一看就是大半天，一遍遍逗孩子笑。母亲让奶奶抱抱孩子，奶奶双手一拢，回母亲说："抱不过，怕把乖乖肉摔了。"后来，母亲终于懂得奶奶的心思。我们那儿的风俗，失去丈夫的人，自称半人儿，邻居家有喜事，是去不得的。母亲对奶奶说："你是他的老奶奶，又不是外人，哪有那些讲究。"奶奶这才不讲什么忌讳，抱着小重孙不肯丢手，眼睛都笑细了。有一次，奶奶突然对母亲说："我逗了小伢儿半天，他怎么不对我笑？"

母亲说："你身子骨好着呢，是小孩子没有开眼。"

第二年 11 月的一天，我在扬州上学时，突然十分想家，向老师请假，老师不批，但我依然不顾一切地赶回了家。母亲一见到我，大声对我说："奶奶不行了，赶紧去看奶奶！"

我跑到奶奶的小屋里，奶奶已经穿好寿衣，移放在地铺上。父亲趴在奶奶耳边，大声说："你的二孙子回来看你了。"

过了好久，奶奶突然十分清晰地说："好，发财……"

不仅我听清了，守候在奶奶身边的几个亲人都听得清清楚楚。这是奶奶用尽最后的气力，留给我，留给她的亲人，留给这个世界的最后一声朴素的祝福。奶奶一字不识，但她记得住家族里所有人的生日和祖上亡人的忌日，她经常讲，我们这个家族有"踏生"的传统，某某生日和哪位祖上亡人的忌日同一天。奶奶走的这一天，是她的小重孙子的生日。

这就是我的奶奶史桂英。我从小到大都这样记着，父母也这样关照着，家庭成员表里也这么填写。直到工作之后，我才陆陆续续地知晓，她不是我的亲奶奶，她是我的大奶奶。我的奶奶在我父亲八岁、叔叔三岁时就过世了，是她把我父亲和叔叔拉扯大的，把我们照应大的。

记得小时候，奶奶带我栽青菜，提醒我说："小青菜要拔起来移栽一次，才能发棵长大。"然后，奶奶自言自语道："女人啊，一辈子也像小青菜，嫁出门开了怀才叫女人。"

奶奶一生没有生养。

忆姨娘

此刻，外面大雨如注，姨娘睡着了，睡在冰棺里。

这个世界已经与你无关了。虽然，与你无关的世界，此刻，大雨如注。

你穿着大红大绿的寿衣，寿衣上大朵的红花。这花朵，一如曾经年轻的你吗？在最好的时光里，浅浅地盛开在这个世界，然后，淹没在人间烟火和芸芸众生中。

在你最美的时候，我和哥哥遇到了最美的你。在你的怀抱里，我们哭闹过，嬉笑过，沉睡过，这是你后来经常跟我们提起的最美的记忆。母亲的怀抱，姨娘的怀抱，一样的温情，一样的柔和，一样的炽热。

后来，你出嫁到很远的地方。在远方的村庄里，在袅袅的炊烟里，有一个人，守着一个家。那是姨娘。每年暑假我们兄弟俩都要去住上几天，那就是我们的家。我们不知道的是，远方，有一个人，经常惦记着我们，你叫我们姨侄。

你与我母亲感情很深。虽然一年见不了几次面，一见面就亲热地聊上半天，甚至晚上都是睡在一张床上继续聊。有时，聊着聊着，你就会因为生活中的不快和艰辛而叹息，而落泪。你们姐妹俩都是相互倾诉，相互安慰，然后，坚强地撑起各自的家。

我母亲去世的时候，你一边唠叨说我没有姐姐了，我没有姐姐了，一边劝慰我们兄弟俩："你们妈妈不在了还有姨娘在，还有姨娘在。"

那一年，我高考。你特地带给我一块手表。你没有舍得给我姨父，没有舍得给你的两个儿子，你说："这是姨娘送给你的礼物。"

那一年，你打电话给我，谦卑地说："姨娘请你帮我办一件事，就求你办这一件。"语气间就像当年抱着襁褓中的我们那样小心翼翼。

那一年，你跟我们说："姨娘马上过七十岁生日，只要我的娘家人来就行了。"我们去了，你忙得特别高兴。烟花绽放的时候，你的笑容也绽放在心头。

这些年，你时不时带点大米或菜油给我们。你说："乡下人没什么东西好带，这是自己家的，你不要嫌弃。"甚至，你还趁我们回家过年，特地到麦田里挑了早春的野菜带给我们。

这些年，你身体不好，但你一直硬扛着，从不对我们多讲什么。偶尔我们兄弟俩带点东西给你，你总说："姨娘不差这些，不差这些，你们也不容易，有这份心就行了。"

就在上周，你老早的打电话给我，说要到我哥哥家去。无论是在饭桌上，还是在电话里，你与你的俩侄媳聊得非常开心。你说："姨娘上了岁数了，走不动了，办了个老年卡，乘公交车不要钱，将来经常来看看你们。"

可就在昨晚，你突然跌倒。当我们得知消息赶到医院时，你已经昏迷不醒。你的喘息声，监控的仪器声，都被外面的风雨声裹挟了。

我们陪你回家时，夜空大雨如注。

此刻，我打开微信，姨娘，前几天的你多么开心。而今，不见姨娘，唯有照片。你的姨侄姨媳唯一能做就是保存照片！

清烟星　浊烟星

　　我们每个人都曾经是一个躺在母亲身边，看着满天星斗，听她讲故事的少年。

　　我的母亲没有上过学，只能讲三个半故事。而且，她讲的故事没有曲折，没有波澜，没有悬念，三言两语就结束。

　　一个是大家熟悉的牛郎织女的故事。母亲会说："天上有个银河，隔着牛郎织女，每年七夕才能相会一次。你说，王母娘娘怎能这么狠心呢？"

　　最后，她深叹一口气："苦啊。"

　　母亲也讲嫦娥奔月的故事。在她说来，嫦娥因为嘴馋，偷吃了仙丹才逃到月亮上去的。然后，她指着月亮旁边的四颗星星说："你们看，那叫懒婆娘撑帐子，懒婆娘不会干活儿，把帐子撑歪了一个角。"

　　我们一看，还真有一颗星星歪在旁边。母亲告诫我们：

"人不能好吃懒做，不能得馋懒病，不然会被关在月亮里下不来，撑个歪帐子挂在天上，让天下人笑话呢。"

母亲讲的半个故事叫弟兄两个挑担子。母亲一边指着天空，带着我们找星星，一边说："你们看啊，那是弟兄两个挑担子，老大把轻担子让给老二，自己挑重担子。老二已经挑过了银河，老大还在银河这边吭哧吭哧地追呢。"

我们慢慢寻找，银河两边还真有三颗星星一组，各自排成一排，像极了挑担子的。

母亲再次讲时，变成老二挑的清担子，老大挑的浊担子。我们问："不是挑的轻担子、重担子嘛，怎么又变成清担子、浊担子了？什么叫浊担子？"

母亲这才恍然大悟，补充道："噢，他们挑的是石灰担子。老大老实，生石灰起了烟，熏红了他的眼。你们看！"

我们抬头仔细看，还真是的，中间那颗星星红彤彤黄熏熏的，朦朦胧胧，缥缈着一丝烟云。

"老大在抹眼泪呢。"母亲叹息道。

"老二呢，"母亲照例用扇子拍打我一下，说，"老二滑头，偷偷用水晒了石灰，变成熟石灰，不冒烟了，挑得飞快，你们看那颗星星多亮啊。"这时候，母亲还会照应我一番："从来都是老大呆，老二精。你是老二，不能耍滑使坏，欺负你哥哥。"

哥哥总是躺在一旁取笑我。

"那它们叫什么星呢？"我们追问。

母亲笑道："我怎么知道呢，你们外婆就是这么讲的。唉，弟兄两个挑担子，就叫清烟星、浊烟星吧。"

后来，我们才知道，母亲说的这两组星星其实就是牵牛星、织女星。

这时候，夜空皎洁，凉风习习，墙角里纺织娘轻轻鸣唱，远处的田野传来隔断鸟的清脆叫声，三两只萤火虫在瓜棚下悠闲飞舞，像是打着小灯笼找寻什么。我们的少年在母亲的三个半故事里星光摇曳。

母亲讲的不是故事，讲的是她自己。

母亲也有一段刻骨铭心的牛郎织女生活。父亲结婚后就远到福州当兵去了，留下母亲在外婆家过日子。父亲当兵整整13年。母亲不会写信，只有等着父亲来信报平安，有时候部队遇上紧急任务，父亲两三个月杳无音信，母亲只能以泪洗面，暗自伤心。母亲经常抱着我站在门口，看见邮递员骑车过来的身影，就迫不及待地飞奔过去，但大多失望而归。

母亲最高兴的事情应该是到父亲部队去探亲了。她带着我们两个小家伙，山一程水一程，路上不知吃了多少苦。母亲一直数落哥哥的是，在镇江长途汽车站，不懂事的哥哥带着我这个更不懂事的弟弟，竟然趁着母亲不注意，偷偷爬上一辆汽车，母亲急得发了疯，幸好送站的叔叔在开车

———————————————— 我的小村庄

前两三分钟找着了我们。要不然，我们早就成了"别人家的孩子"。

乘凉的时候，母亲一讲到这件事，就要举起拳头吓哥哥几下，笑骂道："你这个呆老大，差点儿把我的两个儿子拐没了！"

哥哥总是做了错事一般，抱头蜷缩到一边。

对于童年的部队探亲生涯，我没有一点印象，但在母亲是美妙的回忆。她多次说："你们每天一大早就溜到部队营房旁的甘蔗地里去掰甘蔗，吃甘蔗，直到听见滴滴答的开饭号，才脏兮兮地跑回来吃中饭。"怪不得我从小喜欢吃甜食，原来"舌尖上的童年"在这儿。

前年，我有机会第一次到福州。那天晚上，我徘徊在三坊五巷，流连在街头公园，踯躅在一棵棵大榕树下，树荫婆娑，月朗星稀，我仿佛看到父母亲带着我们在榕树下游玩儿的身影，那对少年郎在攀爬，在奔跑，在打闹，留下一串串欢声笑语。那是我们一家人一年之中难得的相聚时光，团圆时光，幸福时光。

父亲转业回来工作后，母亲带着我们回到爷爷奶奶家过日子。我记得是外公撑船送我们的，外婆站在河边抹眼泪，再三关照母亲说："姑娘啊，你这一走就是外人了，你的担子不轻啊。"

母亲一生都是挑沉担子的人，而且是娘家婆家两个家庭的担子一起挑。我们在外婆家生活时，母亲知道一个大家庭生活不容易，外公赚一分钱都要汗珠子摔八瓣，母亲将父亲的工资几乎全部拿出来补贴家用。小舅舅至今都说，不是大姐和大姐夫帮衬，他上不到高中毕业。父亲这边的家庭以及几个本家，母亲也是能帮几分是几分，能搭一把是一把，从不藏着掖着。这些帮助，在今天或许算不了什么，但在那个年代，还是非常难能可贵的。无论是在大集体赚工分，还是后来分田到户，母亲从来都是里里外外一把手，丢下锄头拿起耙，担子挑在肩上就没有歇过。

我家是全队第一个砌小五架瓦房的，砌的是"七五墙"，盖的小瓦，比其他人家的"鸽子窠"好多了。我们队上的印把子有祥羡慕得不得了，说："住上这样的瓦屋，天天坐在门槛上喝糁儿粥都心甘情愿。"有祥这句话，母亲挂在嘴上一辈子。

二十年后的一天，我放了一盘磁带。从来不懂流行音乐的母亲突然停下手里的针线活，痴痴呆呆地听得入神，悄悄抹着眼泪，还自言自语道："这丫头怎么也这样苦呢？"

我惊讶地问母亲怎么啦，她缓过神来轻轻说："你再放一遍我听听。"

于是，房间里又响起潘美辰的《我想有个家》：

我想有个家，

———————————— 我的小村庄

一个不需要华丽的地方，

在我疲倦的时候我会想到它；

我想有个家，

一个不需要多大的地方，

在我受惊吓的时候我才不会害怕……

我一下子明白了，原来母亲结婚十多年来居无定所，受尽了分离的苦、漂泊的罪，所以她对家看得格外重，拼尽全力也要为我们搭一个遮风挡雨的地方。正如她经常说的一句话，金窝银窝，不如自家草窝。我怕母亲伤心，赶紧把话题扯开，告诉她唱歌的是台湾的歌星。

母亲一笑："台湾？我知道，在福州对面，天气好的时候用望远镜看得到，我和你爸看过呢。"

那个午后，我仿佛回到了从前，新砌的小屋前，浩瀚的星空下，我们躺在母亲身边，听她讲着三个半故事。

而今，斗转星移，亲人不在。我只能在寂静的夜晚，悄悄仰望星空，哪一颗是我的父亲母亲呢？他们一定再也不会银河相隔，他们一定再也不用挑着重担子、浊担子，他们一定在那儿默默地守着我们，为我们照亮前面的路。

星光漫漫，思念漫漫，我依稀看见那几只当年在瓜棚下飞舞的萤火虫，打着小灯笼找寻什么……

清明雨　端午风

1

屋檐角的冻冻钉儿还挂着尾巴，大地已经渐渐回暖了。河道旁，浅水边，一棵棵小芦芽悄悄探出头来，一簇簇地生长着，捧出了满眼的春意，嫩嫩的，幽幽的，随风摇曳，在铺天盖地的菜花黄中，镶绿点翠。

母亲穿过晨雾，出现在芦塘边的时候，端午就要到了。打芦叶，包粽子，是平常家庭难得的也是必备的烟火气。母亲包粽子的手艺在庄子里面是有点名气的。家里只分得一两亩田，种不上糯稻，除了舅舅姨娘专门带给我家一些外，母亲早在去年就跟左邻右舍一升一升地换来糯米。上河人家经常用自行车驮着花生到我们下河地方来换稻麦，母亲总要换上一些，但也只舍得换一两斤。待到芦叶用开水烫过，糯米浸泡膨发，母亲就在门口的树荫下劳作起来。两三片

　　　　　　　　　　　　　　我的小村庄

芦叶排叠整齐，在双手食指中指间一夹，顺势往清水里轻轻一蘸，两手一挽，形成一个圆锥体过到左手上，换出右手将掺好花生的糯米装填进去，再用筷子把糯米戳上几戳，这一步看上去没什么名堂，其实很关键。如果不用筷子将糯米收紧，煮熟的粽子就会垮掉，像一团烂饭，挑不上筷子，没有一点嚼头。如果收得过紧，多装了糯米，要么就煮不熟，夹生粽；要么就会撑破粽叶，豁嘴粽，都是吃不上口的。功夫全在那一刹那的眼里手里。母亲再在粽叶之间插上一叶，收口做角，然后从水桶旁抽出稻草或者棉线，一头含在嘴里，一头把粽子缠上几缠，收紧打结，棱角整齐的一个粽子就算包好了。

父亲是最喜欢吃粘食的，母亲包的粽子他一口气能吃四五个。他总是先给我们兄弟俩剥上一盘，甚至还加上一小碟白糖，看我们俩吃得狼吞虎咽、有滋有味，露出一脸笑容。

清明雨润，端午风清。纵是清贫人家，日子过得紧紧巴巴，但一家人围坐在一起，吃上几口粽子，芦叶的青涩味早就盖过了生活的艰辛和苦涩。

2

父亲是当兵出身，后来转业到供销社工作。那时有个说法，三世修不到供销社，八世修不到粮管所，这都是吃国家饭，拿固定工资的好地方。但父亲的工资不足以养家糊口，生活的压力都落在母亲肩上。她一人在农业社赚工分，甚至跟男劳力一起出工干活儿，为的就是多赚几个工分。到年底队里分红的时候，我们家不但分不到一分钱，还要倒贴队里几十大块。对于这样的光景，母亲总会在大年三十时忍不住要爆发一下的。这一天，母亲与父亲诉说一年的苦水，报报一年的账单，倒倒一年的委屈，说着说着声音就大起来了，眼泪就掉下来了，急起来的时候甚至将父亲带回的年货扔出门外。我们大气不敢出，默默地挂春联贴双喜，父亲也是低头不语，忙着收拾家务，把扔出去的年货再捡回来，绝不与母亲吵，眉头里紧锁着更多的窘迫与无奈。

好在这样的吵吵闹闹时间不长，母亲将心中的怨气一出就拉倒。一家人吃好团圆饭，放好鞭炮，到了试穿新年新衣的时候了。那一年，母亲为我们买了非常流行的的确良布料，每人做了一套小军装，父亲也把珍藏在抽屉里的五角星拿出来，给我们戴在帽子上，可让我们神气了好一段时间。母亲知道父亲当兵十多年，转业后穿的都是旧军装，特地为父亲做了一套他最喜爱的中山装，父亲换上后，腰板挺直，特别有精神。母亲高兴地回忆起父亲当兵我们到部队生活的时光，乐呵呵地问父亲："怎么样？一个老兵带出两个新兵。"

我的小村庄

等我们兄弟俩逐渐长大，能够成为小劳力、小帮手的时候，父母少了吵吵闹闹，脸上的笑容也多了起来。暑假期间，我们一起为队上割旱草，能挣到千儿八百个工分，父母高兴地说养儿得力了。那一年底，队里盘账分红的时候，我们家第一次没有欠账，还分得九十几块钱和大半箩的稻谷。我和母亲把稻谷往家抬的时候，母亲生怕我抬不动，把箩绳顺着扁担往她那边移了又移，至今我都忘不了母亲那轻快的步伐。

母亲的刚强，父亲的坚忍，一起顶住了生活中的风风雨雨，艰难而又从容地走了过来。

3

母亲没有上过学，老说自己斗大的字认不得一箩筐。后来队里办扫盲班的时候，母亲主动要求办到我们家里，终于能够认得一些简单的字，学会写出自己的名字，虽然写得歪歪扭扭，但那种认真的劲头一直印在我的脑海里。母亲对我们的学习盯得很紧，生怕我们再吃没有文化的苦。晚上，我们兄弟俩在煤油灯下做作业，母亲在一旁补衣服钉鞋底陪伴着我们；早晨，我们还没有睡醒，母亲就已经为我们煮好了早饭。母亲知道我嘴刁，不吃糁子粥，总是先给我盛上一碗带浆米粥后再放糁子。这是连哥哥都享受不到的待遇。有一次我在全乡数学竞赛中得了奖，母亲特地让父亲买回一双尼龙袜子作为奖励。

父亲是那时为数不多的高小毕业生，到部队吃的文化饭，干的技术活，对我们的学习也很看重。他曾经在我们很小的时候就教我们四角号码检字法，横一垂二三点捺，叉四插五方块六，七角八八九是小，点下有横变零头，我们至今都能背且会用。等到我们上三四年级的时候，父亲将他在部队使用的四角号码字典作为贵重礼物送给了我们。

母亲经常敲我耳朵边，说我玩儿心重，学不好就要回家捧老牛屁股。中考那一年，我拿到成绩单回家后，母亲问我考得怎么样，我假装说没考好，拿了钓鱼竿躲到汉港河钓鱼去了。想不到与母亲的玩笑开大了，等我优哉游哉地回到家，母亲还在家里抹眼泪，看到我拿起芦柴棒就要追打我。吓得我赶紧说考上了，考上了，母亲这才破涕为笑，训斥我："以后不准说假话，可把妈妈急死了。"

后来才知道，父母亲为了让我能够复读初三，曾经"想天法"到处拜托求人，我却不知轻重差点儿伤透了他们的心。

等我到乡里上高中时，父亲把他的宿舍让给我住，自己到下面的供销点去工作，那里离家近一些，可以帮家里搭把手。他偶尔到供销社来办事，都悄悄地为我买好饭菜票，连同生活费零花钱一起放在宿舍里。母亲和哥哥在家里除了忙好农活儿，还罱泥取土脱砖坯，想方设法多赚点儿钱补贴家用。那真是土里刨食的重活儿，一块泥土踩熟了盘圆了，举过头顶重重地摔到砖坯模子里，摔下去的是勤劳，是艰辛，是希望。

母亲可是当年开过大刀的人啊。

1987年7月25日，高考成绩出来后，我赶紧到学校拿成绩单，父母捧着成绩单看了又看，那张二指宽的小纸条像有千斤重似的。那天晚上，父亲喝了酒，似醉非醉，说了很多叨叨话，母亲也没有数落父亲喝多了，说扯了。

那一夜，天空明亮，晚风轻柔。

不久，母亲带我到县城办行李，一狠心花了一百多块钱，为我买了一只真皮箱，我劝她不要买这么好的，她笑着说："我不怕贵，就怕这钱用不上。"

母亲坚决不肯我将箱子绑在自行车后轮边上，说是怕磨破皮碰掉漆，硬是坐在后座上将箱子夹抱着回了家，二三十里的路程，一路颠簸，一路汗水，她一点儿都不觉得累。

到了开学的时候，母亲忍不住掉了眼泪，从未离开她身边的孩子要出远门了，喜悦的泪，委屈的泪，不舍的泪，期待的泪，交织在一起。父亲也开朗多了，当年又抱上了大孙子，他逢人就说："双喜临门，夜里做梦拾到了两万块钱。"

就这样，父母用他们的努力甚至是抗争，在生活的重围之中，为我们撑开一条缝隙，踩出一条能够跳出"农门"的小道。即便这条小道充满坎坷，即便你走得趔趔趄趄，但能有一点光亮在前面，父母都全力以赴，无怨无悔。

4

两年后，我回到家乡母校做了教师。父亲早为我准备了工作礼物，那是一辆崭新的凤凰28杠自行车。父母亲对我当"孩子王"是心满意足的，叮嘱我要端好饭碗，教好学生，不能毁了他们的将来。父母熬过了最艰难的坎坷岁月，日子也越过越好，身边有着活泼可爱的孙子孙女，他们过着平静的生活。

1994年6月的一个周末，我们回家路过父亲的供销点时，父亲正站在路边，面色有些憔悴，腰杆也不像以前那样挺直了，他说，知道你们今天回来，在这儿等你们。聊了几句后，我告诉父亲："县城有个单位在招聘，我想去试试。"

父亲有点儿惊讶："你们两个人在学校做老师，不是蛮好的吗？"他沉思了一会儿又说："有机会试试也行，你们自己的路你们想好了再走，我们不阻拦。"他还与我开玩笑地说："八字还没有一撇，不知道雨点儿能不能落到你这个香头上呢。"

后来我们才从母亲那儿得知，父亲此时身体已经不好了，他不让母亲告诉我们，怕我们分心，靠在医疗站拿点儿药支撑了半年之久。坚强的父亲还是在1995年的春天倒下了，到外地住院治疗时，他悄悄地把检验单藏了起来，瞒着母亲和我们。哥哥带他到浴室洗澡时，都要搀扶着，看着骨瘦如柴的父亲，哥哥止不住掉了眼泪。父亲反过来劝哥哥说："你是长子老大，今后要把家撑起来。"

清明雨苦，端午风寒。坚强的父亲再也不能陪同我们一起往前闯了，他倒在端午前夕。农村有个风俗说法，黄梅时节过去的人，下辈子投胎要做老黄牛，受不尽的苦。母亲既舍不得父亲的离去，巴望着奇迹发生，又掐着日子生怕梅雨季提前到来，这种两难的煎熬生生地折磨着她，她除了陪伴着病痛中的父亲，瘦小的身躯能够抵挡什么呢，一夜之间头上全是芦花白了。

父亲走了，走在端午之前，走在粽子飘香的时节。梅雨来了，哗啦啦地下着，一家人心里空荡荡的……

5

母亲一个人的日子过得清苦。她挑着一副担子，一头是哥哥家，一头是我们，两头都放不下，如同"候鸟"，在老家和县城之间来回奔波。每到清明，她都要提前几天就回家准备祭品。端午之前，她照旧要打粽叶包粽子。这段时间，我们都是小心翼翼的，生怕触痛母亲最深处的伤悲。母亲也提防着我们，把她对父亲的思念，像粽子一样裹得紧紧的，不露半点声色。

1998年夏天，我们因为工作变动，要离开县城。母亲像父亲当年一样，没有阻拦我们，悄悄地把行李收拾好，我用自行车把她送回了哥哥家。十年之前，母亲坐在自行车上，为我夹抱着行李箱，心里充满着欢欣；十年之后，母亲还是坐在自行车上，心里多少有点儿失落和对我们再次远行的担忧。

两年之后，我们安顿下来，母亲才能够经常来到我们身边，有了一个小小的房间，她把家里收拾得井井有条，简单的饭菜中飘荡着家的温馨。但母亲对城里的一切有点儿陌生，她把这种无所适从藏在深处，只是在谈论家长里短时，才会无意间流露出来。

2010年清明之前，母亲照例是要回家的。她早早地把房间收拾整齐，照应我们一番，还说要多包几个粽子带给我们，孙女马上要高考了，吃了粽子肯定高中状元。她还说当年我高考时也专门为我包了粽子的。一家人难得的开心。

谁承想，刚过清明不久，母亲突然跌倒在地，等辗转送到医院时已经回天无力。母亲自始至终都是清醒的，她一边忍受着身子如同在钉板上的煎熬，一边乞求般地说："我们回家吧，回家吧。"父亲当年就是这么对我们说的，如今，母亲也是同样的期盼。家，是他们拼尽全力为我们遮风挡雨的港湾，也是他们念念不忘的最后归宿。母亲走的时候，我把她抱在怀里，她还放心不下我们，用最后的力气叮嘱着叮嘱着……

6

爱是长空皓月万里云，梦在老家炊烟半墙花。这些年来，我一直想写一些关于父母的文字，但我总是愧疚对父母的经历过往，对他们的酸甜苦辣和内心世界，知之甚少，在他们对我们的爱、牵挂、艰辛的付出、坚韧的抗争面前，所有的文字、思念和感恩都是苍白的。父母在他们走过的人生路上，伴随着社会的变迁，自身的困苦和迷惘，还要挺直身躯往前赶，力所能及地为子女谋得一个好的出路。他们像当年脱砖坯一样，把我们这些土疙瘩盘熟了，摔打得像模像样，让我们能够经受火的考验；他们像芦苇一样平凡而卑微，挣扎着从荒滩浅水处露出芽来，为我们盛开一个蓬勃的春天；他们像摆渡人一样，把我们送到希望的彼岸，牵挂着我们的远行，守望着我们的归来。

父母之情，清明雨，端午风；

思念之舟，系于爱，泊于心。

坐在路牙上的两位母亲

两位老人坐在路牙上，不知多长时间。霭霭暮色，模糊了佝偻的身影，凛凛寒风，凌乱了隐隐的白发。她们，用浑浊的双眼，木讷地观望陌生的小区，扫视行色匆匆的人们。她们在等风，等雨，等缓缓降临的夜。

我骑车下班时，无意间远远瞥见这两个身影，没有在意，心想，这是谁家的老人啊，怎么坐在这儿不回家？我悄悄从她们身边经过，忍不住仔细一瞧，哎哟，这不是我的两位母亲吗？我赶紧跳下车来，惊讶地问："你们怎么坐在路牙上，不回家？"

两个老人——我的岳母和我的母亲，就像迷路的孩子遇见家人一样，既非常兴奋，又略带愧意，支撑着身子站起来，呵呵笑道："下午下楼出来玩儿，回头找不到你家了，坐在这儿等你们呢。"

母亲指着前面的楼房，说："我们爬上这个楼，钥匙左右开不了你家门，只得又爬了下来。"

岳母插话道："楼房一栋接一栋，栋栋都是一个模子下来的，哪晓得哪栋是你家呢？"

两位母亲异口同声说是"你家"，搞得我又好气又好笑，我再次告诉她们："你家！就在刚才你们爬的这栋楼后面，第二栋。记住啊。再爬错了，就会被人家捡走了。"

两位母亲笑道："七老八十的老太太，谁要啊？"

转眼间，这件事过去十多年了，但在我的脑海里依然清晰如昨。

那时，我们刚到泰州工作，一家三口与其他同事挤在集体宿舍。两位母亲都是农村老人，她们把家看得比天都大，巴不得我们早点儿有个落脚生根的地方。

先从母亲说起吧。父亲去世后，母亲一个人在乡下老屋里单过。一天，一个小年轻打听到我母亲，神神秘秘地说是我的同事，专门替我回来跟母亲拿钱办手续。母亲既高兴又为难，高兴的是终于盼到新房，为难的是她没有钱，帮不上我的忙。但母亲还是热情招待，甚至要请人陪他喝酒。那个小年轻谎称摩托车要加油，向母亲骗了几百块加油钱，溜之大吉。

我们得知这件事，批评母亲太天真，容易相信别人，母亲回道："谁不为你的房子急呢？好在我身上没有大钱，要不然会冲了家。"我听了心里不是滋味，怪自己交友不慎。

母亲却劝道:"那个小年轻你肯定熟悉,你我就当花钱买个教训。人总有一时糊涂的时候,他明白过来还是好人,明白不过来早晚会遭报应。"

后来,两家的哥哥姐姐帮衬,我们终于有了新房子。两位母亲别提多开心了。岳父到泰州看病,和岳母一起来到我家,吃了一顿团圆饭。他们东瞧瞧西看看,高兴得合不拢嘴,还煞有介事地说,房子风水好。我们劝岳父到床上休息一下,他笑嘻嘻回道:"农村老头儿,身上灰尘直掉,坐在地板上都怕脏了你们的新家。"那时,房子刚装修好,还没有来得及买沙发,大家就坐在地板上,一起聊家常。想不到的是,这是岳父第一次,也是最后一次来我家。不久他就不幸去世了。

有一次,爱人夜里梦见岳父来了,坐在鞋柜上不说话,嘿嘿地笑。爱人问我:"是不是父亲以为我家还没有沙发?"言语之间,唏嘘不已。

有了家,我们便经常接两位母亲过来住上一段时间。但两位母亲总是相互谦让,把机会让给对方,绝不肯一起过来。我们知道她们很想团聚,但又怕给我们添太多麻烦。母亲相对来得多一些,帮着我们照应家务,忙忙饭菜,下午一个人到小区的紫藤长廊里坐坐,默默地看紫藤花开花落,打发光阴。岳母岁数大些,干不了家务活,一般只是在爱人寒暑假期间来住几天,陪着聊聊天,她才不孤单。两位母

　　　　　　　　　　　　　　　　　——————— 我的小村庄

亲对城里的生活都不适应，总是找不到家的感觉，时时说，金窝银窝，不如自家的草窝，念着自己的老家。她们总是掐着手指问："今天是阴历初几啊，到了什么节气啦，家里大忙了，我要回家了。"都是不容分说，说走就走，经常搞得我们无可奈何。

那年冬天，我们好不容易将两位母亲一起接过来。她们平时单过惯了，住在一个房间里，一开始都不怎么适应对方，总是小心翼翼地磨合。岳母见母亲忙饭忙菜，就会说："看把你忙的，我两手一拱，吃白饭。"母亲劝她："亲家母客气什么呢，一家人不说两家话。"她们经常在回忆当年怎样攒钱砌房，怎样培养子女，怎样为了家庭上找到共同话题。

晚上，她们坐在床上看电视，母亲喜欢看些戏剧，但也只是听人家莺莺地唱得热闹，岳母更是看不懂这些，两位老人调来调去，竟然在体育频道上找到了共同爱好，看人家打篮球踢足球，她们才不管是进球还是犯规，只图你争我抢，人仰马翻的热闹场景。第二天，还会乐呵呵地说给我们听，俨然一对"老球迷"。这应是两位老母亲在我们家收获的意外乐趣了。

每天下午空闲多一些，两位母亲就到楼下走走坐坐，与其他老人聊聊天，解解闷。岳母大多听不懂别人的口音，只能跟着后面拾着笑。

想不到，那天她们出去玩儿，竟然找不到家了。

于是，她们只能坐在路牙上，等我们找，等我们接。

其实，不是两位母亲慌慌张张把家丢了，而是我们匆匆忙忙把她们丢了。

第二年清明之前，母亲说要回家准备着祭祖，把小房间收拾得整整齐齐，还说孙女马上要高考，要多包几个粽子带来，孙女吃了粽子肯定高中状元。我们劝她说："这段时间我们心思都在小孩身上，你就在哥哥家住几个月，等孙女考好了再接你过来。"母亲满口答应，一家人充满了期待。谁承想，刚过清明不久，母亲突然跌倒在地，等辗转送到医院时已经回天无力，她在最后时刻乞求般对我说："我们回家吧，回家吧。"母亲念念不忘的是她自己的家，是她千辛万苦为我们打拼的家，是我们曾经拥有的温暖的家。

我们在老家将母亲后事料理好后，回到城里的家，打开母亲曾经居住的小房间，母亲的味道，那种熟悉的、亲切的、深入骨髓的味道，甚至还有那浓烈的为我所嫌弃的膏药味道，扑面而来，萦绕在我的身边，弥漫在我的心头。我竟然就这样把母亲弄丢了，她再也不会来我家了，再也不会坐在路牙边上等我了……

五年前的春天，我们哄骗岳母说带她来我们家，悄悄找好了一个养老院，把她送了过去。岳母坐在房间里，气呼呼地问："不是说好去你家的吗？怎么眼睛一眨，母鸡变雄鸭，把我送到这里来了？我要回家！"那时，妻哥身体出了状况，需要住院治疗，我们不忍向她说明原委，便支支吾吾安慰她，岳母竟从言语中猜晓了些许，住了下来。我们离开时，她眼巴巴地叮嘱说："你们不要担心我，帮着把家里的事弄好啊。"

那年中秋节，我们将岳母从养老院接了出来，一家人在姜堰人民公园拍照游玩儿。岳母特别高兴，悄悄打听妻哥的情况，笑嘻嘻地说："我现在习惯住养老院了，你们不要担心，带信给你哥他们，一个个把自己照应好。"我们知道岳母是想家的，但她还在宽我们的心。游玩儿期间，岳母突然停下步子，严肃而又恳求般地对我们说："等到了那一天，你们要接我回家。"一句话，说得我们心里非常难过。

爱人每天晚上给岳母打电话，她总是先问我有没有回家，然后问小孩子怎么样，最后问她的女儿有没有吃晚饭，聊着聊着就不肯放手。虽然隔着屏幕，倒也其乐融融。爱人总与我开玩笑说："老太太天天查点你，是你的老保安。"后来，岳母坐上轮椅，来去都不方便了，再后来，岳母愈发痴呆了，爱人晚上给她打电话，半天说不上话来，偶尔清醒的时候，还是先问我有没有回家，然后问小孩子怎么样，最后问她的女儿："你是谁啊？"

去年底，岳母不行了，两位哥哥遵从岳母的意愿，把她接回老家，不久就安然地走了。那段时间，爱人每天晚上都习惯地拿起电话，才猛然想起，凄凄地发愣，不知道往哪儿打。

我也会怅然想起，那年那月，那个晚上，坐在路牙上的两位母亲，真的都不在了。

楝树啊，楝树

　　楝树，应是家乡最为普通、最不显眼、最不值钱的杂树了。它们大都长在小河边、圩堤旁、野田岸，或稀疏的芦苇丛，或荒芜的老庄台，孤独地撑起一片天空。

　　楝树是上不了台面，成不了大材，做不得中柱大梁的。它们纵然能够开出香甜的淡紫色小花，但终结出形状怪异、味道苦涩的果实，庄户人家便唤作苦楝树。如苦黄连、苦菜花、苦日子、苦人儿一般，但凡前面加个"苦"字，结局可想而知。奇怪的是，喜鹊似乎是喜欢苦楝树的。我们小时候有童谣传唱道："奶奶屋后有棵树，树上有个碗，响雷打不破，大雨落不满。树是什么树，歪歪扭扭苦楝树；碗是什么碗，破破烂烂喜鹊窝。"

　　于是，苦楝树或遭雨打雷劈，自生自灭，或是挣扎三年五载，被哪家砍了枝，锯了根，做了猪栅栏、篱笆桩、灶头草、锅膛灰。

当苦楝树以袅袅炊烟的方式从烟筒中升起，流连在同样命运的杨柳树、钉槐树枝头之间的时候，庄户人家就要过年数夜，蒸馒烀糕了，东庄的李家，西庄的袁家，也忙着姑娘结婚嫁人了。于是，李家的英子，袁家的萍儿，这些如花似玉的小姐姐，便会像幼小单薄的苦楝树，从一个地方挪到另一个陌生的地方，兀自在新的苦难中寂寞一生，直至在某个冬夜与皱巴巴的苦楝树果一起，无声凋落。寒风卷走了所有的故事。

于我们小屁孩来说，钉槐树有刺，杨柳树上洋辣子多，都得敬而远之，榆树枝干粗大，根部少有枝杈，难以上手下脚爬上去玩耍，唯有苦楝树是少年的好玩伴儿。

暮春时节，风儿热起来了，楝树花儿香起来了，我们小猴子似的蹿上苦楝树头，眺望远方飘忽的云朵，田里劳作的母亲，敲着锣鼓的糖担儿，摇一树花英簌簌落在头，傍在肩，铺在地，堆积无忧无虑的少年时光。

知了好像也最喜停歇在楝树枝条，我们蹑手蹑脚爬上去，挽着手轻扑，捕捉一个吱吱鸣唱的夏天。夏夜，我们把凉匾扛到晒场边，躺在楝树底下乘凉消暑，跟着母亲数星星，或者听驼爹说书讲古，小伙伴儿们的眼睛如同萦绕树间的萤火虫，变得澄明，闪着好奇。

即便因为调皮捣蛋，挨打不可避免的时候，我们也祈盼父母用楝树枝抽打。棉花秆子枝头多，一秆子下来，便是万紫千红。楝树枝则不如，弯弯曲曲使不上劲，终究是雷声大雨点小，而且枝干易折，咬住牙关，绷紧屁股，形成反作用力，嘿嘿，只一个亲密接触，树枝断了，我们假装生疼，孙猴子般逃出了生天。

苦楝树还有一个好处，是我们勤工俭学的宝贝疙瘩。冬天，万木凋零，金黄的苦楝树果如同小铃铛般，在寒风中晃荡，我们举着竹竿打下，一筐筐背到学校，堆放在教室后面，完成勤工俭学的任务。据说，那是做肥皂的原料。我们整天玩儿得脸上鬼画符，衣服脏邋遢，却是靠着苦楝树果让我们这些泥猴子焕然一新。我们竟是在苦楝树的荫佑下成长的呢。

楝树多，楝树苦，乡下伢儿不识数；

楝树庄，砌学堂，乡下伢儿念书忙。

当这首歌谣开始传唱的时候，教我们初二语文兼英语的高老师兴奋地说："你们这一届实行初中三年制，大家马上要到我们楝树庄读初三了。"

是的，有个庄子的名字叫楝树。名从何来，不得而知，大抵因为满庄遍地都是平平常常的楝树吧。庄子在我们庄子南面四五里地，平时去外婆家，或者去父亲的供销社，都从那儿穿过，也是高老师的庄子，便自然多了几分亲近。

在我们乡下，"楝树"与"念书"读起来是同音的。母亲总是照应道："这个学堂名字呱呱叫，你们不能癞蛤蟆跳进大秤盘——称不起来啊。"

我们转到楝树庄念书了，先在庄子上一个旧仓库里过度一个学期，然后搬到刚砌的新学校去。教我们初二语文的高老师，教初二数学的黄老师也调了过来继续教我们。老师们教得很认真，但我们学得很吃劲。我迷迷糊糊地参加中考，不出所料地名落孙山。母亲叹息道："唉，不是棵树，揣在茅坑里都不长，对不起念书学堂这个名字啊。"我第一次感到了茫然，难道真如母亲经常告诫的那样，回家捧老牛屁股，像苦楝树一样扎根老庄台了？父亲也愁眉苦脸，香烟头一根接一根地烧。

一直煎熬到八月底，父亲对我说："去报名复读吧。"原来，父母亲偷偷地"想天法"拜托求人，为我在镇上一所业余学校争取到一个复读名额。父亲在供销社工作，我便与父亲住在供销社的一小间宿舍里。那时，我和哥哥齐刷刷地都上学，家里负担很重，父亲的工资只能管我们兄弟俩的学费和温饱。他舍不得多花钱，每天用煤油炉烧好中饭，到食堂里打一份菜，捂在棉花胎做成的保温套里，等我放学回来吃。

考上高中后，父亲有一天对我说："以后你一个人住，自己照应自己，我要到下面站点上班去了。"我问："哪个站

　　　　　　　　　　　　　　　　　　　　我的小村庄

点？"父亲笑道："楝树啊。你个讨债鬼，在那儿没有好好念书，我只得与你换地方，去为你还债啊。"

那时，我以为父亲只是舍不得母亲一个人在家种田，还要起早贪黑扒泥取土脱砖坯，到了楝树站点离家近些，早晚和中午都可以帮母亲做农活儿，多赚些钱供我们兄弟俩上学。现在想来，父亲那时才四十五六岁，正是人到中年的好时光，却从此远离工作中的朋友，放弃事业上的追求，此举不啻是生活的窘迫与无奈，更是人生的隐忍与牺牲。父亲以这种"断舍离"的方式，把自己挪到那个叫作楝树的小村庄，站成一棵落寞而坚强的苦楝树，竟在生活的山穷水尽处，为我们换取了柳暗花明的机会。

几年后，我回到高中母校工作，经常到楝树中学参加教学教研和交流监考活动。父亲的供销站点在学校隔壁，与学校的老师早成了好朋友。父亲望见我，总要喊住，悄悄照应说："你不能年轻气盛，遇到你的老师一定要言语好些，尊重一些，他们好几个还是民办教师，要靠教学成绩转户口呢。"

我知道父亲是善意提醒我不能监考太严，让我的老师为难。他们和我的父亲一样，何尝不是一棵棵落寞而坚强的苦楝树呢？

一个周末，我们回家路过父亲的供销站点，远远望见父亲站在路边，面色有些憔悴，腰杆也不像以前那样挺直了，曾经高大帅气的父亲像寒风中的一棵饱经风霜的苦楝树。他高兴地说："知道你们今天回来，我在这儿等你们一起回家呢。"后来我们才从母亲那儿得知，父亲那时身体已经不好了，他不让母亲告诉我们，怕我们分心，靠在医疗站拿点儿药支撑了半年之久。第二年端午节前，父亲离开了我们。那一刻，簌簌而下的，何止是凋零的苦楝树花？收拾父亲遗物时，我在父亲办公桌里发现一张报纸，那是一份刊有我文章的报纸，父亲叠得方方正正，报纸边缘和折叠处已经摩挲得起了毛边。这大抵是父亲寂寞或者想念我们时，唯一能够得到稍稍安慰的物件了。

今年的楝树又要开花了，喜鹊也在搭窝了。绕树三匝，何枝可依？我那曾经念书的楝树庄，学校早已撤并，几排房子做了他用，我的老师早已退休，难得遇到一次，但依稀尤见当年的风骨。父亲工作的站点依旧保持原样，我照例要停下车来，在那个门店买些金箔纸带回老家……

父亲的国庆节

太阳，如同勤巧的母亲，牵挽盛夏的缕缕金丝，穿针引线，为十字汉港的田野织就金灿灿的地毯，生长沉甸甸的希望。于是，1984年的稻场铺天盖地而来。这般稻香，荡漾在水泥船划过的清波上，缥缈在苦楝树、钉槐树、老杨树顶的炊烟间，穿透在晒场上小老虎脱粒机日夜不停的轰鸣中，飞扬在庄户人家匆匆而过旋起的一阵风里。

一年四季几张嘴，剐麦割稻三层皮。收稻时节，于庄户人家来说，就是两个字：大忙。

母亲与邻居伴工，连夜排队等着小老虎，将大田里三亩多的稻谷脱粒晾晒了。晒场边还有几分地，母亲已经割好，堆在田角。几分地的稻谷，上小老虎不划算，费神费事不谈，打的稻子还不够机油钱，母亲是绝对舍不得的。她说，等父亲国庆节从供销社放假回来，一起掼稻把子。

以前大集体的时候，母亲一个人赚工分，年头忙到年尾，不但管不饱肚子，还要倒贴队上几十块，家里放米的小坛子从来没有满过。那时，母亲经常让我去顺子家借米。母亲总要照应道，借米不借升，把升子带去，要数清楚几升啊，是平升还是尖升，不能占人家的便宜，吃白大饭。

我便挎一空淘淘，升子在里面滚荡，怯生生去。顺子母亲拿过升子，装得尖尖的，再将升子上面的小圆锥抹去，变成平升，倒进淘淘，最后一升米是尖尖的，不抹平，也不倒，直接插在淘淘的米堆上。这是庄户人家的礼数，以此表示满心满意借给你家，也有米升常满和早日翻身的祝福寓意。那时，家家好像饿鬼投胎，吃了上顿没下顿，借米比借金条都难。所以，我总是小心翼翼记着母亲的关照，回来路上，心里一遍遍默念，生怕记错了升数。

分田到户之后，借米的几乎没有了。庄户人家头一件事，就是买大缸，买积窝，堂屋里稻积子堆得高高的。劳力多田亩多的人家，稻积子一层层堆到二梁。过年的时候，贴上四角方方的大红字，上面一个字：丰，或者四个字：五谷丰登。那叫一个扬眉吐气！那时，庄户人家娶妻嫁女，访亲的一大群，都要看看这户人家屋里的稻积子有多高，屋梁上搁的木料有几棵，猪圈里壮猪有几头。而这一切，都源于田头的好收成。

母亲早就指望着今年家里也能堆起稻积子。年前，上河人家用大船载着大缸来卖，母亲狠下心买了一只，置放

————————————我的小村庄

在家神柜西边。过年，我歪歪扭扭写个"五谷丰登"贴在上面，母亲看得高兴，心里不再别别扭扭。或许，在母亲眼里，稻积子已经一层层堆到了二梁。

清晨，母亲拿出糯米粉，摊做两锅糍粑，四周多箍几圈油，烤得金黄，外焦里嫩，这是父亲最爱的黏食。除了逢年过节，或者亲戚上门，母亲是很少舍得如此奢侈一番的。毕竟，掼稻把子是个体力活儿。我与父亲吃饱喝足，揉着肚子上了田头。

父亲让我在稻谷堆子前铺上几块大薄膜，照应我要将缝隙处重叠起来，不能漏了稻谷。他到晒场上寻得一个碌碡，慢慢地滚过来。抬头望去，父亲弯腰如弓，双手抠进石槽，下巴几乎磕到碌碡，用尽了力气。碌碡碾压之处，留下一串深深浅浅的履带般的印痕。我甚至奇思怪想，穿着掉色的旧军装的父亲，莫非是开着碌碡的坦克大兵？过了晒场上坡，父亲直起身来，用脚一蹬，大喊一声，前进！父亲瞬间变成将军，指挥他的"坦克"骨碌碌顺坡而下。如此三番，碌碡滚过三爿晒场，顺利到达田埂边。在田埂两边垫上砖头，父亲与我一起将碌碡翻过田埂，压上薄膜，拿砖垫稳，战场准备就绪。

父亲掏出皱巴巴的香烟，点着，深吸一口，慢悠悠吐进晨风里，稻香因此多了些清新。父亲将腕上的手表摘下，再从口袋里掏出一个巴掌大小的东西，一并置放在田埂上。我偷偷瞄去，是台小收音机，鲜红的塑料外壳，在青黄的稻草衬映下，特别的显眼。父亲见我有些疑惑，手指支在唇边，做了一个"嘘"的动作，似乎让我帮他在母亲那儿保守什么秘密。

父亲将三五捆稻把子一起解开，分成小把子，用连夹子将稻把子夹住（连夹子是一种掼稻把子的工具，一段小麻绳，两头各拴一个小木柄），高高举到头顶，用劲往碌碡上掼去，稻谷像藏在把子里的金珠子，呼啦啦在空中散开，在阳光下飞出优美的弧线，扑簌簌掉落在薄膜上，像刚刚睡醒的金娃娃，调皮地眨着眼睛，好奇地看天空，看秋色，看晨风，看着我的父亲。

因为只有一副连夹子，我便用双手抓稻把子。父亲照应道："你把稻把子分小一些，不然虎口握不下。"我站在父亲旁边，他掼一下，我掼一下，我掼一下，他掼一下，此起彼伏，错落有致，金娃娃在飞翔，在跳跃，在眨眼睛。还有一些迫不及待地落在头发上，甚至钻进衣领里，贴在脖子上，痒痒的。我仿佛看见家里的稻积子一层层往上圈，顶到二梁，我写的"五谷丰登"特别闪亮。

掼了一会儿，父亲突然停下来，对我说："你的动作不对，掼得稻谷四处乱飞，谁知盘中餐，粒粒皆辛苦，不能这样糟蹋粮食啊！"他如同电影里的慢镜头一样，边做示范边提醒我说："稻把子掼下去的时候，脚尖要稍稍踮起，身子前倾，将把子掼在碌碡下方，稻谷才能落在碌碡前的稻堆上，然后再轻轻抖几下，将夹在稻把中的稻谷抖出来。举把子要收住劲，不能举过头顶，把稻谷甩到后面的空田里。"

父亲让我试着掼了几下，才放心地说："干什么事都要动脑子，用巧劲，耍蛮力是没得用的。"

太阳升在半空，阳光直刺刺打在我们身上，父亲脱去旧军装，穿着白背心忙碌着。父亲的脸庞上挂着汗水，头发里满是稻屑，碌碡前的稻堆越来越高。母亲与别人家伴好工，也赶过来帮忙。

我们仨坐在田埂上。父亲点着一支香烟，拿起手表看了看，说："哎呀，快十点了。"随即拿起收音机。

母亲问："这是什么？"

"收音机。"父亲边鼓弄边答道。

"哪儿的？"

"借的。"父亲支支吾吾间，向我使了个眼色。

"干什么？"

"听转播。"收音机已经调出一点音响，夹着滋滋的杂音。

"转播？播稻，还是播麦？"母亲笑问道。

"播国庆阅兵！"父亲一字一句认真答道。

收音机里传来阅兵的盛况，传来解说员的声音。时隔多年，我早已忘记了解说的内容，但父母亲托着下巴，坐在秋天的田埂上，坐在丰收的稻谷堆前，静静收听阅兵转播的画面，却依然清晰。多少次，我从网上将1984年国庆阅兵的视频找出来，试图链接到那个画面里，想象着父母观看的神情……

依稀之中，我仿佛听见母亲对父亲说："你也走个正步呗。"

依稀之中，我仿佛看见父亲穿上旧军装，系好风纪扣，整理平整，将散乱的头发往后梳平，挺直腰杆，大声说道："立正，稍息，立正，正步走，敬礼！"

依稀之中，父亲和着收音机里的铿锵之声，以一个老兵的身份，一个人的仪仗队，一个人的进行曲，走在田埂上，走在阳光下，走在1984年的国庆节，接受母亲的检阅……

如果有这样一段田埂上的阅兵，我的父母形象将会更加感人，我的这篇文章也会有个高光的结尾。但是，我反复搜寻少年记忆，好像他们并没有这样做。他们只是静静地坐，静静地听，静静地聊着父亲当兵时的事。阳光正好，微风不燥。多少年来，他们将曾经的过往岁月悄悄捆扎起来，深深地堆藏在心底，此刻一下子铺展开来，便如同这阵阵稻香，弥漫在心头，温暖了时光。

后来，父母亲起身劳作，他们不敢耽误农活儿，家里的大缸满满地装载着他们的期望呢。

1984 年，国庆节，我的父亲，一个入伍整整 13 年的老兵，一个因为身体原因遗憾脱下军装的老兵，一个将我和哥哥的乳名赋予当兵含义的老兵，一边听着阅兵转播，一边用瘦削而坚毅的身体，将稻把子举向天空，举向太阳，举向大地。

　　那时，我们都以为父亲还很年轻，生活的种种美好会像稻积子那样越积越高。然而，仅仅 10 年之后，在我家境况刚刚好转的时候，父亲却因病走了。

　　1984 年的国庆节，父亲的身影成为我心中永恒的雕像。

　　　　还记得你说家是唯一的城堡，

　　　　随着稻香河流继续奔跑，

　　　　微微笑，小时候的梦我知道。

　　　　不要哭，让萤火虫带着你逃跑，

　　　　乡间的歌谣永远的依靠，

　　　　回家吧，回到最初的美好……

　　今年的稻谷又熟了，我想念家乡的稻场，想念那缕缕稻香。

后
记

家乡，我们的精神原点

四年前，泰州晚报文学副刊《坡子街》以"非虚构、接地气、抒真情"为导向，办得风生水起。机缘巧合，我被老朋友晚报总编翟明先生拉进了作者群。

在群里潜水了一段时间，他对我说，你要交作业呀。在他的"胁迫"之下，我便将一篇刚写的文字交给他，从此上了"街"，陆续有了这些文字。

重新拿起笔来，家乡的过往，家乡的故事，我的父老乡亲，像老屋上的炊烟一样，飘荡在眼前，沉淀于心底，愈积愈浓。

家乡是普通的小村庄，家乡的人物是平凡的芸芸众生。这些可亲可敬的父老乡亲，这些老百姓的故事，是我看到的，经历的，感受的，有的足以感天动地，但终究没有多少人知晓。

他们不应该被沉没，被遗忘。

我告诉自己，得把他们真实地表达出来。

因为，他们来过，他们爱过，他们哭过，他们沉默，他们善良，他们朴质，他们坚韧，他们有的已经走了，更多的依然在这片土地上奔波，打拼。

于是，我以"在场"记录者的身份，把家乡的故事原汁原味地呈现出来，努力地写出他们的喜怒哀乐，他们的悲欢离合，他们的不屈不挠，他们的豁达通透。

因为，他们纵是卑微，亦是风骨。

写作是美好的事情，写家乡更是美好的事情。三年来，我仿佛回到了我的少年，回到了我的小村庄，回到了我的父老乡亲身边。他们依旧在我耳边絮絮叨叨，依旧在告诉我，提醒我，敲打我，充实我。

他们让我知道，家乡是温暖的，家乡是纯粹的，家乡是坚韧的，家乡也是包容的。即便走得再远，从未离开家乡。

他们让我知道，所谓人间烟火，所谓世事沧桑，所谓爱恨情仇，所谓故土乡愁，都不如在书写中做一次心灵回归和精神洗礼。

他们让我知道，家乡就像一根红线，无形中牵引着我，让我归来。有着这样的精神原点，我们走得从容。

我写家乡，不是为了留下一些属于自己的文字，而是为了打捞属于那个小村庄的故事。

　　　　　　　　　　　　————————————— 我的小村庄

我写家乡，不是为了如何出发，而是为了如何抵达。

写作过程中，我得到了许多朋友的支持帮助。翟明老总为我指点把关，王干老师多次鼓励，又专门为这本书写序。

在此，我向关心厚爱我的每一位朋友致以真诚的谢意！

我以为，家乡，不仅是我的精神原点，也是我的每一位朋友和读者的精神原点。

我们会从我们的家乡获得滋养，获得力量。

那是一群沉默的人，是大地的脊梁和风骨。

村庄人来人往，你我何去何从？